I am
an
island
我是一座岛

Tamsin Calidas

［英］塔姆辛·卡利达斯 著

齐彦婧 译

北京联合出版公司
Beijing United Publishing Co.,Ltd.

图书在版编目（CIP）数据

我是一座岛 /（英）塔姆辛·卡利达斯著；齐彦婧译. -- 北京：北京联合出版公司, 2025.5. -- ISBN 978-7-5596-8148-5

Ⅰ. I561.55

中国国家版本馆 CIP 数据核字第 20247Z7A71 号

Copyright © Tamsin Calidas, 2020
This edition is published by arrangement with Peters, Fraser and Dunlop Ltd. through
Andrew Nurnberg Associates International Limited Beijing
Translation copyright © 2025, by Ginkgo (Shanghai) Book Co., Ltd.
本书中文简体版权归属于银杏树下（上海）图书有限责任公司

北京市版权局著作权合同登记 图字：01-2024-4084

我是一座岛

著　者：[英] 塔姆辛·卡利达斯	译　者：齐彦婧
出品人：赵红仕	选题策划：后浪出版公司
出版统筹：吴兴元	编辑统筹：尚　飞
责任编辑：龚　将	特约编辑：毛菊丹
营销统筹：陈高蒙	装帧制造：墨白空间·瑞文舟
营销编辑：林晗芷	排版制作：张宝英

北京联合出版公司出版
（北京市西城区德外大街 83 号楼 9 层　100088）
北京盛通印刷股份有限公司印刷　新华书店经销
字数 185 千字　787 毫米 × 1092 毫米　1/32　13.125 印张
2025 年 5 月第 1 版　2025 年 5 月第 1 次印刷
ISBN 978-7-5596-8148-5
定价：68.00 元

后浪出版咨询(北京)有限责任公司　版权所有，侵权必究
投诉信箱：editor@hinabook.com　fawu@hinabook.com
未经书面许可，不得以任何方式转载、复制、翻印本书部分或全部内容。
本书若有印、装质量问题，请与本公司联系调换，电话 010-64072833

第三幕

1 水 / 295

2 火 / 311

3 至亲 / 329

4 土地 / 343

5 天空 / 354

6 星辰 / 367

7 日月 / 377

8 荒野 / 385

致谢 / 394

目录

第一幕

1 海鸥 / 003

2 大西洋 / 017

3 岛屿 / 027

4 小农场 / 051

5 劳作 / 083

6 寒冬 / 103

7 没出生的孩子 / 116

8 刹车 / 134

第二幕

1 手 / 159

2 觅食 / 174

3 拍卖市场 / 202

4 枯草 / 218

5 燕子 / 230

6 公羊 / 251

7 野性的呐喊 / 266

8 天然元素 / 278

烈火也烧不死我

ni teintera teine mi

骄阳也灼不痛我

no mo ghrian a losgadh mi

月光也不能使我苍白

Cha leg a 'ghealch mo planadh

大水也无法将我淹没

Cha teid usage a bhathadh dhomh

——《布丽姬下凡》
出自《苏格兰盖尔语歌谣和祷词集》[1]

1　《苏格兰盖尔语歌谣和祷词集》（*Carmina Gadelica*）是一部苏格兰民间文学选集，19世纪末由苏格兰学者阿历克斯·卡梅伦收集整理，于1900年首次出版，文本大多源于苏格兰民间口头传统，反映了苏格兰高地和岛屿地区的传统文化、宗教及民俗。

献给克丽斯特尔，献给那些翅膀、荒野和明亮的水域。

图片版权：盖伊·里斯，《醒目的面孔》

塔姆辛·卡利达斯，作家兼摄影师，居住在苏格兰赫布里底群岛的荒野上。

她曾在广告和出版业及英国广播公司从事过多份工作，随后在 2004 年抛下一切，搬到苏格兰一座偏僻的小岛上经营一座饲有羊群和马匹的破败小农场。

第一幕

1

海鸥

进入奥本[1],首先映入你眼帘的是灰茫茫的海和一处封闭的海湾,海湾呈圆弧形,躲在下沉的海港保护的臂弯里。远远望去,海潮厚重得不可思议,俨然一团不断变形的庞大水体,缓缓前移、躁动不安。稍稍靠近渔船与笨重的巨轮,你便能感觉到那种荡漾的金属暗光,那是每条船只安全靠岸时,柴油淌成的道道条痕,这些船只都用绞盘紧紧绞住,或被牢牢拴在装有金属圆环的码头上。

海浪的轰鸣听来与城市的车水马龙并没那么不同。但只要你扬起脸,品尝空气中清新而浓烈的咸味,你就会意识到这片天空也像你抛在身后的一切一

---

[1] 位于苏格兰阿盖尔-比特地区的一座度假城市。

样,独特、莫测而多变。接着,只要竖起耳朵,你便会听见海鸥的欢声笑语。更远处还有大雁萦回不去的啼鸣,它们排成 V 字形的队伍,正从低空掠过。

重新校准罗盘、找到航向那一刻意义非凡。多年前,我曾找到一张老旧的苏格兰地图,把它钉在公寓走廊的墙上。自那时起,我便一直梦想着有朝一日能把目光投向一道原始而开阔的地平线。那面墙壁很窄,地图横跨整个墙面,我每次经过都看得到它,每次都从同一个角度望过去,目光落在大片陆地之间的空白地带。人总是在位移的概念中、在想象自己从一处空间进入另一处空间时敞开心灵,开始做梦。我会把鼻子贴在那张厚厚的纸上,深吸它带着霉味的气息,用手指追溯西部群岛[1]星罗棋布的大小岛屿那崎岖的海岸线,再迎着大西洋汹涌的潮水溯流而上,穿过明奇海峡、北海和小明奇海峡,抵达挪威峡湾密布的曲折海岸。在那些时刻,我一闭上眼,车声、街上的喧嚣和邻居砰砰的关门声就顿时烟消云散,化作海浪新溅的飞沫,厚重卷曲的浪峰打湿腥咸的空气,海鸥痛苦而尖锐的嘶鸣划破长空。

---

[1] 即外赫布里底群岛。赫布里底群岛(Hebrides)位于苏格兰西部的大西洋中,由四十多座岛屿和无数荒岛组成,主要分为内、外赫布里底群岛,两者隔明奇海峡和小明奇海峡相望。

我总会想象这些壮丽的鸟儿在以某种方式挑战着我,即使不是让我追随它们的脚步,也至少让我梦想去过一种更不羁的生活。我并不知道这些海鸥有什么独特之处,但它们总能以一种神秘的方式促使你把目光投向比天际线更遥远的地方,视线超越近处和低垂的地平线,去搜寻更遥远的天空。但我每次听见它们凄厉的哀鸣,心总会为之一颤,感觉还有另一种东西在鼓动我去远方飘游。那感觉就像我内心深处有什么松动了,挣脱了那些纤细的纽带和致密的网,正是它们把你固定在一种对你而言过于逼仄的生活当中。睁开眼,发现地图起皱的纸张赫然在目,紧贴着你的皮肤,那感觉会令人心头一惊。随后我会快步走到门口,一把推开,站在那儿仰起头,挺直肩膀,凝望小汽车和公交车上方那片寥落的淡蓝色天空。我能听见海鸥在叫,也能看到它们浮在遥远的天边,不过是一些散落的白色光点,在城市之上的高空中盘旋。在一条环绕所有陆地与空间的蓝色轨道上,我捧着我心灵的罗盘,它指引着我,带领我一路从伦敦的心脏来到奥本,来到波涛之下那片被汹涌的大海冲刷的群岛。

在奥本被雨水浸透的主干道上,罗盘的指针变得摇摆不定。

"所以你怎么想?"

"什么?"我问,把毛衣的高领提到耳际。

"拿去。"

我抬起头,我丈夫拉布正递过来一张雨水浸透的报纸。在一道狭窄的门廊下,我们紧紧依偎在一起,像新婚夫妇一样亲密,但这并非欲望使然,而是迫不得已。我们艰难地喘气,躲避着风雨的侵袭。我俩都在发抖,身上已经湿透,外衣太过单薄,冷冰冰的石墙也几乎无法抵挡瓢泼大雨,日后,我们会对这样的暴雨习以为常,视之为奥本常见的气候特征。这场雨突如其来,仿佛天上所有的水一齐降下,愤怒地倾泻。在灰色的大道沿线,雨水冲刷着闪光的人行道又向上回弹,撞上它所到之处的一切表面。我们被淋成了落汤鸡。我能感觉脚趾在鞋子里起皱、发白,变得冰凉。

风几乎一把夺过他手中的报纸,与此同时,我们大笑着穿过街道,冲进一家烟雾缭绕、弥漫着泥炭气息的客栈,牛仔裤几乎完全湿透。一推开门,我们仿佛穿越了时光,踏入了另一重世界。室内是全木装潢,温暖宜人,小小的煤油灯照亮了一切。望着窗外那一艘艘停靠在码头的船,我突然意识到我在这里没有家人、亲属、朋友,也没有任何情感纽带。一种陌生而奇妙的松弛感油然而生。天色逐渐转暗,天边的蓝色开始一点点加深，所以你会紧盯着光线，然后茫然地眨眨眼，意识到自己已经离家很远。尽管才刚结束漫长而疲惫的车程，我还是兴奋不已，因为我骤然意识到苏格兰是另一片生机盎然的国土，彻底远离了我们伦敦生活的种种束缚。有时，生活会让人感觉放不开手脚，像一件早就小了的毛衣，阻碍着你的行动，让你恨不得伸展四肢，把它脱掉。多年来，我一直默默渴望拽断那最后一根毛线。而此刻，尽管身体依然被无处不在的寒风吹得刺痛，我的神志却意外地清醒而振奋。改变是新鲜、尖锐而振奋人心的。它会让你在兴奋和寒冷中战栗。

"所以你怎么想？"半小时后，拉布又问，吧台上那两杯琥珀色的威士忌在柔和的灯光下散发光芒。他手握沾满水渍的酒杯。

"我觉得我能适应这儿的生活。"我回答，同时两眼放光。我紧张地猛喝一口威士忌，感觉烈酒的热度在体内蔓延。突然间，我们开启全新生活的大胆设想变得既像梦境又可怕地真实。我依然在颤抖，牛仔裤紧贴在腿上，头发湿漉漉的，水顺着发丝滑进眼睛。

"拿去，看看。"拉布递上那张纸。纸张又薄又湿，边缘已经破损。我把它放平，仔细展开。在雨水的浸泡下，一些墨迹已经模糊。随后，我看到了它。

那个广告尺寸很小，照片只有邮票那么大，上面有座破败荒废的海岛小农场。多年来，我一直梦想着海浪与崎岖的天际线，而此刻，这一切就在眼前。

当时的细节都已模糊，但我知道，这就是那种能够永远改变你生活的偶然瞬间。那片开阔的天空、那座小屋、那些附属建筑和倦怠的田野无不召唤着我。或许正是它身上那份遗世独立的静谧让我一下就喜欢上了它。我放下酒杯，感觉内心有什么正在升腾。

什么都别说，我心想，暗暗希望拉布能继续沉默。我屏住呼吸，握紧拳头。在内心深处，我没有任何疑虑。但理智告诉我，它虽完美，却有一个问题。它坐落在一座小岛上。而搬到岛上居住，是我们曾发誓绝不会做的事。

"所以它完全符合我们的设想，不是吗？"拉布扬起尾音，语带疑问。我们四目相对，又很快移开目光。我们都很清楚对方没说什么。于是我抢在他之前开了口，说出了那个誓言。

"但我们不能搬到一座岛上，"我苦笑道，"那太偏僻了。而且也太不实际，什么都做不了，根本没有工作可言。我们会很难安顿下来。你能想象在一座岛上生活吗？"我把目光投向远方，摇摇头，"不，我看不行。那种生活太与世隔绝了。"

"好吧，那咱们再看下一个。"拉布耸耸肩，翻过那一页。但再也没有别的选项了，后面的房子没有一栋能入我们的眼。

我们在客栈停留了好一阵子，促膝交谈，酝酿着各种想法。我望向窗外，发现阴云正在消散。远处，那一座座岛屿就浮在海面。其中一座离其他岛屿稍远，上面有栋小小的废弃小农场兀自矗立，空无一人，等待有人来找到它、爱护它，最终把它变成家园。我努力不去想它，但它却不断顺着我的思绪漂来，漂到我的心上。望着窗外幽暗的大海，我明白，一条崭新的道路正在我们前方等待。而且，尽管这毫无道理，但我却有种感觉，仿佛我们也像大雁一样，追随着某种更天然的景致或内心的召唤，每个人都以某种方式回归了家园。

我享受自己早年在伦敦的生活。我住的是诺丁山的一处花园公寓，门前有道小小的铁门，通往公用的花园。那是西伦敦的中心地带一处宁静的避风港，那个社区热闹非凡，充满都市气息。我早在电影《诺丁山》上映前好几年就已经居住在此，那时人们还用现金买装在牛皮纸袋里的蔬菜，认识每个街头小贩，会在肯辛顿公园路街角的玩具店从收银员手里买烟。那时，生活就像一串曼陀罗项链，一条闪光的易碎珠链，由派对和马不停蹄、接二连三的变化连缀而成。那是一个对美好生活充满希望与憧憬的时代，英国流行音乐的吟唱又让世界回归真实。

我一直不明白为什么别人都不去花园。花园里既宁静又美丽，所以我晚上常常躺在那里，裹着毯子，听车流的喧嚣起伏着没入黑暗，仰望那几颗疏落暗淡的星星。我们每个人都在以不同的方式注视那道天际线，心怀对机不可失、时不再来的忧虑。我们每个人都努力向成功迈进，想找到属于自己的道路。而实际上，在大多数日子里，我只是在咬牙坚持，勉强度日，正像我认识的每个人一样。

最早那几个月，我靠乌冬面、味噌汤、年糕、酸得人直冒眼泪的酸甜青柠酒和一卷卷棕色35毫米胶片过活。那些照片把我送入英国广播公司，随后是出版业，最终是广告业。一周七天，知名品牌走马灯似的经过我眼前。时光荏苒。我迅速晋升，开始负责新业务比稿，并定期飞赴美国拍摄外景。随着工作时间的延长，即使在飞越大西洋途中高居云层之上，我也找不到任何喘息之机。映入我眼帘的，只有城市上空挥之不去的褐色雾霭，如同某种溢出的焦虑。

随后，在某一天，生活突然可怕地停摆。我出了意外。一辆黑色出租车飞速闯过红灯，与我乘坐的出租车迎面相撞。救护车赶到，闪着顶灯将我送进医院，我被推进一条长长的金属管道，紧急进行了核磁共振检查。疼痛令人难以忍受。我几乎无法行走，也无法入睡或躺在床上，更不用说站起、坐下或在不疼得嗷嗷叫的情况下扭动脖子。最后他们给我注射了吗啡。灼人的痛楚终于暂时缓解，我松了口气。我骶骨受损，颈部和胸部脊柱挥鞭式扭伤，盆骨前倾，尾骨骨折并脱位，旋转达九十度之多，腰椎严重脱垂。身体竟能承受并忍耐这样的痛苦，想来真是不可思议。在高强度的康复训练过程中，我为自己的生活画下一道界限。一夜之间，我寻常的生活被打上了另一种光线，蒙上了一层昏暗的滤镜。我骤然意识到自己只是肉体凡胎。我有一种感觉，仿佛整个伦敦都在生死之间徘徊。

痊愈之后，我意识到自己想过的是另一种生活。就在这时，我遇见了一个人。这次相遇促使我离开诺丁山那个家，搬进北边不远处一个更宽敞的住处。我爱上了拉布。他具有某种古怪而独特的气质，浑身散发着一种无忧无虑的魅力，令人难以抵挡，我俩一拍即合。我们的新家靠近一座水库，所以我常常听见海鸥的叫声，一种我百听不厌的自然的啼鸣。我们所在的社区不大，表面看上去热情洋溢、街道狭窄，实际上却偏地方化,以家庭为中心,跟我们之前的社区截然不同。有一天,我跟朋友一起去了一场本地游园会,在那儿赢了一袋金鱼,游园会结束后,我们把金鱼全部放进了我们后花园里自建的池塘中。我开始憧憬有一天能拥有自己的小家,甚至希望自己依然能够生育,尽管我的身体曾遭受过那么多结构性的损伤。接着,在某年夏天,一切都变了。

在伦敦,社区环境并不固定,氛围往往像低空吹过的狂风,能迅速变化。昔日热闹非凡的街区,如今却被一种令人沮丧、不安的荒凉气氛笼罩。有这种感觉的不只是我们而已。街上的行人开始加快步伐,低着头默默赶路,在你路过时几乎不回应你的目光。人是一种脆弱而警觉的动物。一夜之间,我们这栋楼就被喷上了涂鸦,窗户被打破,有人叫来了警察。但一阵子之后,就连警察也不再搭理我们,因为谁都对此无能为力。我们希望能熬过这一切。但有一天我回到家,一走进花园就尖叫起来。花园里的植物被扯得支离破碎,一些盛开的花朵被连根拔起。我捂住嘴,忍住眼泪,望向池塘。一罐罐油漆被泼在墙上,罐子浮在水面。而在罐子之间,漂浮着我们那些色彩斑斓的小鱼苍白肿胀的尸体,掩映在芦苇丛中。那一天,我心里也有某种东西随它们一同死去。

一个邻居被抢，另一个被打倒在地。我不再在附近散步。那几个星期是一段紧张而令人焦虑的时光，一切都变得阴郁而野蛮。压力是无形的，既微妙又隐蔽，并随时间的推移逐渐积累。焦虑就像一团阴燃的火苗。仅仅是一声尖叫或片刻的恐惧就能煽起那些摇曳的余烬，引燃熊熊火焰。

这种情况持续了好几个月，令我疲惫不堪。我开始在夜里惊醒，感觉呼吸困难，心悸不已。随后，有一天，我亲眼看见一个男人把一个女人扔出车外，并想乘机猛踢躺在地上的她。那女人很美，五官精致，衣着光鲜。我盯着他们，看得目瞪口呆，整个人愣在原地，直到听见自己在尖叫。有时，面对近在眼前的暴力，你得花点时间才能有所行动。这场面令我震惊不已。我感觉自己被拽回了一段不愿记起的回忆，一部无声的慢动作电影，片中那个年幼的孩子被人推倒，强压在地。是我那声尖叫把我从麻痹中唤醒。听到自己的声音，我感到心神不宁。我的声音听上去有些异乎寻常：它狂野而愤怒，出自我体内某个连我自己都不知道的地方。

"离她远点！"我喝道，拽着那女人的胳膊，把她拉向我家。那男人拽着她的外套。他牛高马大，肩膀宽阔，嗓音低沉而怒不可遏。我担心他会扑向我，因为他一直在不停地咒骂:"闭上你的臭嘴,你个愚蠢的婊子。"

我继续尖叫,同时紧紧抓着那个女人,陷于一场疯狂的拉扯。当时街上没有别人,但我敢肯定有人正从窗户里注视窗外。我深感绝望,但没有人伸出援手;往来车辆只是若无其事地驶过我们身旁。然后我大声宣布:"我要拍下你的照片。"同时假装去掏手机,尽管我明知我把手机落在了家里。这至少迫使他跳到了车上,嚷着:"臭婊子!你给我等着!"然后他猛踩油门,在路面上留下轮胎黑色的印痕。

我看着他离去,然后才开始哭泣颤抖。这感觉很怪,在愤怒的同时又充满恐惧,仿佛被两股力量朝两个方向拉扯。我感觉自己由内而外地动弹不得,但身体又兴奋不已,充溢着肾上腺素,让我的嗓音显得过于高亢。我听到它穿透我愤怒的啜泣。那女人不再流泪,好像现在才第一次看到我似的。"谢谢你。"她说,接着又说,"我能进去待一会儿吗?我觉得我快晕过去了。"

带她进屋后,我连忙去给她弄了杯热饮。人在受惊之后就会这样。需要喝点温暖而甜蜜的东西。我留她独自坐在客厅的沙发上。一小时后,在她离开之前,我给了她我的电话号码。"到家给我打个电话。"

我告诉她,"就当报个平安。"但她并没打来。

之后,我问拉布:"喂,你看见我的钥匙了吗?我怎么都找不到它。"而在接到出租车公司的电话时,我万分惊讶。"她给我们留下了你的电话。说你会垫付她的车费。"

"她为什么要这么做?"我问拉布。

他盯着我看了一会儿,说:"因为她有恃无恐。"

那天夜里,我再次在心悸中惊醒。一睁开眼,我就意识到有什么不对。我屏住呼吸,随即听见楼道里传来一个声音。下一秒,一个陌生人走进房间,站在我床边,我则躺在那里,吓得动弹不得。那是个漆黑高大的身影,有着宽阔的肩膀。直到后来,我才想到:我见过你。一开始,我张开嘴,感觉自己在放声尖叫。但我没发出任何声音。这感觉就像在水下挣扎,你能看见水面就在头顶,但你也知道不等浮出水面,你肺里的氧气就会耗尽。随后,突然间,我真的叫出了声。我感到自己正慢慢从梦中惊醒。但噩梦仍在继续:那男人俯下身,靠得更近。拉布醒了。

"他妈的怎么回事!"他怒吼着一跃而起。他站在那儿咆哮,愤怒地挥舞双臂,我看着他光着身子追赶闯入者,双脚重重地踏着楼梯,然后又一路追到街上。我赶紧披上衣服,几分钟后也追着他跑了出去,同时浑身颤抖。我不想让拉布独自面对歹徒。在自己家里或任何熟悉的地方，我都不觉得安全。

我和拉布面面相觑。我用手捂着嘴，身体又开始颤抖。

"没关系。"他说，"我会换一把锁。"

我想起了那些斑斓的小鱼。

"不能再这样下去了。"我说。

我们结了婚。每个周末，我们都会到水库边去，听海鸥啼鸣，听闪光的金属叮当作响，听风拍打船帆。我们开始筹划搬家的事，计划搬到一个新的地方，在那里找到生活与工作的平衡，让家成为一个更安全、更宁静的避风港。我憧憬着一个能让我们生儿育女的家园。早在那时，我们就已经体会过丧失与失望，而我也即将迈入人生的第三十四个年头。

2
大西洋

驾车来到伦敦西路高架以北,你很快便会进入一片广阔的城市荒地,那里到处是浓烟滚滚的工业用地和荒无人烟的混凝土前院,全都笼罩在霓虹灯的光辉之中,这光辉是如此刺目,让人难以看清黎明的天空中初露的晨光。高空中,脊背黝黑的海鸥大都在无声地滑翔,身处内陆,不时发出阵阵悲鸣。那是一种凄凉而哀愁的呼号。我想象它们也许痛失了至亲。

每天披星戴月地走在这条上班路上,我心里总有种躁动不安的感觉。日复一日卖力地工作,会促使你思考种种开放式的问题。有时,你甚至会抬头仰望,从天空中寻找答案,同时双肩紧绷,心头往往充斥着新的焦虑。

随后,在某一天,我们决定花上几周时间去苏格兰北部探路，亲眼看看那些我们也许会搬去的地方。我们在夜幕降临时出发，为的是避开车流高峰，在午饭前后到达，这样就不会把第一天浪费在路上。一旦选定目的地，你就不会满足于只在那片柔软绿地的边缘徘徊。你会凝神注视眼前的道路，脚踩油门，一路向北开去。大自然的美令人瞠目——如果你一直向前，冲出黑暗，驶向朝阳，像乌鸦飞翔那样笔直地前行，天空就会逐渐打开、升起，光线的穿透力也会越来越强。这里只有群山、石楠花和雨后清新的空气。在这几小时之中，地平线始终陡峭而险峻，穿插着雨刮器光滑的唰唰声和雨点不间断的噼啪声，你得仰起头才看得见山巅。漫长的车程令人疲惫，但我们依然心潮澎湃。

下车伸懒腰时，我不禁屏住呼吸。海湾上空，大雁笔直地飞行，如离弦之箭射向那团弱光的中心，像一小块不断啼鸣的石板涂料，沾染在海天相接之处。每次一听到大雁在鸣叫，用声音划破天空，我就又开始大口呼吸。苏格兰的空气不同于伦敦污浊的空气。我贪婪地在肺里灌满这里清新、甜美而湿润的微风。

"这真是太棒了。"我转身对拉布说。但他并没听见，因为风夺走了我嘴边的话语，吹散了我的声音。不必说话令人感到轻松。与大自然对抗毫无必要。我把脸转向风来的方向，尽情呼吸。

几天后，雨中的奥本空无一人。只有房产中介留下来告诉我们该怎么走。"你们没提前申请，车子肯定上不了渡船。做好步行的准备吧。"她告诉我们。

"所以我们要是下了渡船再走上三英里[1]，那边应该会有人迎接我们吧？"

她耸耸肩："就算没人接也无所谓。大门反正都会开着。别抱太高的期望。那地方都五年没人住了。"

我临走前，她紧盯着我，冷冷地扫了我一眼。"你不是这儿的岛民。你确定不多考虑考虑再大老远地跑这一趟吗？最好别抱太大期望。那完全是另一个世界，只有羊群、农夫和一家小店，此外除了大海什么也没有。"

"没关系。"我回答，"我们去定了。"

"岛上的生活呢，不大一样。不是每个人都能适应得了。"她在我们身后砰地摔上门，撂下这句话。

她说得也许没错，但那也可能就是属于我们的天堂一隅。一座小小的岩石岛屿，与外界完全隔绝。唯有绵长的地平线、明净的天空与美丽的蔚蓝色大海。我打心底里希望那种生活会适合我。

---

1 约 4.8 千米。

那是三月里一个阴沉的日子，铅灰色的天空重云密布，风势愈发强劲。渡船艰难地横渡，船长提醒我们，回程的船可能会被取消。天气预报说潮汐和暴雨还会叠加大风。我们最终还是决定冒险一试。我们斟酌过了，决定实在不行可以找个民宿住下。我们不知道岛上有且只有一家民宿，而且三月并不营业。

如我们所料，停车的甲板已经被汽车占满，最后仅剩的四个车位被一辆堆满干草的大型农用货车占去了三个。跳板升起时，两辆排队等候的汽车留在了岸上。

这座岛全长只有十五英里[1]，狭窄的腰部更是仅有半英里[2]宽，岛上居住着将近一百二十位岛民，外加十来个临时租户。船长信誓旦旦地向我们保证，我们要是从渡口出发，沿着一条空空荡荡、坑坑洼洼的一车道公路步行三英里，就一定能在数小时之内往返。他提醒我们千万别错过最后一班渡船。踏上那条路时，我望着那艘色彩鲜亮的渡船在波涛中颠簸着开

---

1 约 24.1 千米。
2 约 805 米。

远，穿过湍急的海峡返回陆地，心中激动万分。

"这大概就是这里的主干道了。"拉布喃喃地说着，扭头回望，"说是主干道，其实倒更像荒僻小路。"

"真不知他们要怎么应付上下班高峰。"我微微一笑，想到了伦敦，那里到处都堵得水泄不通，没法前进，也没法转弯，"不管怎么说，走路还是比开车要好得多。"

路上不时有破旧的汽车或锈迹斑斑的老式拖拉机隆隆驶过，每当这时，我们就会迅速跳上溅满泥浆的路肩。道路很窄，你很容易瞥见车上的乘客。车子会放慢速度，车上的人会透过雾蒙蒙的车窗紧盯着我们，再缓缓开走。有时，我们会遇见过路的汽车突然停在路上。车上的人会摇下车窗，点燃香烟，在发动机的嗒嗒声中抽着烟分享一天的见闻。有一次，两辆车之间还互相传递酒瓶。人们抑扬顿挫地娓娓讲述一天的经历。我们走过时，所有的目光都好奇地打量着我们。有一次，有人说了一句："新来的。"我听着那个声音，感觉它仿佛是扔在路上的一包垃圾。没错，我们是新来的，我想，不过但愿不会太久。我拾起这个词，体味它的音调与回响。但愿有一天，随着我们为这里所熟悉和了解，这个词听上去会有所不同。

凛冽的寒风吹透了我们的外套,连我们的手套和羊毛帽子也吹透了。海鸥挤在注满的绵羊喂水器旁,地上到处是芦苇和早前被风吹来的干草。巍峨的群山[1]和山丘上依然覆盖着厚厚的积雪,陡峭的冰斗熠熠发光,在高高的山顶,瀑布从初雪消融的地方轰然坠下。

我们沿一条崎岖的小路折返,走了几分钟便找到了那座小小的农舍,那条小路铺展在一道倾斜的山坡上,蜿蜒着绕到一座古老的石砌的畜棚背后,畜棚上依然能看见最初的茅草柱子。畜棚的墙上没有门。我们脚踩用光滑的卵石和石板铺成的小路,路上只有数十年来堆积的麝香、稻草和燕子留下的空巢。这座无人居住的石屋破旧不堪,墙壁灰暗,看上去潮湿而荒凉。大门没有上锁,一推就开。我们迟疑地敲了敲门,随即走了进去。屋里空无一人。室内似乎比屋外还要局促:只有四个光秃秃的房间,石墙有三英尺[2]厚,用从地下采掘的岩石砌成。这里听不到车声,也没有邻居。我们东张西望,四下打量。

是那份寂静打动了我。它有种充盈的质感,仿佛整片天空都被注入其中,直到几乎不再有别的空间。

---

1 原文为盖尔语。
2 约91.4厘米。

没有高声叫嚷，没有破窗而入的砖块。没有棍棒叮叮当当地敲击金属格栅，也没有公共汽车隆隆地驶过。室内静得像凉爽而清澈的水。我知道，这正是我长久以来一直在寻觅的那种宁静。小屋里没有水电，屋外没有排水沟，墙壁也没有粉刷过，但这些都不要紧。没有暖气和隔热材料也无所谓。室内像室外一样寒冷，取暖只能靠对面墙上的一只石炉。小屋已被遗弃冷落，有五年没人住过，屋顶上有田鼠、鸟窝和耗子留下的痕迹，但这些都不要紧。

屋外停着一辆漏雨的破旧篷车，能让我们凑合睡几个月，一直睡到我们把这地方拾掇得可以住人。小农场低处有个淡水湖，我们可以从那儿提水上来洗漱。屋外北侧支着一座没装暖气的简易铁皮棚，那曾是羔羊产房的所在地。裸土地板与精心贴满一张张20世纪50年代《奥本时报》的墙壁相得益彰。我被前任居民的这份用心打动。我从木架上拾起一本小巧的管家账本，看见空白处记录着一笔笔花销，金额不过是几个先令、几个便士。窄小的湿床垫旁放着一本字迹细小的钦定版《圣经》，还有一盏灯芯发毛的小煤油灯。站在门外，我放眼望去，映入眼帘的只有丘陵与群山。

"你觉得怎么样？"在走回渡口的路上，拉布问我。

我没有任何迟疑。只是望着他微笑。

一等手机搜到两格信号,我就出了价。六周后,这座岛上小农场成了我们的家。

对我而言,我们搬到岛上那天最可怕的挑战是我发现自己一个人站在甲板上,眼看渡船驶离码头。我们碰到一个问题。我们那辆卡车后挡板太低,上不了这艘老旧的渡船。在码头边,拉布举起手,无奈地屈服于过去这一小时发生的突发状况。

"别担心,我会去找你的。"他高喊,"我会找条船,想别的办法过去。"

"怎么找?"我扯着嗓子回答,"没有别的船了。这是今天最后一班船。"

"我不知道。"他耸耸肩,"但总会有办法的。"

天空逐渐放晴,我坐在甲板上,眼看拉布和陆地消失在远方,过去的生活也与我渐行渐远。车上没有吃的。我唯一的行李只是身上这套衣服。此外还有我那年迈的猫咪,它就坐在提篮里,瞪大眼睛看渡船晃晃悠悠地驶入海峡,波纹逐渐汇成更澎湃的浪涌。

驱车驶下跳板、开上小岛时，我心头生出一种诡异的不安。我们一起精心策划了今天的一切，而现在，我却只身来到这里。我又一次找到小农场，找到那栋坐拥一片美丽荒野的小屋。院子里荆棘丛生，通往房子的小径被千姿百态的野花覆盖——明艳的乌头花、狐狸草、沼泽金盏花、短旗鸢尾和野兰花，全都恣意地盛开。

推开房门，我松了口气。这里依然是我记得的模样。房子没通水电，没装任何管道，地板和墙壁都污浊不堪，落满灰尘，到处是看上去像鸟窝或老鼠窝的东西。但这些并不要紧。这就是家。在着手清扫一代代在此居住的野生动物遗留的残骸之前，我把双手平放在厚重而空无一物的石墙上，低声说："我来了。我还不了解你，也知道你还不了解我。但我相信我们会在一起很久。我会留在这里。你就是我的家。"

接着，我点燃几根树枝，把清扫的垃圾和废物倒入屋后的一座小炉里焚烧。我听着噼啪作响的火焰舔舐着这些小小祭品上的尘灰和污垢，将它们点燃。我转过脸，迎着风，望着此刻愈发深邃的蓝天，眼看傍晚的星辰逐渐亮起，天空从黄昏转入岛上的薄暮，再化作朦胧而明亮的夜空。我聆听着寂静的声音，感觉周身萦绕着孤寂的气息。在几小时的时间里，寂静化为野外特有的种种陌生的响动——猫头鹰、蝙蝠、秃鹫和大雁的鸣叫，回荡在一点点暗下去的夜空之中。这样的瞬间弥足珍贵。充满无限可能。

我永远忘不了自己踏上旅程，开始在岛上生活的那天。作为局外人只身来到这里，是我人生中一次令人不安的转折，而在往后的岁月中，这不安引起的回响只会愈发深刻。我愿意把这视作自己第一次直面恐惧、向未知托付信任的尝试。

回首往事，我并不知道那最初的几年不过是个开始，开启了一段更激烈、狂野而紧张的艰辛岁月，这段生活将极大地考验我的勇气、韧性和耐力，甚至挑战它们的极限。成长并非总是一帆风顺，有时，新的种子要在鼓励甚至逼迫之下才能生长。

3
岛屿

　　我还没睁眼就知道自己醒早了。一道微弱的月光照进房车开裂的车窗,其中几扇窗卡在半开状态,凝结的水珠晶莹剔透,在玻璃上闪光。尼龙钓线被固定在薄薄的墙上,几条茶巾搭在上面,软塌塌的,随微风轻轻摆荡。我眨着惺忪的睡眼,望着那座卧在开阔田野上的小小农舍,还有它身后深藏在阴影之中的群山。我注视着摇曳的野草。猛然间,我记起了自己是在哪里。

　　"你在这儿呀。"我轻声说,用目光追溯小屋的线条。它低矮的轮廓发出鬼魅般的幽光,像薄暮中一团摇曳的鬼火。我喜欢看到它立在那里,与我一同苏醒,等待太阳升起。我倒数着日子,看我们还有多久才能最终搬进那里。那是一种热望,一种我从没对其他地方产生过的深深渴求。我们第一次看到这栋小屋时，它是如此荒弃而无人珍惜。我无比迫切地希望它能有人爱护、有人居住，尤其在经历了多年的荒废、疏忽和孤寂之后。我渴望把它变成一个家，渴望那坚实的墙壁能将我包裹。我还希望有一天能让这里满是奔跑的小脚丫和欢笑的声音。

在夜空高处，银河是一道忽闪膨胀的磷光，铺展在天边的虚空之中。炽燃的光点向一处汇聚，点亮了一道由无数莹莹白光组成的虹彩。我曾对苏格兰高地上这些星光熠熠、诡谲怪异的柠檬色天空有所耳闻，却对它那惊人的明亮始料未及。我从未见过如此绝美的景象。

"你也醒了？"我感到拉布在旁边蹬腿，低声问他。

他久久没有回答。于是我试着静静躺在那里，望着他的身体随着呼吸起伏，想用意念驱使他睁开眼睛。

想到短短几周竟能带来这么大的改变，能完全消除伦敦的压力，我有些惊讶。我感觉身体正在悄然变化，在海风和阳光下，我紧绷的皮肤松弛下来，开始舒展。我被海水浸泡得干枯缠结的头发披散下来，变成了深金褐色。我们变得更健康了，也更加苗条。我有好几周都没化妆了。我匆匆塞进包里的一面小镜子早已不见踪影。最终,我不再找它,摆脱过去的习惯奇怪地让我感到自由。

粗糙的石墙已经在我手上留下一道道发白的割伤和细小的粉色丘疹。在我手背上,指关节因为擦洗干燥剥落的墙面而发疼、发红。擦洗之后,我们给饱经风霜的墙壁涂上亮白色的砌筑涂料,我把开裂的门和窗户漆成属于晴空的碧蓝。日出时,玻璃窗会折射出一片微光闪烁的天青石蓝光雾,直到这光线沉入地平线以下而天空再度暗淡下来。日落时,古铜色的天空由内而外地将自己燃烧殆尽。一天又过去了。我们的计划在缓慢推进,但时间已近仲夏。热浪依然没有要消退的迹象。

"我从没想过咱们真会这么做,可瞧咱们现在。"拉布时常若有所思地说。我在他轻轻转动我的手时腼腆地笑了,因为看到手指上那枚戒指,我依然会掐一掐自己。它纤细的戒环仿佛是一线希望。我们结婚才六个月,而如今,在短短六周时间里,我们已经与从前在伦敦的生活相隔了六百英里[1],外加一片水域。真没想到我们的新生活竟是如此充实,如此回归本质。

---

1 约 966 千米。

我们只带了两只装随身物品的包、一辆旧 Vespa 摩托、一只烧烤架和一只小小的燃气露营炉，除此之外一无所有。有时，我会为我们所需的东西竟这么少而发笑。而有时，这又会带来一种不确定感。我不知道这片土地是否真能满足我们的基本需求。我希望我们能保持这份极简，也保有信心与决心。我明白，尽管我们精神自由、心无杂念，但生活绝不会永远一帆风顺、毫无纷扰。我意识到我们很可能没为夏天的结束做足准备，但我很高兴我们并没因为过于谨小慎微而裹足不前。我告诉自己，这个计划的成败只取决于我们两个。这仿佛是一份礼物，仿佛我们根本没有什么可以失去。

每天清晨醒来，被窝里的我们都还牵着手。别样的风景会让你用不同的方式去感受事物，你的眼睛会看得更远，视野也会变得更加清晰而开阔。这令人感到平静。但在一些时候，这也会让我暂停手头的工作。奇怪的是，一个如此静谧的存在竟会对你产生这么强烈的吸引。草丛长得再高，那长长的地平线有时依然会空旷得令人不安。这片空间完全排除了常见的干扰。岛上没有商店，只有一间小邮局出售储备充足的杂货，这里也缺乏社交场所，没有餐馆、酒店、咖啡馆、酒吧或聚会的地方。公共设施乏善可陈。岛上只有一所不大的小学，但没有全科医生和警察，只有一名兼职护士和一支志愿消防队，此外就再没有别的应急服务了。教堂偶尔会为为数不多的教徒举办娱乐活动，由妇女协会提供茶水，但由于这里的人口老龄化严重，所以大多数周日，在教堂里那一排排硬邦邦的长凳中，只有几张会坐着虔诚的信徒。岛上有一条单车道公路贯穿南北，偶尔出现的岔道总是无一例外地搁浅在卵石和岩石上。岛上的陆地狭小而局促，从大西洋涌来的潮汐将它团团包围。你绝不可能忘记自己四周全是海水。无论站在哪里，你都能感受到那股腥咸的寒潮，听到海鸥喧闹的声音。有时，从被风掀起层层绿浪的草地望向躁动不安的大海，眼前的景象会奇怪地令人难以抗拒。

有些时候，这种空旷会让我提出"人都到哪儿去了？"这个问题。我很难接受这个现实——这里的居民寥寥无几。路上车辆稀少，只有零星几辆拖拉机或破旧的汽车辚辚驶过。随着日子一天天、一周周过去，人会自然而然地开始寻找与自己同在一片天空下的人，寻求更密切的交往。寻求归属需要社区和人群。而且尽管我嘴上没说，但寻求归属也要求你得到接纳。我们到过很多地方，但这座岛屿的风貌比我们去过的任何地方都荒僻。在山间四处探索时，我感觉体内涌动着一种陌生的自由。这片风景本就蕴含着一种原始而令人激动的东西。当你心无杂念，你就会逐渐平静下来，融于自然。

彼此依偎着躺在破旧的房车里，看心爱的人轻柔地呼吸，看一抹淡淡的晨光洒进窗户，映在群山的暗影之中，我感觉自己平生的愿望都已实现。这一切狂野而令人感到自由。见到拉布开心的样子，我会暗暗感动。看到我们的生活重回正轨，我如释重负。但今早似乎有什么不对。正当我从床上坐起，歪着头凝神倾听时，房车开始轻轻摇晃起来。我能听到它那干燥锈蚀的面板开裂的声音，粗糙的碎片不断地剥落。

拉布醒过来，翻了个身，把一只胳膊举到脸上挡光，我轻轻把脚放到地上。我裹上一条柔软的羊毛毯，推开房车的车门查看。一踏出车外，我就感到一粒粒种子拂过我赤裸的双腿，青草在空旷的田野上忽闪，静静地泛着微光。清新的空气和轻柔的星光凉丝丝地洒落在我皮肤上。

阴影中突然传来肢体突然惊动的声音，同时伴随着一阵嗤嗤的轻微鼻息。一个窸窸窣窣的声音跟我自己惊异的喘息声交织在一起。原来是我们的母牛领着小牛无拘无束地四处游荡，从小农场一直走上了田野。很快，拉布来到我身旁。

"真是见了鬼了。"

我们面面相觑。随即哈哈大笑。眼前的景象太美妙也太荒谬了。

"我们得打些桩子把它们圈起来。"拉布叹了口气,用手疲惫地抚过房车开裂的面板,"还得把这些洞给填上。"

"嘘。"我说,"现在先随它们去。"

我们并没说破对方的想法,但我们都想到了秋天,风会怎样灌进那些裂缝。

"你看,它们只是好奇而已。"我伸出手指轻轻摩挲牛儿夏季光滑的皮毛。自从在陆上的市场买下这些奶牛,这是我们第一次真正触摸它们。当时,看着拉布在节奏疯狂的拍卖场上举手或点头出价,我的心都提到了嗓子眼儿。所有人都密不透风地挤在一起,他们汗流浃背的身躯猛力挤压着低处的竞拍圈外围的栏杆,场内是如昼的灯光、湿乎乎的锯末,还有粪便和尿液散发的阵阵恶臭,大门砰砰作响,奶牛被赶进竞拍圈时发出震耳欲聋的嘶吼。听着高音喇叭足以震碎鼓膜的聒噪,我很难集中精力思考,那声嘶力竭的叫嚣推动着拍卖的节奏。我注意到,除我之外,拍卖场四周的人群中没有别的女人,只有一小群妇女聚在高处的硬木隔间里。我在想我是不是该去跟她们坐在一起。

　　这批奶牛花了整整十天才在我们的小农场上安顿下来。它们的呼吸温暖而甜美,仿佛由散发着馥郁草香的夏日青草与娇小的野花发酵而成。我小心翼翼,不让自己走得太快,因为它们正轻轻翕动着濡湿的鼻翼,警觉地嗅着我们的气味,它们缓缓探出舌头品尝空气,侧腹紧张地颤抖,按捺着充沛的活力。一头色泽偏深的棕褐色奶牛伸长脖子,轻推了我一下,它却自己吓了一跳,迅速退开。"它们跟我们还不熟。"我说,"不过应该很快就能适应。"我又想到我们还要买羊,也同样没有相应的养殖和饲养经验。我告诉自己,这也像生活中的每件事一样,总有第一次。

　　"我们怎么会有这么个大家庭呢?"拉布转身把我拉到身旁时,我问。

　　我渴望像月亮一样沉沉地挂在夜空,在季节更迭中等待。我闭上眼睛,许了个愿。我只希望能有个孩子让我抱在怀中。

　　有时,我希望自己能让生活暂停。让这田园牧歌般的生活永远不被打破。时间缓缓流逝,正如褐色的鳟鱼在平静的湖面下无声地游过。一只孤鹭展翅飞出芦苇丛,优美的身躯竭尽了力气。燥热的天气令人行动迟缓。与此同时，夏日倏然飞逝，轻盈得如同捕食的燕子，飞快地点地啄食又立即重返天空。

每天清晨，我们都赤身穿上工作服。我从小溪里一桶又一桶地提水，淋湿墙壁，擦去陈年的碎屑、尘土和厚重的烟灰。想到我们即将住进一个曾被未知的艰难险阻摧毁的地方，想到连这座小农场的主人都不愿留在这个自己诞生的地方，我心中惶恐不安。随着我们的到来，那种生活彻底消泯，灰飞烟灭，又一位继承人选择了实利而非传承，把这个家出售给我们。擦洗的时候，我能听见拉布在外面，在低矮的屋顶上匍匐着修补陈旧的石板，把薄薄的金属屋脊固定上去。屋顶上满是孔洞和缝隙，开裂风化的瓦片上覆盖着厚厚的青苔。我试着想象我们尚未经历的冬天，那时海面将会抬升，狂风也将呼啸而过。我很高兴我们的小屋是如此低矮，朴实无华，贴近坚实的地面。我想起那句谚语，说艳丽的罂粟要是长得太高，就会被无情地割下。

买下房子四周的土地后，我们找到许多美丽又荒无人烟的地方。草地上点缀着野兰花、犬堇菜、短旗鸢尾、毛地黄、亮蓝色的穗花和第一批淡色的圆叶风铃草。但再往下挖，表面那层薄薄的土壤之下就是破败的墓地和浅浅的垃圾填埋场。乱石堆覆盖着扭曲的牛角、碎裂的牛头、酒瓶碎片和一堆纤细干枯的白骨。这让我不禁好奇，会不会有什么别的东西隐藏在我们看不见的地方。

有一天，我们终于决定好好休息休息。那天有英式橄榄球比赛，我们又没有电视，所以拉布决定乘船去奥本喝杯啤酒，单独待上几个小时。我们已经几周没分开过，彼此都需要一点时间独处。但我不想到奥本去，所以选择单独留在小农场。草丛非常之高，躺下晒太阳时，我感觉自己被遮得严严实实——于是我躺下来，脱下了T恤和牛仔裤。青草扎得我的皮肤痒丝丝的。草叶气味馨香，所有的穗都被草籽撑开。接着，我想，除了这里，除了这片开阔的天空下连绵的草地上，还有什么地方能让我感觉如此自在？我索性脱得一丝不挂。灼热的阳光炙烤着我的脸庞。我打着盹儿，聆听着鸟儿的啁啾和微风的吹拂。

过了一会儿，我骤然惊醒，察觉到一种微妙的变化。鸟儿突然从我头顶的树上惊起，直觉告诉我有人来了。我本能地伸手去够衣服，然后僵在原地。两个男人正快步穿过田野，向我靠近，他们一路小跑，几乎奔跑起来。我知道他们已经看见了我。真尴尬呀，我心想，不过至少现在，他们应该会回避一下、改变方向了。但他们并没这么做，既没转向也没减速。他们径直向我走来。霎时间，我以最快的速度把衣服套到身上。既要避免站起来进一步暴露又得穿好衣服，这简直难于登天。他们快到我跟前时，我朝远离他们的方向滚去，背对他们，拼命扣好牛仔裤。下一秒，我仰躺在地，而他们就站在我正上方，影子落在我身上。我用胳膊挡住脸，眯眼面向阳光。但我只看到两个黑影；在他们身后，太阳光芒万丈，用它最炽烈的光焰直射我的眼睛。

"我们不是故意想吓你一跳的。"其中一个人带着歉意说。

另一个人笑了笑，俯下身，向我伸出一只手。"嘿，瞧我们在这儿找到了什么？"

我没去握他的手，而是翻了个身，一骨碌爬起来。我心慌意乱，把头发紧紧扎成一个发髻，后撤一步，笨拙地掸去身上的草籽和碎草。我挨个打量那两个人。然后我低下头，盯着自己裸露的脚趾。

我感觉形势对我非常不利。但其实我是天经地义地站在这里，两只脚牢牢地踩在自家农场的土地上。我不知道这座岛上的人是不是经常踏入不属于自己的土地。还是说这里的风俗与别处不同？

我不知这是怎么回事，但我发现自己正在道歉。

这更是让我既困惑又恼火,因为我愈发感觉措手不及,处在舒适圈之外。

"很抱歉,我没看见你们。"我尴尬地说。第二个人笑了:"嗯呐,但我们看见你了。"

我的脸唰地红了,我飞快地瞟了他一眼,他也冲我眨眨眼睛。我脸上发烫,赶紧移开目光。

"啊,别理他,小姑娘。"第一个男人嘲弄地推了同伴一下。他有双清澈的淡褐色眼睛,眼神犀利而精明。我感觉自己完全被他们看穿了。

我俯下身,拾起自己的东西:一本书和一双运动鞋。那两人一动不动。

"你们在做什么呢?"我呆呆地问,"我是说,你们为什么会在这里?"

"问得好。我们刚才在干啥来着?"他转向他朋友,"我看我准是来找你的。"说到这儿,他挤挤眼睛,"但这好像也不对。"他轻轻一笑,摇摇头,"我准是被太阳晒晕了。"他直勾勾地盯着我,"羊走丢了。我们是来找一只母羊的。"

我把胳膊抱在胸前,觉得这有些牵强。这个姿势显得虚弱无力,或许正因为如此,我才一反常态地迸出这么一句话:"真有意思。这片田野上明明什么都没有。这儿没有羊,只有牛在吃草。"

事实的确如此。我们眼前一只羊也没有。这时离我们准备去买羊的那场拍卖会还有好几周时间。

"啊,你说得也许没错,但一分钟之前还不是这样。"他咧嘴一笑,"那些藏在暗处的东西,可奇怪着呢。"

我望着他,无言以对。正是这种时刻让我希望拥有一张伶俐又不饶人的利嘴。我开始意识到,在这个地方,你得拥有犀利的锋芒,好对付所有这类抢占地盘、划定边界的争执与争夺。我徒劳地搜肠刮肚,想做出恰当的回答。而我通常只有在回家好几小时之后才会毫无用处地想到自己真正该说什么。

"不好意思,我无意冒犯。"我说,"但这里没有羊。而且这座小农场是我的。"

这时第一个男人盯住我,缓缓抱起胳膊,小声说:"啊,但你这么说可就没道理了。"

我望着他,一脸困惑。

"嗯呐,妹子,记住,你住在赫克托的小农场。"

我摇摇头:"不对,这是我们的农场。这里归我和拉布所有。我们刚把它买下来了。"但话一出口,我就想收回。

"嗯呐,你们是买了。好啦,随你们怎么叫它,"他反驳道,"但这儿一直就是赫克托的小农场。"

我们之间的气氛突然变得剑拔弩张。就好像我们都从对方面前后撤了一大步。我感到一阵风从我们当中吹过,天气仿佛骤然转凉。

"你们把这一小块地方也买喽,对吧?你们想必也把小旗插上去啰。用剑征服不了的地方,你们就用支票征服。"

他紧盯着我,闪烁的目光在我全身上下游移。我处在他的审视之下。这让我很不舒服,感觉受到了侵犯。我一阵眩晕,有些犹豫。有好一阵子,我们都没说话。

接着,他笑了,耸耸肩说:"好了,算啦。这不过是你精致的瓷茶杯里一场可笑的小风暴罢了[1]。你下次也许可以请我们进去,让我们给你展示展示什么是真正的高地式款待。"

然而他的语气却充满挑衅。我低头盯着自己的脚,感到自己刚才有些无理,但同时也觉得受到了羞辱。最重要的是,我完全摸不着头脑。

"不好意思。"我说着,不明白自己为什么又在道歉,只觉得自己好像差点就说错话了。所以,出于这个原因,我告诉自己道歉是对的。

---

[1] 短语"茶杯里的风暴"(a storm in a teacup)指小题大做。

"下次吧。"我小心地说,"欢迎你们到家里来跟我和拉布喝上一杯。"我伸出手,这个动作似乎显得过于正式,但唯有如此,我才能告诉他们对话已经结束,事情到此为止。

他握住我的手用力一捏,疼得我龇牙咧嘴。我与他对视,他不肯松手。然后他突然放开我的手,显得不屑一顾。

"永远记住,"他尖刻地说,"在苏格兰,男人有权在任何地方自由来去。所以穿脱衣服的时候,你可得留神。"

我抬起头,感到不知所措。我误会了他们。但我自己也受了委屈。他们终于走了,我搓着手,看着他们的背影,心中充满困惑和迷茫。他们边走边哈哈大笑。抓我手的那个人重重地拍着另一个人的后背。太阳的温暖仿佛弥散殆尽。我感觉疲惫不堪,这一天的阳光都蒙上了阴影。

"你这个笨蛋,大笨蛋。"我狠狠责备自己。但其实我并不明白自己到底做错了什么。即使我不断回想,事情也没有变得更明朗。我把这件事告诉拉布时,他一笑了之。"他们不过是些趁机占便宜的家伙。他们当然会来啦。你就躺在这儿半睡半醒,身上连块布都没盖呀。"我望着他,纳闷地想:这难道还成我的错了?还有,换成是你也会这么做吗?这件事困扰了我好几天,就像晒伤在皮肤之下隐隐作痛。我感觉自己好像无比靠近一道无形的边界。我独自站在它的一侧,而不知为什么,拉布有史以来第一次站在了我的对面。

我很想念我那些朋友,而拉布也想念他的朋友。只能跟彼此交谈令人心生厌倦。我不禁好奇,鸟儿是否也会厌倦彼此的啼鸣?它们选择成群出没是否就是因为这个——为了听到不同的歌声?

我们这里没有通电,过了好一阵子才装上固定电话,在那之前,我有好几周都只能步行去附近一座农场外的电话亭打电话,与亲友保持联络。我迅速把硬币塞进金属投币口。每分钟的通话都弥足珍贵。"能听到你的声音真好。"我告诉一位朋友,又对另一位朋友说:"你会写信给我吗?就像咱们以前一起喝咖啡、吃午饭一样。"不过现在已经没人用笔写信了。

这让仅有的几封信显得格外宝贵。少了别的通信方式,就连拆开账单也会让人觉得特别。邮件每天送来。那一刻,人总是满怀期待。每天早晨,邮局的面包车都会开到岸边,等待渡船。然后它会掉转车头,沿着坡道倒到船上。邮袋被装入后备箱,车子驶上小岛，开到小邮局，在那里把邮件分门别类，再直接投进每家每户的邮箱，或是放进住户们没上锁的房门。随后，寄往岛外的邮件会被盖上邮戳，装进邮袋，登上渡船，运往陆地上的奥本中央邮局。日复一日，这套程序周而复始。时间必须卡得很准。渡船不会等人，就连邮差也是。只有天气异常或机械故障，才能让这时钟般的精确运行暂停。

我们渴望认识岛上别的居民，渴望得到私人聚会的消息。事实证明，事情的关键就在那条公路上。一天，我正在院子里干活儿，一辆红色的邮车突然停在我门口，邮递员按响喇叭，摇下了车窗。"今晚有空吗？"她问。见我耸了耸肩，她笑了。说真的，我已经记不起上次过夜生活是什么时候了。"嗯，今天我生日——我准备跟姐妹们一起出去玩儿。我六点左右过来接你。"

"别玩得太晚，也别喝太多。"听见喇叭声在门外响起，拉布开玩笑地说着，把我推出门外，"你现在只能靠自己了。"我穿着干净的牛仔裤，化好了妆。我已经洗了头，把干活儿穿的靴子放在了门口。有那么一秒，我差点认不出自己。

"快上来！"一个声音喊道，但我一拉门把手，才发现其他人把座位全挤满了。"前车厢满了！"那个声音又喊,"到后边去。"

我用力拉开后门,一脸惊讶地跟大家问好。后车厢也几乎全满。我看至少有五个女人挤在里面。谁也没说什么,只是默默挪到一旁。突然,我听见一声尖叫,然后有人哈哈大笑。"小心呀,你这个秤砣——你坐到我的脚啦。"这个玩笑打破了僵局。一只手伸出来,把我拉到车上,门从外面砰地关了。车内一片漆黑,直到一支手电突然亮起。车上的人咯咯直笑,传递着一瓶啤酒。我很高兴能加入这种聚会,在岛上四处转悠,沿途又接上了更多来狂欢的人,最终来到对岸的渡船酒吧,跟大家一起围坐桌旁。最后一张十英镑的钞票被重重地拍在桌上,杯中酒也都一饮而尽,大家匆匆拥向码头,渡船在歌声中驶向家的方向。

尽管我没法记住每个人的名字,但现在,我已经认识了几位本地居民。我突然意识到自己或许一直对友情熟视无睹,这更让我体会到我们迈出的这一步是多么重要。如今回想起来,我们从前的生活显得异常单纯,可靠而值得信赖。每个人都需要感到身边还有别人存在。这会奇怪地让你不再对同伴那么挑剔,因为单是找到他们,就足以令你心存感激。

在黑夜中寻找灯光,是岛上一项古老的习俗。我得知,亮灯的窗口是一份公开的邀请,邀人敲开房门与自己做伴,与此同时,别人要是从你家窗口看到同样的灯光,也会希望受到款待。我们最早的访客是一对老夫妇。他们出现在门口,跟我们闲聊了一阵。他们不肯进屋或跟我们一起小坐,但他们的热忱、善良与真诚的好奇都令人如沐春风。他们带来一罐酥饼和自制的片剂,一种用糖、炼乳和黄油做成的美味糖果——这种糖果质地坚硬,用手指掰开比用牙咬开安全——随后他们就沿着公路走了。不提前告知就挨家挨户地登门拜访,这种社交方式真是出人意料,完全超出了我们的认知。

"咱们不如也来试试?"我提议。

我用我们简陋的厨房设施匆匆做了点面包和饼干。我既觉得兴奋,又有点不敢去敲陌生人的门。最终的结果正如我们所料,一些人开了门,显得热情、好奇而兴高采烈,另一些人则警惕地关上房门。而在一对夫妇那里,我们遭遇了毫不掩饰的敌意。

"唔,这本来就不容易。"拉布分析道。我们望着对方。来到一处地方却这么快就开始怀疑自己受不受欢迎,这实在令人不安。

对话总是直线展开,遵循早已熟谙于心的固定模式,主要关注季节特征或是人们的生活近况。交谈总是简短而措辞精炼。人们尽管说得不多,但那些细微的动作——飞快的一眨眼、一句机智的影射或一次唐突的拒绝——却意味深长。我缺少深入的交往。随意而默契的温暖背后是有所保留的态度和根深蒂固的戒备,令人难以亲近。这是一道难以穿透的屏障。你只能等它自动解除。只有假以时日,你才能在一片土地上栖居并熟悉它的传统。而与此同时,我偶尔也会因为缺乏隐私、无法隐姓埋名而感到不安。我很好奇人们关起门来会怎么议论我们。

表示帮助和善意的小小举动每周都像阳光一样照进我们的生活,削弱了不佳的第一印象,而且它们完全是随机和出人意料的,因此显得更加慷慨。比如我们雨天从码头回来时搭上的顺风车。或是经过一扇敞开的窗时,里面的人友好地一挥手,突然一声呼喊,邀请我们进去做客。还有那些在夜幕降临之后照亮我们车道的车前灯,有人会从羊皮外套的衣兜深处掏出酒瓶,把威士忌热情地洒在保险杠上,祝我们在新家一切顺利,或者仅仅是想随意多聊几句,摸清我们的为人。从仅仅见过几面的人,甚至素未谋面的人那里得到如此热情又充满考验的欢迎,我感到惊讶又诧异。

一天早上,一辆面包车飞快地驶进院子又消失,留下一只陈旧的木抽屉柜，上面贴着一张没留名的纸条，用漂亮的字体写着"希望你们用得上它"。这份体贴与慷慨令我动容。我们在伦敦住了这么多年，我还从没遇到过谁会这样关心新搬来的邻居。后来，经过打磨和上油，柜子上小小的珍珠母花朵呈现出来，它们被镌刻在每只抽屉精致的图案中，看上去就像小农场上的花儿一样。我希望我们能用时间与善意回报这些帮助，让这份好意得以延续，不至于像风那样说变就变。

的确有人转身就走，也有人不肯回应我们的笑容。但随着时间的推移，我们逐渐摸清了谁家的大门会热情地敞开，送出温暖的问候。我们还学到作为新来的岛民，要想待人热情、融入社区，你家的大门就必须向所有人敞开，无论对方会如何回应。

夏季结束那天，我们依然在房车里住着。雨点噼噼啪啪地砸下来，劈头盖脸地落在漏雨的车顶上，浸湿了床单，渗进房车没来得及关严的窗户。我们移开床垫，把水桶放在窗户下破旧的油地毡地板上。车外，雨水逐渐在房子周围积成深深的水坑。就连奶牛都显得有些沮丧。

"无论有没有做好准备，咱们都得搬了。"拉布说。

搬进小屋之后，我们挣扎着御寒。墙壁太厚又没做隔热，炉膛中嘶嘶作响的木材很难提高室温。我们用冷水洗漱，皮肤被冻得发皱。寒冷令人疲惫。但洗漱完毕，你就会容光焕发。

雨下个不停，枯黄的草地眼看又渐渐转绿。就在我留意到这变化的那天，一位电工从陆上赶来。我们已经等了他好几周，等着他给我们接通电缆，铺设横穿沼泽的管道，把泉水引入我们空荡的水箱。拉布一声欢呼，从一扇窗户里兴高采烈地向外招手。清水终于从结满石灰垢的水龙头里汨汨流出。我们拼命吮吸水管，想吸尽气泡。浴室里虽然冷飕飕的，但不必再费力提水也是个小小的奇迹，龙头里能涌出热水也是。水箱很小，水只能勉强灌满那口深陷的铸铁浴缸。但即使是皮肤上的丝丝暖意，都让人感到奢侈。我跨过浴缸高高的边缘，在暖意浸入骨髓那一刻长舒一口气。

我听着风雨在窗外肆虐。终于能搬进自己的家，感觉真好。尽管夏日已逝，那短短几周最初的田园生活也已经告一段落，但我还是很庆幸我们头顶能有这片遮风避雨的屋顶。它让我知道，舒适与不适之间只有一滴水的差别。我意识到这处境是何等野蛮，简直匪夷所思，因为就连动物也能有尊严地为自己梳洗。

长期缺乏基本的生活便利，让我们的相处变得艰难，关系恶化的速度快得令人心惊。每次看到清水从龙头中涌出，或是赤条条地迈出浴缸，皮肤上依然热气蒸腾，我都会被自己心头的感激吓一大跳，真希望我永远都能体会这份心情。我们的交谈重又变得顺畅，这也让我松了口气。

但随着我们跟邻居越走越近，我开始注意到我们尽管时常互相打趣，但我们之间的对话却处处是弦外之音。结识新人时，对方向我们提出的问题（"你们是谁的朋友？"）完全不同于我们过去听惯了的那句常见的"你做什么工作？"。我们是这里的陌生人，在岛上举目无亲。我总能听出背后那个隐含的追问："那么，你们为什么会到这儿来？"

夏末，我们装上了网络。网速很慢——天线在海上，信号得先到达奥本，再穿越数英里汹涌的波涛传送到位于消防站的接收器上。尽管如此，与外界恢复联系依然令我感到宽慰。我不再恳请朋友们写信。"还是发电子邮件吧，这样快些。"他们说。我也很难向他们解释相比发送电邮，亲手写信是多么亲切。总有一种美好的宁静在手写的文字间流淌。

我望着嘶鸣的海鸥，看它们从水面飞来，倾斜翅膀，大角度地迎风飞翔。显得毫不费力。一点点地打破、调整和重构你对世界的印象，需要时间。每次一登上陆地，拉布和我的举止就会立刻变得不同。在岛上，人们对我们过去的生活兴趣不大。这感觉就像我们身上的那个部分被有意地剥离开来。有时，我会怀疑那部分的自我会不会永远消失。我们陷入了这样一种困境，一方面渴望得到接纳，相信自己属于这里；另一方面又担心假如长期待在这里，自己总有一天会彻底改变。

4
小农场

　　山坡上，草儿恣意铺展，泛起层层绿浪。风吹草动，掀起巨大的涟漪和浪涌。种子穗在每个角落成熟，亚麻色的外皮鼓胀紧绷，竭力掉落，沿着看不见的缝隙播下来年的作物。我走过山间时，丰收的气息弥漫在空气中。那是一种属于草本植物的馨香，被海上吹来的一阵阵奇异的西罗科风[1]变得温暖而馥郁。夏末等待收割的时光令人倦怠。有时，我会怀疑收割是否真会到来。

　　一等到桦树皮开裂、簇拥的蓟草团飘散，田野很快就会被收割得精光，一个季节就又过去了。野兔蹿出中空、颤抖的芦苇丛，海雕的雏鸟在植被稀少的山

1　从撒哈拉沙漠吹向欧洲南部的热风。

丘上伸展年轻的翅膀。我眼看那些凶残的利爪朝着海的方向扶摇直上，飞往它们沐浴的盐碱高地，几乎一动不动地悬在空中。在它们下方，一簇簇羊毛钩在粗糙的牧草上，像经幡一样招展。正是在这样的时刻，风中会弥漫着一种缓慢而痛苦的饥饿。

我四处走动，探索每个角落，每片农田，这片土地上的每一公顷、每一弗隆[1]。山上的花岗岩被旭日苍白无力的光辉照得灵动鲜活。随着光线流溢波动，风景也变得凹凸有致，对比强烈，充满奇异的力量。这风景倾吐着它得天独厚的魅力，讲述着它光明的故事，就像吐出一颗颗铮铮作响的坚硬石头。

每座山丘、山坡、峡谷或山谷都埋藏着自己的秘密。我听见那些被遗忘的生命呼吸的声音，它们的话语在风中回荡。那些古老的村落如今都已空无一人，茂密的荨麻标示出垃圾场的旧址。老鼠在破裂的基石中筑巢，细小的蕨草攀附着墙壁。我沿着杂草丛生的主干道前行，这条路蜿蜒曲折，通向沿途每座小小的聚落。有时，随着风向改变，我能听见孩子们在草丛中奔跑的回声。

我很快就有了个喜欢的去处——一处独立的岩

---

[1] 英国通用的长度单位，1弗隆约合201米，主要用于表示赛马途程距离。

石岬角，处在陡峭的峡谷和险峻的悬崖环抱之中，跟周围的山丘隔开了一段距离。它坐落在这座小岛的西北部，隐蔽而难以抵达。人只有执着地搜寻那些隐秘的小径，才能看得到它。你可以从海上靠近，或是步行穿越那片满是古老、扭曲、矮小的桦树、橡树、赤杨和白蜡树的森林。地图上没有明确的道路或标记。我也是因为看到它尽头的海岸边有块零落的放牧地，才发现了这里。这些隐秘而迂回曲折的小径，是早已被遗忘的歌谣，只有野鹿和绵羊在柔软的泥炭土上留下窄小的蹄印。繁茂的灌木密不透风，挂破我的衣服，钩住我的头发，我不得不弓着身子前行。我学着尽量把身体缩小。我的岬角就宁静而恬适地坐落在视线之外。

西南风蚀刻出这处偏僻的岬角那与众不同的形态。它就像一张轮廓分明的巨大面孔，用空洞的目光仰望苍穹。它生硬的胸膛、狰狞的头颅、尖细的鹰钩鼻都以岩浆岩和玄武岩雕铸而成。这正是传说最丰富的地方：它就是奥西恩——这片土地的守护神——古老的长眠之所。人类是个不合时宜的存在，这片土地不属于他。这里的岩层形态原始，来自一个属于神话与本能的黑暗时代，是地球本身的一种创造与毁灭的力量。

石头被凿开，设防的高地被筑起又夷平，石塔和要塞被垒起又覆盖。羊群到来，人类离去。时代变迁。海潮不断涨落，海浪持续拍岸。后来，人们重返这座岛屿。这块岛岩依然屹立在此。无论如何被分割成一块块小小的牧场：总之，那些被严格划定又不断变更的领地，就叫作"小农场"。

我们这片小农场叫作"岩岭"，又称"崎岖农场"。我们的房子以岛石砌成。它的历史早已融入了这片风景，这里遍地交织着古盖尔语和北欧语的名字。我把这些字眼含在嘴里，感受它们陌生的形状。北欧的语言棱角分明，坚硬如峡湾山脉，盖尔语则像田野一样柔软。岩石是这座岛屿的主要地貌，记忆则支撑着这里的文化。人们会一边品茶、饮酒、吃黄油烤饼，一边分享故事，将这些故事代代相传，而他们的姓氏，正是教堂石匠们在竖立的石碑上铭刻的姓氏。获得被接纳的资格极其艰难，难得就像从岛上的泥土里挖掘那些来之不易的石头。每个生在岛上的孩子都被愉快地赋予了这项权利，那些与亲戚众多、关系密切的大家庭通婚的人也是。只有将自己的生命、喜悦与悲伤渗入岛上薄薄的黑土，你才能赢得这份资格。

这里的每块土地也像亲属关系一样，受到严密的保护。亲族与土地，都是不容侵犯的领域。要为土地冠名，你必须先拥有它。但无论你多么努力，你依然永远都不配得到它。你的所有权，取决于他人的默许和容忍，他们都紧守着自己对这片土地的权利。这片小农场的历史至关重要。对一些人而言，失去它是一种实实在在的痛楚，也是他们敌视他人的原因。那些工具、犁和砧铁在我们到来之前被弃置遗忘，现在却突然有了出处。看到这些东西从它们原来所在的位置消失，我感到匪夷所思。我很难理解对当地人而言，有陌生人到来、打破小农场从前的运转方式究竟意味着什么。我很想知道，人们是不是永远也不会原谅我们在这座岛上占据了一块土地。

我们在自家的小农场上劳作。我们把硬木桩子打进土里，转角处用入地三英尺[1]深的护栏柱固定；我们用闪亮、锋利的双头钉固定围栏铁丝网。我们规划好行进路线，划定边界，农场终于变得适于牲畜活动了。秋天，我们在奥本的牲畜拍卖会上买下第一群绵

---

[1] 约 0.9 米。

羊，其中有切维奥特羊，还有蓝脸莱斯特羊和苏格兰黑面羊的杂交品种，为的是它们强健的骨骼和细腻的羊毛。随着一只三季大的公羊立刻投入工作，我们的第一次产羔变得可怕而摄人心魄地真实，不再只是关于田园生活的谈资。

"对，就是这样。"拉布倚着铁门自豪地说，"这家伙真行。"

我则想着现在这批羔羊无论如何都要来了，还有大自然把新生命这份礼物的到来打扮得多么轻松。

我们的第一次产羔经历阴惨、美丽、艰难而振奋人心。你很容易忽略产前的迹象，除非你懂得该如何观察。识别"见红"，也就是子宫颈分泌的乳白色黏液栓塞，需要技巧，而发现骶骨疲惫地下垂、遮起丰满肿胀的乳房和乳头，则需要敏锐的眼光。我学会去留意垂挂下来的薄薄的羊膜囊，或是突然喷洒在地上的水汽。一旦破水，一段坐立不安的焦躁时光就会接踵而至。母羊会有几分钟都在紧张地打转、刨地、躁动不安，而这个过程如果超过几个小时，则预示着有并发症出现。

母羊躺下来的时候，我松了口气。她[1]抬起头开

---

[1] 为表示对动物的亲切感情，以及区分性别，作者在原文中使用的是 she/her。

始用力那一刻，我看到她的眼神变得闪烁迷离。真正的分娩过程在母羊断断续续的惨叫声中开始。有时羔羊能顺利降生。他们湿漉漉的小蹄子会探出阴道口，沾满黏液和羊水。一看到滑溜溜的胎头，我就开始寻找那双什么也看不见的深蓝色眼睛。肩膀娩出之后，生产就告一段落。小羔羊的身体迅速滑落，伴随着一股喷薄而出的温热活力和胎衣。我们迅速清理掉他口腔和呼吸道中阻碍呼吸的胎膜。每只羔羊诞生时，我的心都会为那第一声微弱而高亢的啼哭而狂跳不止。

"每次都这么简单就好了。"拉布总结道，同时灵巧地把母羊翻过来，从轻轻抽搐的乳头里挤出第一滴奶白的初乳。看着羔羊颤颤巍巍地站起来吃奶，我欣喜万分。

但产羔并不总是这么简单。有时羔羊的头会比腿先出来，这就需要我们把他推回母羊体内，否则再怎么使力都是徒劳。母羊的宫缩是一种残酷而强烈的压力，施加在你探进他体内轻轻转动胎儿的手上。有时，胚胎可能会脖子后仰或卡住肩膀，要么就是肘部堵在产道，或是跟仍在子宫内的同胞纠缠在一起。你很难娩出畸形的羔羊而不切断脐带或损伤柔软的脏器。拉布用双手小心翼翼地辅助，引导着这些尚未来到人世的生命。这得冒很大的风险。我会毫不犹豫地给羔羊做口对口人工呼吸，嘴唇紧贴着羔羊的呼吸道，手指轻柔地按压那颗跳动的小心脏。只有肺部充满空气，生命才算真正开始。一只形态完整的羔羊冰冷地躺在地上，是令人绝望的一幕。由于知识欠缺、经验不足，我们只能走一步看一步。

一天早晨，我发现一只雌性羔羊瘫倒在黑暗之中，她在黎明前出生，遭到母亲的遗弃。她僵硬的身体冻得冰冷，舌头肿胀，已经变蓝。我用围巾裹住她，冲回屋里。我用毛巾给她擦拭身体，小心翼翼地把她放进一只铺满稻草的箱子。打开保温灯时，我想，现在我只能把一切交给时间。她张嘴哭泣那一刻，我的眼泪夺眶而出。这便是人类的非凡之处。每次与死神擦肩而过，你都更能体会生命的珍贵。

我们费力地把一根细管通过她的口腔插进胃里，用消过毒的水给她冲泡初乳粉末，见她慢慢苏醒，我明白她还有一线生机。但后来她母亲拒绝给她喂奶。母羊残忍地低下头，一次又一次地冲向她，坚硬的前额重重地撞在羔羊身上。我们做了个笼子，又用软缰绳拴住母羊，保护小羊。但出生的过程让羔羊遭受了重创，她神志恍惚，舌头尚未消肿，无法吮吸乳房。我们别无他法。在她能自己吃奶之前，我们只好先用奶瓶喂她。"还是得让她自己吃奶才行。"一位农夫告诉我们。另一位则耸耸肩说:"何必费那个劲?直接敲破她的脑袋不就得了。"

"我不能这么做,她还想活下去呢。"我说。

每次喂完奶,我们都会把这只羔羊放进羊圈。我们扶着母羊,让小羊学着吃奶。但她那些健康的兄弟姐妹都比她身强力壮,会粗暴地把她挤开。而且每一次,母羊都会朝她猛冲过来,不肯跟这只羔羊一起待在羊圈。我每次抱起羔羊,她都会依偎着我,颤抖不已。

"我看不下去了。"见她一再被撞倒,我这样宣布。那场面让人看了难受。很快,她开始躲避自己的母亲。三天后,我的忍耐达到了极限。我把她从母羊身边抱走,当成宠物来养。我给她起了个名字,叫蒂尔达。她睡在畜棚,置身一片产羔的景象和响动之中,但她白天会跟着我跑来跑去。我一起床就会热一瓶奶,装上消过毒的奶嘴冲到畜棚。我能听到蒂尔达发出羔羊见到母亲时那种特殊的咩咩声。那是一种亲热的叫声,传达着认可、喜悦和饥饿。蒂尔达有三周都需要人工喂养。但一点一点地,难产造成的创伤开始渐渐恢复。她有张漂亮的面孔,看上去线条分明。我对她说:"相信你有一天也会生下自己漂亮的羔羊。"我每次把她抱起来喂食时,她都急切地舔我的鼻子。她会在我腿上睡着。她对猫特别着迷,爱吃新鲜的覆盆子叶。

"她不能一直住在家里。"拉布告诉我。我用一只旧饼干罐做了个临时的猫砂盆。这个办法只在她很小的时候适用,我明白她很快就得到外面去住。"她需要一个朋友来给她做伴。"我说。后来,一只母羊产下三只羔羊,其中一只在吃奶时争不过兄弟姐妹,于是加入了蒂尔达的行列。我给她起名米莉。她太小了,在严寒的日子里,她会卧进一只填满稻草的陶土花盆躲避寒风。蒂尔达出现在哪里,米莉小小的鼻子和明亮的眼睛也会跟到哪里。晚上,她们会在小屋裸露的地板上嬉戏,从奶瓶里贪婪地吃奶,然后在稻草箱里安然入睡。

产羔结束后,我们埋葬了那些没能存活的羔羊。产羔会让你更贴近生命的奇迹,也贴近死亡带来的巨大痛苦。它能让你适应春季工作的辛劳。

羊群熟知每株草药、每片新鲜草叶的位置。把他们从开放的牧场赶回来要花好几个小时。一旦让他们发现那些树,我们就很难把他们赶离峭壁上那些蜿蜒曲折的狭窄小路。"这活儿我干不了。"我对拉布嚷道,他已经在我上方就位,准备指挥羊群,而我正设法把他们赶离一处危险的岩架。寻找可站的地方和可抓的树枝实在让人紧张。我一半的大脑在尖叫着："太危险啦！"而另一半则坚持说："挺住，别往下看。"把羊群赶回安全地带后，我俩都筋疲力尽。"这太疯狂了。"我说，"我们得养只牧羊犬。"羊群在我们周围绕圈。他们非常聪明，而其中最聪明的要数那只母羊，就是她把羊群带到我们难以接近的地方。

一天，我从一家本地农场回来，卡车上载着一只小小的狗崽。她有一身长毛，看上去毛茸茸的，像只柔软的深色狐狸。她有双白花花的小爪子，尾巴尖上有一撮白毛。我抱着她，手指深深陷进她柔顺的皮毛。"你好呀，莫德。"我对她说。她抬起头，用明亮的琥珀色眼睛打量着我。那一天，我爱上了她。她对我而言绝不仅仅是一只工作犬而已。她还填补了我尚未成为母亲的空虚。

"咱们不能让她待在外面。"我说。

我想让她住在家里。她太小了，我不愿把她单独留在冷冰冰的石砌畜棚。但拉布态度坚决："她又不是婴儿。她是只工作犬。"一位待在厨房里的农夫也点头赞同，同时又给自己倒了杯酒："工作犬必须如此。"

"她会变得过于软弱。还会养成恶习。"

"要是让她没法好好干活儿，你会被人笑话的。"

她的确是我的狗。但经营农场是男人的活儿。所以我们最终还是把她放在了畜棚。

第一晚，她不住地哭嚎。想到一个如此弱小的生命竟要承受如此巨大的孤独，我简直难以忍受。于是我跑去坐在稻草堆里陪她。我把热水瓶裹在柔软的毯子里，还带去一只嘀嗒作响的时钟，模拟她母亲的心跳。回到小屋，我躺在小床上，毫无睡意。我很纳闷小狗为什么可以在一天之中长时间地远离狗群或同伴，而小孩却不可以。

莫德长得很快。"你爱那只狗比爱我还多。"拉布调侃道。我笑了。因为尽管这或许有些难以置信，但我想在某种程度上，这是真的。莫德和我在彼此身上找到一份永不枯竭的互信和无条件的爱。我们的羁绊像大海一样深。我们永远不会对彼此感到厌倦。有些情感，很难用言语形容。

我每天都和莫德一起从头到尾走遍整座农场，带她熟悉那些出乎意料的陡坡，那些隐蔽的角落，还有悬崖和树木。这是一片地势险要的土地。农场只装了一道围栏，大地显得荒凉而开阔。我不想把莫德拴起来，也不想让她拉沉重的货物，尽管我被告知应该这样做。我希望她能自由自在。因此，我给她的动作配上语言、手势和声音信号，再教给她。

我会花好几个小时跟她一起干活儿、玩耍，教她各种指令，其中有口令、口哨，还有用胳膊和手掌打的手势。我们很快就开始一起赶羊。我俩变得形影不离。

那年深秋，数月来的辛劳初见成效。在我埋头往家赶、穿越寒冷的田野时，冰雹像子弹一样噼噼啪啪砸下来，天空变得阴沉。我们正在赶羊，把他们从农场北面毫无遮拦的高地赶往南面更能避风的田野。羊群已经跑出了掩护地，一头不到两岁、性情轻浮的小母羊鲁莽地脱离了羊群。这是一段焦灼的日子。羊群开始分散，就像一道不牢靠的缝线被突然拽开，两侧的布料边缘松动，开始脱落。

莫德跑向远处，这时，风向变了。"过来。"我高喊，但她没有听见。她毕竟还是一只小狗。我猛吹口哨，吹得嘴唇发青。我冷得想哭。我看着她爬上悬崖，然后向左急转，又绕了回来。看着羊群四散奔逃，冲向悬崖崎岖的一侧，脚下就是一道四十英尺[1]高的陡坡，我的心脏几乎停止跳动。我不敢想象再这样下去，情况会有多糟。

"莫德，抬头看。快抬头看。"但她并没理会。我

1　约 12.2 米。

只好迎着风冲过去，冲入风中，指望她能转过身来。突然间，我停下脚步。我不再喊叫，也不再呼唤、高喊或吹哨。我设法跟她交流。不是用声音，而是用我的心。而她收到的那个信号，无论是纯粹的决心还是纯粹的绝望，似乎都发出了自己的声音。莫德抬头看时，我感觉像有什么咔嗒一声接通了似的。像钥匙找对了锁。我温柔地指引她，像引导飞机着陆那样引领她不停打转的身躯。我能感觉到她在努力，她那热切而清醒的智慧就像一根通电的导线，在她大脑的电路板上明灭闪烁，对我无声的呼唤做出本能的回应。

羊群飞奔而过，我在后面追赶。我拉上门闩，靠在门上喘着粗气，从眼中揉去寒风和头发。我蹲下来，抱住莫德。看着安全撤出风中的羊，我的心都快跳出来了。

待在小屋里令人愉悦。我们搬进来之后，这里有好几周时间都空空如也。我们全部的家具只是几把椅子、一只旧炉灶和一张铺在地上的薄床垫。一天，我从畜棚里淘出一张小巧的传统桌子。桌上布满蜘蛛网、灰尘和霉臭的旧干草。我擦去污垢，小蠹虫扭动着,从桌子的铰链和接缝中挣脱。我试着想象它过去的经历,想象它曾听到过怎样的对话与秘密。它让我好奇,我们的希望与挣扎是否与先辈相同。我从一只被留在小屋的木箱里找到一张斑驳的老照片,把它拿出来钉在墙上。照片上是一对男女,面庞坚毅,眼神警觉而严厉。"他们肯定来自住在这里的家庭。"我说。但拉布把照片摘了下来。"盯着咱们看的眼睛已经够多的了。"他说。我想我知道他在说什么。

我注意到他有时会盯着天空发呆。喝酒抽烟也比以前厉害。

一天,他说:"有时候,我醒来时会想,我这辈子就这样了吗?只是这样而已?"听他这么说,我顿时呆住了。

我瞥了他一眼,想读懂他的表情。我已经厌倦了搬家。我还记得拉布当时的样子,在伦敦那几条街道变得过于逼仄之前。我以为我们早把那一切抛在了身后。不安带来了破坏性的郁郁寡欢。我尽量不去为这个纠结。它曾把我们的城市生活变得局促而狭小。在我眼中,这里的天空无边无际。看到他露出那个表情,我有些担心。

我给桌子刷上一层黑漆。等它干了,我就把它搬进屋里,铺上桌布,摆上盘子。我们已经有好几个月没坐在桌前了。我摘了一小束野花，一束从山上采来的野风铃和百里香。我们从湖里捕来两条褐色的鳟鱼。那天晚上，我们梳洗、穿衣，坐下来吃饭。就像约会一样。我们相视而笑。"这真傻，不过我好像有点害羞。"我说。

下一秒，拉布突然惊跳起来。那噪音绝对来自一辆正在靠近的拖拉机。"天哪，它就快撞上畜棚了！"不过它并没真的撞上去，而是紧急刹车，避开了那个狭角。但它靠得太近，擦到了水箱。接着，它骤然停下。

"有点意思。"他说，"总算看到点岛屿动作片了。"

我刚把那条漂亮的、冒着热气的粉色鳟鱼摆到桌上。"所以晚餐就这么结束了呗。"我说，突然有点恼火。而拉布已经冲到门外。

院子里，两个人四仰八叉地躺在尘土之中。我看出他们之前一直在给绵羊剪毛。他们的格子衬衫上沾满羊毛，牛仔裤上溅满脏污。地上倒着一只空瓶。年轻的那个慢吞吞地爬起来，又重重跌在另一个人身上。他的脸庞厚实而红润，身上余下的部位却瘦削苍白。

"不好意思啊。"他摇摇头，含混不清地说，"我应该是绊了一下。"他弯下腰，拉起同伴，"这个弯挺难拐的。停急了点儿。我们来看咱们的新邻居啦。"他摇摇晃晃地走向拉布，一巴掌拍在他肩上，"现在你们是不是感觉自己已经在赫克托的小农场安营扎寨啦。"

我走上前去，站到拉布身旁。他向前迈出几步，冲他年长的同伴伸出一只手，因为那人突然脚下一软，瘫倒在拖拉机的车轮上。我转身面向那个站着的来访者，意识到这张脸我之前见过。

"啊，不管怎么说，真是个漂亮妹子。"他粗暴地推挤我的胳膊，分析道。这不是在握手。他的手指紧紧缠在我手腕上，很难挣脱。我设法后退，但他不肯松手。

我迅速四下张望，寻找拉布，但他还在搀扶另一个人，背对着我。

"别这么说。"我说着，又后撤一步，"能不能请你……你弄疼我的胳膊了。"

"哎哟，就像这样，对吧？"他的面孔闪烁不定，微笑凝成某种更凶狠的表情。上一秒他还握着我的手腕，下一秒，他的手指已经滑到我胳膊外侧。一切都发生得太快，令我猝不及防。他用手钳住我的腋窝，手指紧贴着我裙子的肩带。他把手放在那里，紧贴我胸部外侧的曲线下方柔软的皮肤。这讨厌的触碰让我的皮肤一阵灼痛。

看到我打了个寒战、抽回胳膊,他咧嘴笑了。拉布转过身,对刚才那一幕毫不知情。跟他解释好像也并不安全。我看看自己的手腕。我依然能感觉到那男人手指的压力,看到他在我皮肤上留下的白色压痕。我盯着他,感到困惑、晕眩,焦虑不安。

"好了,我看咱们这就算打过招呼了。"那男人挑衅地打趣,"你俩不打算让我们进屋去吗?"他盯着拉布,眼神变得阴沉,"可别让我们觉得你们不是很……"我注视着他的嘴唇,因为他把每个字都说得非常刻意,"……热情好客。"

"当然当然,欢迎欢迎。"拉布小心翼翼地说,"你们已经见过我妻子了。"他说着,瞟了我一眼,"欢迎进来喝上一杯。"见我摇摇头,他冲我不理解地皱皱眉。我目露凶光。我的眼神在说:不行。

出现了一阵尴尬的沉默。

"我看这主意不怎么样。"我打破沉默,"我去倒茶。"

拉布打量着我的脸,面露困惑。然后他耸耸肩,走向房门。

"别跟这些人作对。"他用眼神默默告诉我,"也别小题大做。不是在这儿,也不是现在,何况他们还喝了这么多酒。"我明白对他而言,重要的是安然结束这次交谈。但据我判断,我们这两位访客都已经喝了不少。再喝下去,两人都会倒地不起。我心底突然蹿起一股无名火。我很想问,如果不是现在,也不是在这儿,那要等到什么时候?我不知道我们双方谁对谁错,也不知道该怎么办,只知道我们的家不属于我们自己。拉布不知为什么跟我拉开了距离。我不喜欢这种感觉。

我们默不作声地走进房间。鳟鱼扬着头,用扁平的眼睛冷眼看我。我关掉烤箱,把鱼放回里面保温。拉布走到一只纸箱前,又拿出两只酒杯。我眼看他倒了一大杯酒。他竭力做出轻松的样子,但气氛依然紧绷着。大约一小时之后,那两个男人都醉得不省人事。

"咱们该拿他们怎么办?"我忧心忡忡地问,"他们会一整夜都待在这儿的。"我既恼火又愤怒,"拉布,看在上帝的分上。这可是我们家啊。"

我俩茫然对望。我讨厌我们对同一件事的反应如此不同。接着,拉布踢了一脚椅子。"别这么多事儿。"这让我感觉比以往任何时候都糟。

摇醒那两人时,拉布显得粗鲁而随意。我刚才匆匆跟他讲了之前在院子里发生的事，他还在消化。他觉得我只是在玩某种游戏，而这是其中一招。这让我心里很不是滋味。

"好了，谢谢你们来玩。你们该回家了。"

在院子里，我眼睁睁地看着气氛骤变。简直令人难以忍受。前一秒那两人还在往外走，下一秒，突然间，有什么突然冒出了火花。两人中年轻的那个从背后面推了拉布一把。他双肩挺直，双腿做出防冲击姿势，在身侧握紧了拳头。我感到自己的手也攥得紧紧的，指甲深深陷进皮肤。看着他肥厚的嘴唇嚅动，我感觉口干舌燥。看到他把通红的面孔凑到拉布跟前，我呆若木鸡。然后他转向我，色眯眯地说："哈，你俩待在这儿，舒适又惬意。你们肯定以为今后的日子会很好过吧，嗯？好吧，要说有什么比该死的外来者更让我讨厌，那就是一大批浑蛋跑到不属于他们的地方。"

我眨眨眼睛，感觉自己的四肢正在肾上腺素的刺激下流畅地缓缓移动。拉布把手搭在那人肩上，后者粗暴地甩开他的手，看得我倒吸一口凉气。那人一定看出了我的恐惧和愤怒，因为他的脸凑得很近，近到把呼出的热气喷在我脸上。我紧盯着他的眼睛，有那么一秒，我也恶狠狠地瞪着他。然后我迅速移开目光。我想刺痛他,但他眼中闪烁着真正的仇恨。我盯着他下巴上的唾沫、他过于柔软的嘴唇和他口齿不清的舌头,感觉四周的空间正在向我收拢。"真是丰乳肥臀。"他淫笑道,"这座小农场上的公牛的确需要一头可爱的小母牛。"

他们走后,我们也没吃成鳟鱼,只是静静地坐在一起。

"来一杯吗?"拉布终于问。

"来杯烈的。"我点点头,自己举起酒瓶。往杯子里倒酒时,我的手都在颤抖。

秋天,我有了一匹漂亮的高地母马。她的皮毛是奶油色的,灿烂得如同冬日的阳光。我给她取名福拉。她是一匹母种马,像山一样野。但她跟一匹种马一起跑了一整个夏天,却仍未怀孕。"你得把她弄走。"一位邻居告诉我,"在农场上养个吃白食的家伙没任何好处。"我很沮丧,因为我知道他们说得对。但福拉的眼神中某种温柔的东西阻止了我。"咱们再给她一点时间吧。"我跟拉布争辩,"咱们也许能给她找到别的用途。"拉布则不以为然。

下雨天，她的蹄印里积满雨水。"她在侵蚀土壤，破坏农场。"他说。

"那奶牛呢？"我反问，"咱们有那么多奶牛，他们的蹄子把地踏得更烂。"

"他们会用牛犊来补偿。"说着，他抱起胳膊，挑衅地看着我。

我哑口无言。"把她留到春天吧。"我提出，"我会想办法的。"

我已经下定了决心。我们发现这片小农场曾是铁匠的家。在破败的畜棚朽烂的茅草柱下，还保留着给温顺的工作马站立的卵石和马厩。我很高兴随着福拉的到来，马匹又回到了小农场，我在想，她有一天也许可以耕作土地。

我完全能理解在机械化程度越来越高的农业世界，人们为什么不愿意用工作马。但我也开始注意到，别的农夫来串门儿时是如何无视我的想法和贡献，要么不露声色地嘲笑，要么急于劝我放弃。有时我在想，对他们而言，农田也不是女人该待的地方。

我抓住福拉，用手轻柔地抚摸她的每一寸肌肤。"没事的。"我对她说，"你可以留下来。生不生小马驹都没关系。"然后，我又低声说，"但你必须帮我。"我很激动，感觉自己即使没解决问题，也至少想出一个可行的办法。

"你得花很长时间才能驯服一匹马。"一位农夫告诉我。

"我会慢慢来的。"我坚定地说。

单独跟福拉在一起时,我向她许下承诺。"我永远不会把你拴在卡车后面拖拽。"我对她说。她用锐利的双眼注视着我。我知道她在听。赢得马儿的信任需要时间。我跟她说话,用一块布抚平她的每一寸皮毛。我看到一只苍蝇轻轻落在她背上时,她的皮肤骤然掀起涟漪。这让我意识到她的反应是多么敏锐。那天,我梦见我俩一起穿越农场上的山丘。阳光洒在我们脸上,风吹在我们背上,而一望无际的大海就在我们眼前。

"你确定要这么做?"我骑在福拉赤裸的背上时,拉布问我。她在草地上紧张地绕着不规则的圆圈奔跑,我心里既欢欣又害怕。第二天,我从她身上摔了下来。我学会了在即将从她身上滑落那一刻让身子瘫软下来。我练习着这个技巧。我静静躺在草地上,等她过来找我。我们花了很长时间才学会倒退。或许比正常情况下更长,因为我俩都在学习。接着,有一天,我骑在她身上,感受她呼吸的身体顶着我的大腿,同时轻拍她柔软的脖颈,说:"来吧,福拉,机不可失，时不再来。"她竖起的耳朵微微颤动，在仔细聆听。

我俯下身，头贴着她的鬃毛，她开始飞奔，眼睛光芒闪耀。突然，风迎面吹来，山丘渐渐远去，我跟福拉飞了起来。我们一同飞翔，头顶是天空，脚下是发出均匀马蹄声的坚实大地。我在心中找到了一些对我而言是崭新而前所未有的东西。我变得不羁而自由。

到了秋天，鹿会从荒山上游到这里。小岛看着他们到来，神色仿佛愈发凝重。但鹿群依然不断地到来。在饥饿的驱使下，他们冒着巨大的风险艰难地横渡，不顾潮水正把小岛与陆地远远隔开。为了生存，他们必须为吃上一口甜美的食物而赌上一切。在内陆，丰饶的牧草和公共牧场纵向延伸，掩盖了他们在野外求生的艰难。但到了黎明时分，我偶尔能目睹鹿群冒险沿着那些崎岖的岩缝前进，期待找到一片平坦、短浅的草地。闯入领地，他们很可能冒着生命危险。这提醒我注意脚下的路。

有人祝我们一切顺利。还有些人好像早在见到我们之前就巴不得我们一败涂地。这有时会让我不寒而栗。

"我们本就打算买下这座小农场。"

紧张、敌意，还有对我们所有权正当性的暗暗质疑始终存在，压得我喘不过气来。

"我很遗憾。"拉布说着，不自在地揉揉脖子，"这太糟糕了。我很遗憾一切没能如你所愿。不过不管怎么说，"他补充道，"我很高兴我们来了。"

后来，就在这个话题仍在继续、酒杯被喝空又斟满的当儿，他直截了当地问："话说你出价了吗？"

事实证明，尽管意向明确，却没有人采取任何行动，既没出价，也没开始走购买流程。

"随它去吧。"我说，"这不重要。我们已经在这儿了。过些日子，这些感觉自然就会消失。"

但其实这非常重要。那些感觉也没有消失。多年后，积怨依然挥之不去。我们听到一些传言，关于一张手写的纸条和一场隐秘的遗产继承纠纷。有时，掩盖部分或全部的真相会让人好过一些。背过身去，不理会那些令人不安的风波也是。所有那些窃窃私语就像刺骨的海风，最终都会平息、疲倦，或干脆飘散离去。

"但这根本就说不通啊。"在又一次激烈争吵之后的第二天,我说,"要是这些家族只想团结在一起,要是这里只欢迎自己人,那他们干吗要怪到我们头上,而不是去找卖家理论?价格毕竟是由出售地产的家族或个人决定和接受的呀。既然如此,他们干吗不少拿点钱,多留点地呢?"他们的说法似乎站不住脚,那种虚伪令人不悦,有轻蔑和耍弄手腕的嫌疑。这让我忧心忡忡。我们生活在这里,却一直像隐形人一样。这有时会让人觉得奇怪。无论我们做了什么、在这里居住或停留多久,这里始终是"赫克托的小农场"。

季节变换,风也越刮越猛,海浪愈发汹涌,猛烈地拍打着礁石。我们保持沉默,继续干活儿,清理崎岖不平的土地。我意识到要是没有拉布,这一切只会难上加难。耕耘农场需要团队合作、齐心协力,每个人都必须各司其职,勤劳肯干。我们还必须建立一套与季节和日月运转相协调的精简系统。随着深秋逐渐过渡到初冬,狂风会不时袭来,掀起汹涌的海浪,导致船只无法航行。我们仔细研究天气预报和潮汐表,做好预案,以备无法去陆上补充食品和动物饲料。

我们在奥本举目无亲,所以很少出去社交。我有时会去本地的书店和义卖商店漫无目的地闲逛,再赶最后一班渡船回家,吃一袋醋味浓郁、辣得人直冒眼泪的薯片，或偶尔从码头的货摊上买一只刚剥好壳的螃蟹犒赏自己。所以，尽管我们很少到大陆上去，除非要购置生活必需品，但在天气恶劣时得知自己很难离开小岛，日子多少会显得更加难熬，即使你有时也许只是想离开几小时而已。

某天下午，陆上来的货运卡车终于运来了我们期待已久的货物。那一刻真是意义非凡。"请当心。"看他们用一根旧绳子把货物吊到泥地上，我脱口而出。他们费力地把它卸下来、搬进小小的厨房兼客厅时，我也想办法帮忙。这架钢琴是我在《奥本时报》最后几页的广告上看到，然后花几英镑买来的。用手指抚过琴键，我惊讶万分。钢琴完好无损，音色美妙，触感灵活。

根据每种可能的情况调整你的待办清单很费时间。有时，我们难免措手不及。岛上没有汽油或柴油泵，我们的用量又不大，觉得专门装个农用油箱不太值当。Vespa 的燃油突然耗尽那天刚好在下雨，而且风实在太大，根本骑不了自行车，于是我只好裹上雨衣步行，在路上淋成了落汤鸡。第二天，我用一只黑色垃圾袋装着油桶，横渡海峡前往陆地，却因为没填必要的表格，也没提前告知船员，在返回途中被发现并被没收了一整桶汽油。最终，在一个风平浪静的日子，我们跟人合搭一条小船，伏卧在湿漉漉的甲板上自己渡海买油，马达轰鸣着，船尾海水飞溅，鸬鹚在布满海藻的嶙峋礁石上挤作一团。

初来岛上那几个月，时间在另一个维度上流逝。我感到这片风景正注视着我们微不足道的生活，努力理解它的律动。我们生活的节奏开始改变，变得更贴近季节的消长、牛犊和羔羊的诞生、青贮饲料的收割、鲭鱼的捕捞和干草的收集。机械化的确改变了农场的生活，但这里的变化并不像大陆上那样天翻地覆。清理年深日久的石砌畜棚时，我找到许多破裂的灯笼和纤细的灯芯。我了解到，煤气灯直到20世纪50年代末才取代蒂利灯[1]（Tilley lamps）和煤油灯。这座岛直到20世纪70年代中期才有电灯亮起。拖拉机取代了由壮硕的矮脚马牵引的马车，随后，燃烧红色柴油的重型货车又取代了拖拉机，开始在幽暗的水坑和水洼里留下油污，而在过去，这里积蓄的雨水总是清新而澄澈。但这里的天空依然宁静而悠远。时间并没给它带来太多改变。

一天清晨，天色一点点变暗，空气逐渐陷入一片死寂。我躺在床上，感觉屋顶的房梁都在颤抖。玻璃

---

[1] 一种煤油压力灯，诞生于19世纪，广泛运用于第一、二次世界大战期间。

窗嘎吱作响，刺骨的寒风从看不见的缝隙钻进室内，我把毯子拉得更紧。楼下，冰冷的炉膛呻吟着，发出嗡嗡的响声。我点燃引火的干柴，跪在炉旁，轻柔地燃起每一簇摇曳的火苗。我一打开收音机，便听天气预报说风速将达到每小时一百五十英里[1]。我一整天都在听新闻，关注气压计。岛上的人都在讨论航运预报，它平铺直叙地告诉我们强风还将不断来袭。拉布今天在陆地那边。直到他打来电话，我才知道他被困在那里过夜，风浪正猛烈地冲击我们的海岸。

"把所有东西都绑好。"他对我说，嗓音中透着紧张，"还有，看在上帝的分上，一定要把畜棚屋顶拴紧、绑牢。"我握着手机点头，心脏在胸腔中狂跳。

我踏出房门，风呼啸着发出低沉的欢声，树枝在剧烈地颤动。我抬头望去，看见所有的树都变得光秃秃的。家园被摧毁了，鸟儿能飞去哪里？我思考着这个问题。它们该如何保护羽毛不被淋湿，如何抵御这样的狂风？我连忙去找绳索，但它们都不合适，不是太短就是太细。最后，我解开一条长长的农用软管，爬上梯子，费力地把软管搬上去，搭在畜棚屋顶上。软管十分笨重，单手很难操作。我费了九牛二虎之力

---

[1] 约241千米/时。

才把它甩过屋脊,让它垂在背风那侧。

我发疯似的在院子里四处搜罗,寻找合适的重物,好把软管系上去压住。这也带来了另一个挑战:东西越重就越难搬动。最后,我把拉布的心肝宝贝——那辆 Vespa 摩托车——拖出了车棚。我没有钥匙,搬得极其吃力。我满头大汗,但恐惧和肾上腺素共同作用,在我体内激发出连我自己都不曾意识到的力量。我连拖带拽,好不容易把它摆到合适的位置,但就在试图放下它时,我却没能稳住它的重心。见它翻倒在地,我皱了皱眉。没时间去想它有没有摔坏了。我顶着狂风,艰难地把另一段长软管搭上后侧的屋脊,一端用沉重的砌筑砖块牢牢压住,另一端拴在一支想必曾被用来套住犁队的、锈迹斑斑的旧舵柄上。我祈祷这样能把所有东西都固定住。

午夜时分,小屋开始震动,发出充满威胁的低沉嗡鸣。很难听出这声音来自哪里。我不敢移开目光,始终紧盯着忽闪的电灯,看着它们暗淡下去,光芒变成污浊而阴沉的棕色。我不知道电源有没有装保护装置,也不知道激增的电流会不会把保险盒从墙上冲下来。我意识到自己根本不知道该如何扑灭电气火灾,而这是我本该知道的常识。注视着自己不了解的东西,人会感到深深的无力。等待独自一人面对最坏的情况也同样令人恐惧。屋外，树木在呼呼咆哮，一股难以置信的力量猛烈地冲击着窗户。在那道刺眼的闪光亮起之前，我感到皮肤发麻，随即听到一声沉闷的撞击。电力中断了。黑暗随之而来，活力充沛、生气勃勃而坚不可摧。我的眼睛尚未从那道刺眼的强光带来的灼痛中恢复，连面前的手都看不见。但我能感觉到心脏在胸腔里跳动。还有气息经过喉咙。我的老猫大叫着跳上床时，我把她一把抱住。抚摸她温暖柔软的身体令人心安。

几小时后，我突然警觉起来。风还在呼啸，猫已不见踪影。我竖起耳朵听周围的响动，同时走向窗口，双手在黑暗中向前摸索。我心中闪过一丝恐惧，呼吸变得急促。一片忽闪的白光洒满整座院子。一根主电线断了，带电的电缆像愤怒的电鳗扭动盘绕，放射火花。它那闪烁的美令人神迷。随后，一个震耳欲聋的撞击声传来，还伴随着木头折断的啸叫。樱桃树应声倒下。

天开始慢慢破晓。我在木楼梯上坐了好几个小时，裹着厚厚的毯子，双臂抱胸，双眼紧盯着那片刺目的黑暗，看它用弯曲的长鞭抽打自己。看到天空一点点亮起，晦暗而带有苍白的痕迹，我松了口气。电线被劈成两半，但白色的火花依然高挂在风中，被日光绞拧得格外醒目。我吹灭蜡烛，走到窗前迎接黎明。我很庆幸自己最担心的事并没有发生，带电的缆线并没把房子烧着。直到后来，我才意识到，在那段昏暗而电闪雷鸣的时间里，当我坐在黑暗中凝视那一切时，我经历了一些重要的东西。恐惧就是如此。它有如白炽之火。

这让我明白，有时候，直面心底最深的恐惧能让人充满力量，而且美好得难以置信。

我去开门，但倾倒的树木堵在了门口，于是我从窗户爬了出去。外面遍地散落着树枝、树叶和杂物。我环顾农场。那极致的宁静令人心碎。奶牛们出来吃早饭时，我走上前去迎接他们。尽管这听上去或许有些奇怪，但我很高兴身边能有他们陪伴。我不禁好奇，经过这样一个夜晚，他们是否也很高兴有我在他们身边。我对这片土地创造与毁灭的能力萌生了新的敬意，独自挺过这个漫漫长夜似乎让我通过了某种考验，或是踏入了一片全新的领域。我把毯子拉紧。看着朝阳初升，我满心释然。

5
劳作

我们需要工作。我们在坐吃山空。岛上有句老话：生活不容偷奸耍滑。尽管我们梦想过上简单的生活，但在站稳脚跟、修好房子之前，我们不可能只靠土地过活。我非常担心。我感觉仿佛有许多双手伸进了我的口袋，不等我焐热钞票就把它们抽了出来。每周都有成堆的收据被塞进信封寄来，数量多得令人心惊。远离尘嚣、贴近自然并不适合胆小之辈：实际上，自给自足的代价高得令人咋舌。从头开始是一项昂贵的事业，我们的投入也鲜有回报。自己干活儿跟花钱雇人帮忙并没多大区别。时间本身也是一种成本，如果一项工作必须有人承担，那等待很可能并不是那么高效，尤其在这项工作的目标还具有连锁效应时。你必须面面俱到，从头到尾把每个活儿干完，否则它就会半途而废或弄巧成拙。在有些日子里，我感觉连小农场都向我们投来责备的目光。

大自然是宽容的，但我们却不愿放低自己的期望。每一天，我们都会面临不同的掂量和权衡。开始计算生活成本之后，你会纳闷这些钱都到哪里去了，为什么单是维持呼吸就需要花这么多钱。我不时会有种感觉，仿佛天空都要花钱购买。这真是莫大的讽刺，一个我始终难以理解的悖论。大地捧出它的馈赠，却要靠消耗土地来支撑。

每年伊始，我们都为可能发生的一切制订计划，做出预算和前瞻，为我们可以预见的各种情况做好准备。我们谨慎地计算支出，写下又划掉一个个条目。我们精打细算，为每个便士、每一英镑指定用途。但随着时间的推移，我们开始松懈。开始冒险。开始犯错，拖了很久才去买那些能减轻我们生活负担的设备，或是在另一些不必要的设备上浪费金钱。这真是一种奇怪的交易。你毫无保留地献出自己，却不能免费得到任何东西。

我想用另一种单位来计算这种交易；不用售价去衡量农用机械、大门、栅栏、牛栏这类装置的价值，而用我生命中的分秒和小时。从这个角度出发，你会重新审视价值。我发现把时间放慢到分钟的尺度对我很有帮助。能帮助我理解我们为赚取物质财富而付出的时间，那一个又一个小时、一天又一天、一年又一年。我正在用一种更实在的货币计算价值。我们度过的不仅是劳动的岁月，更是生命中的岁月。

这样看待价值，能为商业交易增添精神的维度。有时我真后悔没早意识到这一点。我时常梦回我们初来岛上那八周无忧无虑的时光。那时的我们有天空和阳光就已足够。拉布并不赞同："那时我们还没真正开始过日子呢。"但对我而言，我们那时的生活才更真实。金钱就是这么有迷惑性。你总觉得它取之不尽，直到有一天你一抬头，发现它已经永远消失。你以为奔流的河水会一直载着你前进，直到它有一天骤然干涸。

我们还没山穷水尽，但我觉得已经很接近了。扰人的忧虑一直存在，就像你身上一处敏感的地方，你一直轻轻按压着它，用手指敲打，希望能缓解那股酸痛。但它并没消失。短暂来访的朋友本就不多，现在更是寥寥无几。我们的生活不那么舒适，他们住不习惯。我哥哥带着他刚组建的家庭从香港赶来小住那次，我开心极了。然而他尽管嘴上说着"这真是最棒的假期！"，这里艰苦的条件依然令他们苦不堪言，他们之后也没有再来。

拉布很崩溃,因为我们的设备不像别的农场那么齐全。他也完全有理由倦怠;连天累月地挖土是苦活累活,徒手完成合适的设备或重型机械只用几小时就能干完的农活儿也令人疲惫。必要时,我们会去别的农场帮忙,换取使用运输工具的机会,但这只是一方面,在这件事和其他许多事情上,我们都没为自给自足做好准备。

"没事的。我相信我们一定可以,在我们把装备置办齐全之后。"但鉴于我俩都没有收入,我们很难负担拖拉机、挖掘机、装载机和拖车的费用并把畜棚改造成工具间。拉布在翻新小屋,这项工作也必不可少。他并不想去别的农场干活儿:他想完全靠农场生活。"我可不是来打工的,"他调侃道,"我是来养老的。"我微笑着,但有时也在想他为什么总开这个玩笑。我俩必须有一个人去挣薪水。我当然也想整天待在小农场上,所以当我在岛上的小学找到保育助理的工作时,我心里五味杂陈。

我的职责是照看五岁以下的孩子。学校注册的孩子总共只有八个,那个年龄段目前只有一个三岁的孩子。我每周只工作几个上午。我和那个孩子每天都要穿上雨衣,戴上手套、围巾和帽子,无论天气如何,还要配备黄黑相间的对讲机,像大黄蜂似的,用一根绳子挂着。我们无拘无束地四处游荡，像学飞的雏燕。我很享受那些上午，但在另一些方面，这份工作却并不尽如人意。无论回报如何，我总是不时感到空虚。在结束一天的工作之后，看见孩子们的面庞在前来迎接他们的父母面前骤然变得明亮，我心里很不好受。我不是不知道自己之所以能在这里做这份工作，离不开这样一个前景，那就是在不久的将来，我也会让自己的孩子进入这所学校，维持它有限的生源。

这份工作也像所有工作一样，有与之相伴相生的明争暗斗。一些人心怀不满，因为他们推荐的应聘者或亲戚没得到这个职位。还有人想宣扬自己的教义、政见和意识形态。我学会不置一词地走开。如果你操的不是本地口音，或者更糟糕的是还操着南方口音，那么讨论很快就会演化成指责或争执。时刻保持戒心令人疲惫。但一放松警惕，你就会在不知不觉中成为众矢之的。有时，这让人感觉像一场游戏。但我们需要这份收入，我也喜欢孩子，所以我保持微笑，咬牙坚持。

这对其他人而言也许的确很难接受。我知道自己与众不同。是的，我是英国人，但事情并不止于此。刚来的时候，我从没在意过自己的肤色。我的皮肤非常敏感，就算能晒黑也依然会被阳光灼伤。我的头发自然蓬松，有黑色、红色和红褐色的发丝，有的还被太阳晒成了古铜色。我母亲是英裔爱尔兰人，她的家族由爱尔兰凯尔特人和苏格兰人组成。但我父亲是出生在南非的第二代移民，有亚洲血统。我一直很奇怪为什么我的一些亲戚是蓝眼睛、白皮肤。深入探究自己的血统，我发现能在其中瞥见沙漠居民清澈眼眸的影子，来自克什米尔、印度北部和西部的平原地带。

在岛上，人们小心翼翼地审视差异。当一个外来人出现，人们表面上会带着不经意的好奇跟她接触，背地里却常常嘲笑或可怜她。我试着融入，却只换来冷冷的漠视和厌烦。我成了丧家之犬。

尽管人们并不公开谈论肤色问题，但在学校，我还是开始害怕课间休息时间，因为那时总会有人有意无意地挑起这类敏感话题。我只听一两个字就知道有人看我不太顺眼。于是我静静等待。其中一个质疑是在我父母走后不久传到我耳朵里的，他们来这里小住了几天。跟他们在一起一直不太好受，但他们走后，我总是更加难过。

"你父亲来住的时候，你跟他一起在镇上散步不觉得害臊吗？"一个女人在茶水间质问我。

"我为什么要害臊？"

"因为他皮肤很黑，是有色人种。"

我知道她话里还有话。所以我没有答话。

"这里很少能看到他这样的人大摇大摆地走来走去。"

我不得不承认她说得没错。这的确是事实。但不知为什么,这话听上去令人震惊。它给我们的关系蒙上阴影。望着她的脸,我明白这对我俩而言都很艰难。我希望自己能让气氛缓和一些。但我们不知道该说点什么来弥合那道让我们无法彼此宽容、相互理解的鸿沟。这让我们更难相处。

我有时会怀疑这值不值当。那份微薄的薪水几乎无法负担我们的开支。我们必须想办法增加收入。要论找工作,其实拉布条件更好,但他一心只想翻修房子。我坐下来,拿出一张白纸,列出自己的实用技能。我写下"保育助理"几个字。对一个在总共只有八名学生的学校里看管一名幼儿的人而言,这似乎有大言不惭之嫌。无论怎么看,我本人都是这份清单最大的弱点。我没有实用技能。

我把纸揉成一团,叹了口气,又从头写起。"能来帮帮忙吗?"我问拉布。但他用手捂着脸说:"我已经够忙的了。"我望着他,感到费解。

最终,我决定采取在信封背面写小广告的办法。这种做法简单、低调、直截了当。"园艺服务。松土、除草、播种：8 英镑 / 小时。"我特意写得非常简洁。我并不具备实际经验，只有对户外活动的一腔热情和一双有力的手，外加一颗吃苦耐劳的心。我走了一英里[1]路，把广告贴在岛上邮局的公告板上。

几天过去了。电话终于响起，里面传来一个洪亮而清晰的声音。对方是一位女士。她曾在海外生活多年，说一口受过良好教育的英语，但她祖上是纯正的苏格兰人。不过真正让我心生认同的并不是这些，不是她的声音或家族渊源，而是她温暖的语气。它就像一缕阳光，让我绽开笑容。某些声音的确有这种力量：它们能带给你某种特别的感觉，让你难以忘怀。我将永远记住这个声音，记住她自报姓名的方式。它就像一声愉悦而清脆的钟鸣。克丽斯特尔。

"好吧，咱们来看看你的本事。"她说，"咱俩要是合得来，我就看看要不要让你每周在固定时间过来。两个人合拍才是最重要的。你说对吧？"

放下电话，我满心欢喜。我又重复了一遍她的名字：克丽斯特尔。它听上去像一个承诺。

---

[1] 约 1.61 千米。

过了那道划分岛南与岛北的十字路口，山势就变得陡峭。一车道公路逐渐收窄，最终变成一条蜿蜒的细带。我骑着自行车从山间飞驰而下。到了上坡时，我会站在踏板上蹬得气喘吁吁。我只有高地上的牛儿和鸟儿做伴。时不时地，我会经过一座农场，看见母鸡在山丘上漫步，其中一座农场上还有一头奶牛在大路中央心满意足地咀嚼反刍的草料。喘不过气时，我就跳下车，推行着爬上陡峭的坡道。我已经不是第一次低估这片山野崎岖不平的程度了。相比岛北更平缓起伏的农业腹地，这里更加荒蛮、多风而偏远。

最终，我喘着粗气站上一座山巅。我花了好一阵子才重新确定自己的方位。眼前的景色美得令我目眩，但过了一会儿，我看见一座白房子静静矗立在树木环抱之中。后来，我总用它的盖尔语名字称呼它——"Brea an Aluinn"，意思是"美中之美"。那时我还不知道自己会多么深地爱上它，只知道自己对它一见钟情。

"咱们就别进屋了。"我敲门时，一个声音回答，"今天天气好得不得了，简直就像等着咱们出去呢。"我打量着这位女士，她正紧握着我的手。她手上的皮肤摸上去冰凉而粗糙，但质地很薄，薄得像细腻的纸。她有一张和善的面孔,与她清脆的嗓音相得益彰。我望向她的双眼。被陌生人握住手时,你往往会这样。这样的一见如故出乎意料、令人惊讶。

她好奇地打量我,像只聪明而灵活的鸟。我能在她眼中捕捉到某种东西,她在寻求我的理解。这让我感觉世界仿佛重又变得安全而美好,让我期待每次相遇都像这次一样,如此真挚,如此热情。她穿那双旧雨靴时,不假思索地扶着我胳膊以平衡身体。我羞怯地看着她,更仔细地端详。她浓密的卷发被压在帽子底下,让人很难猜出她的年纪。不过她紧握我手臂的手指虽然强劲有力,却出人意料地虚弱。它们像树枝一样扭曲,看上去饱经风霜,因日晒雨淋而发红,像一直暴露在户外似的。"难看的老树根。"见我盯着她的手看,她打趣道,"但我就这么一双手,所以只好凑合用了。给你。"她又说着,把手伸向一只看上去有些年头的浅筐,筐里是一些园艺工具,"拿上剪刀、铁丝和手套,来瞧瞧花园吧。你毕竟就是来干这个的嘛。"

我们用手把软铁丝穿过浓密的枝叶,往竖直的柳条秆上绑甜豆和芸豆。我给所有的嫩芽都绑上铁丝,我们的手指有时会轻轻碰到一起。这种亲密的接触在户外工作中显得非常自然,我渐渐学会不再把道歉挂在嘴边。"谢谢你。"克丽斯特尔说,"我这双可怜的手最不擅长打那些麻烦的结。"我们开始分工合作——我打结,她扶着——我很高兴,因为这显然能帮她那些肿胀的关节缓解疼痛。

我们最初谈好的条件是用两小时简单的杂务换一杯茶,再让我把新砍的莴苣装在一只破旧的毛线袋里带回家。但后来她说:"你看,我觉得咱俩相处得不错。"我开始更频繁地去她家帮忙,每次都会多待几分钟,而几分钟又渐渐变成了几小时。

慢慢地,我学会了跟植物密切配合,而不是妄图把它们改造成它们不喜欢的形状,我还学会了把枝叶繁茂的嫩芽绑在一起,让它们结成互惠的联盟,尽可能为彼此提供力量与支撑,好抵御狂风。我们仰望天空,预测天气。我们大多数时候都在以一种出人意料而细微巧妙的方式谈论天气。

"万事万物都必须有所依托。"克丽斯特尔告诉我,"有时,就连大自然也需要有人帮它避免被自己误伤。"要在呼啸的寒风中找个地方遮风避雨并不容易。这里的环境常常十分严酷,我们都饱受寒风吹拂。我们一边交谈,手上一边里里外外地忙个不停,周复一周、月复一月地穿过渐浓的寒意。我喜欢听她讲的那些故事。每一天,我都被她的坚韧和耐力所折服。她每天清晨不到七点就出门，在花园里工作一整天，只在吃饭时进屋，在户外一直待到暮色四合。她从四季中汲取力量。我了解到，她有纯正的苏格兰血统，深深扎根于这片土地。这样的生活，她已经和丈夫安东尼在这座岛上过了二十多年。

"我们都需要找到自己的归属。每个人都需要知道有人在关心着自己。"在我学着为来年的植物做搭配种植时，她解释道，"非要让宁可背对背的植物两两相对，没有任何意义。植物比人有智慧多了。你总能找到同类，他们自己会找上门来。"

我想我明白她的意思。每个人都得以某种方式生活在自己的小圈子里。有些时候，我们会聊着天一起走出门外，去看那些树木。在一片簌簌作响的葱茏之中，一切都显得那么静谧、祥和。宅子四周的田野里到处种满年轻的橡树和桦树。我注意到山毛榉苗和冷杉把种子播撒在旁边的一块地里。一天，克丽斯特尔向我解释了在这个绿意盎然、枝叶繁茂的社区，纽带如何建立。"就连树木之间也存在友谊。"她告诉我，"有些树比另一些更亲近。就跟你我一样。有些树没法和睦相处，有些甚至水火不容。有时你必须学着和平共处。相信我，这对每个人而言都不容易。看出来了吗？这棵小桦树得到了很好的滋养。它在那儿有个朋友。"我看见一株嫩芽从被截断的树桩上顽强地生长出来,"桦树和冷杉长在一起,就经常有这种情况。可是在那边,"克丽斯特尔像智者似的点点头,指着一棵被榉树围在当中的病恹恹的橡树,"那几棵树恐怕不会,而且是永远不会和睦相处。"她叹了口气,"而且劝和也是没有意义的。"

　　我非常钦佩安东尼和克丽斯特尔。他们自己的根系紧密地缠绕在一起。他们的感情是如此深厚,让两个人能以完全自足的方式支撑彼此,他们周遭的土地也显得滋润、肥沃而丰饶。这让我想到他们有多像那些参天巨树。他们的爱能为自身注入生命,也能滋养他人。我很好奇假如根须断裂、脱落或出现裂痕,如此亲密的关系会受到怎样的影响。也想知道根须会如何挽救或修复那些紧绷或断裂的纽带。有时,安东尼看上去比想象中疲惫。我尽力多帮他干活儿。走出房门、在大自然的怀抱中劳作,会让你明白耐心、体力和爱都是相对的概念。你要信任头顶的天空和周遭的树液。在摆弄种子、植株和树苗时,我不再从别处寻找答案。有时,我确信克丽斯特尔看透了我没说出口的心思。这是另一件我深信不疑的事。

　　一天,我们在采摘蚕豆。空气凛冽,寒风刺骨。我的眼睛湿湿的,有泪光闪烁。我没有去擦。我手心里躺着一个光滑的绿色豆荚。我摘下手套，顺着缝线把它轻轻撕开。这个孕育果实的子宫内部幽暗而静谧。里面赤裸的小圆豆子茫然地仰望着我。它们的表皮舒展、苍白，呈半透明状。每粒都在豆荚柔软而布满纤维的内部压出了印痕。能感受到这些小小生命的呼吸，对我而言非常重要。我渴望拥有属于自己的孩子，但这梦想却越来越像一张空头支票。时间白白流逝。不孕症是一种无声的重压。它把新生的希望扼杀在足以把人压垮的无边黑暗之中。有时，我很难分清自己膝下无子究竟是孕早期流产的结果，还是纯粹因为我的身体没有能力容纳任何宝贵的生命。那种感觉，就好像你自己的身体在捉弄你，让你不知该相信什么。每个月，黑暗都会吞没刚燃起的希望火苗。而这个小小的豆荚里却有一整个充满奇迹的世界。用指尖轻轻拉断胚索时，我不禁微微皱眉。我们都在默默干活儿，但我感觉克丽斯特尔正盯着我瞧。什么都逃不过她那双洞悉一切的眼睛。

　　第二天，我坐下来给拉布写了封信。倾诉我对他的每一种爱。书写让人放松——能提取心底深埋的情感。只有在放松时，你才会意识到自己有多紧绷；只有在微笑时，你才会发现自己有多悲伤。我把信给了他。他有一只小抽屉，里面全是另一些他根本没拆封的信。但我还是把这封信给了他,希望他能拆开读一读。

有处可去的感觉令人欣慰。我跟克丽斯特尔和安东尼之间的关系超越了友谊。信任建造起它自己的避风港。我有时会感觉有人倾听就已足够。有时你唯一想知道的只是有人看得到你、听得到你,知道自己的声音被人需要、被人珍惜。最近这段时间,这一切对我非常重要。有时,在家里,我感觉自己仿佛成了个隐形人。我丧失了自己的声音,而所有快乐的声响也都仿佛沉入了水底,我唯一的听众似乎只有厚厚的墙壁,这感觉令我难以忍受。跟克丽斯特尔和安东尼在一起时就不是这样。在他们身边,我终于可以深深吸气,把肺叶灌满。他们在我心目中不只是朋友,还更像是家人——那种你自己挑选的家人。

接下来那几个月,我更加频繁地去找克丽斯特尔,她也会来小农场看我。随着我们的友谊不断加深,园艺渐渐退居其次。我们坐在一起看燕子飞舞,一看就是好几个小时。我为它们起落的轻盈而陶醉。望着克丽斯特尔的眼睛,我露出笑容。"你的眼睛就像燕子的脊背。"我告诉她。她则哈哈一笑,说:"蓝得像天空。"自此,我每次抬头仰望都会想到她。安东尼也有一双蓝眼睛,但它们像月光一样苍白。它们闪耀着,有如亮晶晶的粉雪。我能在他眼中看到光秃秃的树枝，人们呼出的冰雾，还有斑驳的阴影。欢声笑语是一份我们经常互相分享的珍贵礼物。我们能开怀大笑，是因为我们从不谈论不该谈的东西。比如我的婚姻里为什么没有笑声。我很感激这份体贴。

"能为我弹一曲吗？"有一天，克丽斯特尔问我。她来小屋找我，看出我心烦意乱。于是我坐到钢琴前，按动琴键。音乐总能给我带来慰藉与灵感。从孩提时代起，我就用音乐去解释那些无可名状、难以理解或令人不堪承受的事物。我弹起巴赫某支曲子的前奏，一股凉风吹进敞开的后门和窗户。我微笑着，看克丽斯特尔摇摆身体、挥着手，让我看我们的羊正聚集在俯瞰花园的山坡上，注视着我们。

"看啊，他们也在听呢！"她兴奋地喊，很高兴这些清脆而美妙的音符能吸引羊群。听着克丽斯特尔的笑声，我突然心潮澎湃，神清气爽。音乐让我与更广阔的世界相连，尽管我生活的空间孤寂而狭小。自那之后，我们就经常在散步时一起唱歌，或是带着我多年前从伦敦波特贝罗路的跳蚤市场淘来的老式便携留声机走出小屋，爬上山坡。这听上去或许有些荒谬，但当音乐在荒野中回荡，你会感觉连大山也在侧耳倾听。

眼看秋意渐浓，我们开始推放木柴。木头晒干后，我们就把它们搬进屋里。每种木材都有自己独特的香气，燃烧时的火焰也各不相同。我喜欢看到炉火让我们的生活紧密地交织在一起。我们打牌，下棋，读诗，分享秘密与欢笑。我们的生命开始在不觉中扎根。琐屑、平凡而重复的任务被我们的欢声笑语包裹，滋养着我们的纤维。这样的纽带，让我的心真切地跳动。在那一个个瞬间，我心中充溢着某种像氧气一样不可或缺的东西。每一天，我都期待着我们共度的时光。我很难想象岛上的生活还能是别的模样。

入秋时，我和拉布卖掉了奶牛。我十分不舍，但假如我们不自己准备干草，那冬天的饲料费就会高得令人咋舌。二十二英亩[1]土地尽管听上去不小，但随着牛羊数量的增加，我们已经无力饲养更多的牲畜。虽说奶牛认识我们，一般也很安分，但一到产崽的时候，她们就会变得好斗而难以捉摸。拉布受过一次攻击，他给一头牛犊做标记时，护犊心切的母牛猛冲过来，把他撞倒在地，好在他伤得还不是很重。这似乎

---

[1] 约 8.9 公顷。

是一次警告。相比而言,绵羊更温顺也更容易饲养,还更会随机应变。

一天,我开车去克丽斯特尔家,接她来我们的小农场一起摘秋季最后一批迎风怒放的鲜花。雨点开始落下,我们把刚摘下的湿漉漉的花茎带回小屋插进花瓶和玻璃瓶,再泡上茶。某种气氛已经开始酝酿。收音机正播着英式橄榄球比赛。拉布坚持让我们安静,别影响他收听。我试着放低音量,但克丽斯特尔笑出声时,拉布说了句难听的话,让我非常难堪。我知道接下来会发生什么。我能感觉那片阴云正在逼近。我连忙站起来。我的声音有些故作轻快。我说:"咱们拿上东西出去吧,外面有样东西,我想让你看看。"我知道这听上去有多愚蠢,而且蠢得毫无遮拦,因为外面还在下雨。

我们出去时,拉布在我们身后使劲踢上门。我听见他在怒号。我的手在颤抖。我很难过,也很尴尬——这样暴露在别人面前真不好受。但更重要的是,我还非常疲惫,雨越下越大,掺杂着泪水模糊了我的视线。"咱们就在这儿避一避吧。"畜棚里,我在稻草堆里翻找,从一只母鸡的窝里给克丽斯特尔摸了一只刚下好的鸡蛋,还是热的。开车送她回家时,我感到她明亮的眼睛正紧盯着我。"我很高兴我们还有彼此。"她温柔地说。然后她伸出手，捏捏我的手。"岛上的生活即使在最好的时候也很艰苦。家里要是再有问题，那就是雪上加霜。记住，你随时都可以到我这儿来。"我真希望自己有一天也能守护她的心灵，正像她守护我的心灵一样。我出神地望着她，眼睛一眨不眨。我们什么也没说，但我明白，她很清楚我看出她也有自己的烦恼。

亲密的情谊是看不见的。我惊奇地发现，它竟能在短暂的一瞥中传递。我还惊讶于欢笑和悲伤虽说只牵涉很少的动作，却能在我们脸上留下如此深刻的印记。那每一道细小的皱纹，都是我们生活的盲文，是我们全部的经历，激烈而未曾言说。有时，我们能从彼此脸上读出对方没说的心事。我知道我不能在别人面前流露我的忧虑。有些重要的事还是藏在自己心里最好。随着时间的推移，我越来越能读懂克丽斯特尔的表情，正像她能读懂我的一样。我开始注意到，她美丽的蓝眼睛因为一丝忧虑而加深了颜色，变成冰冷的宝石蓝。我注意到安东尼的面颊被雕凿得有如光秃的树枝，眼睛闪烁着苍白的光芒，如同冬日的天空。

我向她保证："你知道的，我一直都在。需要的话，你随时可以来找我聊聊。"只是有些事情真的很难启齿。这一点我很清楚，她也知道。我俩一起行驶在这条美丽蜿蜒的路上,这感觉就像一份承诺,一个希望。我不知道这辆车要驶向何方。但我不禁有种感觉,仿佛自己从前也曾走在这条路上。

6
寒冬

冬季骤然来临,如同一阵刺骨的寒气。凛冽的东北风蹂躏着裸露的悬崖和岬角。潮湿、发黑的石楠茬几乎完全隐没在闪光的灰色岩石中。草丛和灌木凋零后,牲畜脚下开始不断打滑,每日的活动变得十分艰难。四十张饥饿的嘴在空空的食槽边绝望地等待,搜寻少得可怜的食物。每只母羊都重达六十公斤。他们每走一步都得艰难而蹒跚地推开紧紧挤在一起的羊群。随着山色逐渐转暗,变成阴沉的深红,山间小屋明亮的灯光向我发出召唤。我迅速转身,用破皮的手指拨开一捆捆干草,雪水打湿的面颊被残酷而刺骨的寒风吹得生疼。

猛烈的暴风雪划破天空,有好几天时间,冰雪都封锁了整座岛屿。白皑皑的浪花拍打着饱经风霜的岩石。低垂的地平线闪烁着硫黄色的光芒，但这只是暂时的沉寂。没过多久，渡船的黄色预警就变成了红色，那是暴风雪警报。金属链牢牢绞住船只，绞盘把它们拉拢，靠近护舷，置于港口高高的围墙保护之下。从退潮到涨潮，汹涌的风浪隔绝了整座岛屿。冬季的海水从岸边卷走碎裂的砾石和融化的积雪。随着嘶嘶响的泡沫、墨角藻和漂浮的塑料垃圾翻腾着退去，布满褶皱的巨岩露出水面。灰色的海浪不断变厚，我如痴如醉地凝望着那上升的重量与力量，它们并不是从浪峰开始卷曲，而是从起皱的、被阻断的核心开始势不可挡地向前。这雄浑的力量令我无法呼吸。

目睹海浪和天气的破坏力，人会深感震惊。在近海，灯塔的光束越过漆黑的水面，漂浮物在呼啸的黑暗中溅起明亮腥咸的水花。在每栋房屋里，就在玻璃气压计的水银柱骤然下降时，生活正悄然继续。航运预报喋喋不休地播报着最新消息，而公海却泛着波涛，毫不理会那些新闻。我仔细调试收音机，跳过一连串噼噼啪啪的干扰声。我得知，在航道上，有只年轻的海豹正在水流和涨潮中挣扎。它被冲离了安全的锚地，那地方就在较小的岩岛之间。它筋疲力尽，竭力与潮水抗衡。志愿者抵达时雪还没停。海豹已不见踪影。海浪依然拍打着海岸。

跳板上，汽车发动机仍在轰鸣，排气管剧烈地震颤，车辆集结在铺满碎石的柏油路上。雨刮器缓缓摆动，人们面无表情，静静凝望大海。这是冬季奇怪的悖论之一。冬季是个孤寂的季节，却也是合家欢聚的季节，是一年中最重要的时刻。每一天，我们都看着雪花打着旋儿飘落，海面上的风浪一天比一天强劲，向地平线投去坚忍的目光。眼看圣诞节就要到了，人们却全都寸步难行。

我把额头抵在窗上，眯起眼睛看飞旋的黑暗的树梢。我呼出的气体在玻璃上凝成白雾，对岸明亮的灯光忽然显得恍如隔世。我紧紧抓住每道即将消逝的光，生怕今年又没法跟家人共度圣诞了。节日一天天临近，我们的心情也愈发激动，但天气却不可避免地越来越糟。我希望我们能早点动身，免得失望，但学校总在圣诞前不久才结束学期，我总来不及抓住天气短暂好转的机会。一想到又没法跟家人团聚，我内疚不已，我们相聚的机会是那么少，住得又都那么远。跟老朋友相见的希望就像圣诞树下包装精美的礼物一样珍贵。拉布的沮丧溢于言表。

摆渡人噼噼啪啪的声音在电话里响起时，我已经伸手去抓外套了。"要是不立刻动身，你们说不定就得等过完新年再过来了。"

路上，我看见羊群依偎在一起取暖。湿滑的路面闪着危险的光，路虎车在路上飞驰，啸叫着挂上二挡，好抓牢地面。我们来到跳板前，心碎地看着渡船驶离码头开向对岸。"停下！"我大喊，但渡船已经驶向海湾。拉布一直在狂躁地开车，闪着大灯，拍打着喇叭。看着渡船左摇右晃地犁过水面，我简直不敢相信自己的眼睛：它居然掉转了船头。"见鬼去吧！"拉布一声咆哮。他把方向盘猛打到底，把车子开上海边那片高高的卵石滩。"谁也别想让我错过这个机会！"我们一下车就撒腿飞奔，手上拎着大包小包。

"能揪住这个空子，你俩够贼的呀。"小船在汹涌的水面东倒西歪地勇往直前时，船长点点头说。绳索套上对岸时，我们松了口气，拉布脸上露出欣慰的笑容。他拍拍摆渡人的后背。我有种摆脱困境的感觉。骤然间，我兴奋起来，做好了跳舞的准备。

六小时后，我们驾车返回岛上。山间下雪的阴云越积越厚。格拉斯哥下起了大雪，白雪覆盖了整座城市。火车停运，飞机停飞。交通开始拥堵，撒沙车开始封锁道路。我们在奥本备足了食物，驱车驶往家的方向。我不敢吭声。在那个一闪即逝的机会之后，这些仓促的储备显得乏善可陈、毫无意义。拉布一直在狂躁地闷头抽烟，已经抽了好几个小时。他打开点火开关，气得面色发白，猛地一拳砸在仪表盘上。"他妈的，又要在这该死的岛上憋一年了。圣诞节也都泡汤了。"

我在座位上抓牢坐稳，因为他猛地一脚踩下油门，弄得齿轮嘎吱作响，排气管直冒黑烟。我紧紧抓住仪表盘，感觉身体就快支撑不住了。"求你了，拉布，够了！"我咬紧牙齿，从牙缝里挤出一句抗议，"冷静点吧。要是撞了车，谁都别想过上圣诞节。"但他充耳不闻。一分钟后，我闭紧嘴唇，保持沉默。我讨厌他大吼大叫或大发雷霆。但飙车更让我恐惧。我身体的记忆中依然留存着破碎的挡风玻璃、金属撕裂的声音和尖叫的声音。我闭上眼，试着不去想撞车的感觉。但那是我内心永远挥之不去的记忆。在拉布被那片阴云笼罩时跟他沟通毫无意义。下车后，我浑身颤抖。那天他一走就是好几个小时，久到我都失去了概念。那片阴云消散的时间比平时要长。

我理想的平安夜是清新而星光璀璨的，而这个平安夜正是如此。午夜，天空晴朗而生动，我们踏雪而行，踩着嘎吱作响的积雪。沿小路走向古老的石砌教堂时，我们又开始谈笑风生。我的肩膀一靠在门上，铰链就吱吱呀呀地响了。教堂里，所有人都紧紧挤在一起，穿着大衣，戴着围巾，膝盖贴着膝盖，后背深深地靠在木座椅上。这质朴的聚会令人动容。在分发果酱和点蜡烛的时候，我搜寻着熟悉的面孔，某人的大衣差点被点着，人群迸发出阵阵笑声。烛光照耀下，一张张面孔散发着柔和的光，透出孩童般的兴奋。我呼出的雾气凝成结霜的蓝色翅膀。我们挨挨挤挤地坐在一起，因共同的人性和我们小小的群体而相聚，被人温暖的感觉真好。我闭上眼，感受自己逐渐放慢的心跳。尽管我的亲人远在数百英里之外，但我不会错失这个时刻。午夜来临前那几分钟，巨大的钟被敲响。钟声传出钟楼，听上去古老、奇异而低沉。接着，我们起身吟唱颂歌。随着密集的雪片纷纷飘落，我们的歌声照亮了茫茫黑暗。

圣诞节当天停了电，不过我们还是设法给亲友打了电话。我们切开拔了毛的火鸡，用明火慢慢炙烤，又用煤铲劈开栗子壳。我带着莫德出门，我俩的影子投在新雪上，微微泛蓝。银装素裹的白桦树把光秃秃的手臂举向冬日，在黑暗中发出淡淡的光。我惊叹于它们的坚韧和顽强。它们一无所求，几乎不从寒冷的空气和坚硬的冻土中汲取生命。

节礼日那天，我们挨家挨户登门拜访。天空晶莹剔透，那种淡淡的松石绿和枝头闪耀的积雪令人心旷神怡。我们走过岛上的每一英里，带着小礼物，感谢人们几个月来种种小小的帮助。我知道拉布和我一样振奋而活力充沛。我们谈论着接下来这几个月的计划。我感觉跟他贴得很近，就像我们刚来那会儿一样。但在我们敲开并走进最后一扇门时，我立刻察觉气氛不对。我的呼吸开始急促，目光也变得警觉。"你确定要去？"我问拉布。但他只是皱着眉，说："他们邀请了我们。"我感到为难，本能地想说："咱们回家吧。"

那一刻到来时，我并不惊讶。"你们他妈的怎么来了？"一个声音这样迎接我们，欢快之下隐藏着敌意。尽管说话者被告知注意言行，主人还给我们递上一杯酒，但我依然紧张不安，一直盯着大门。我感觉不对。我希望拉布赶紧把酒喝完，我们好离开这里。但他冷冷地瞟了我一眼，又给自己倒上一杯。话题转向土地和几片待租的牧场时，吵嚷爆发了。"你们以为自己可以大摇大摆地走进来，从我们眼皮底下把它抢走？"我们眼睁睁看着这句轻率的评论引发了一场争执。我对拉布说："走吧，咱们该走了。"

"是啊,快回去吧,干吗赖着不走呢?滚回你们南边去吧。"

我们匆忙离开,因为我已经厌倦。这些话我已经听够了。

事后,我依然百思不得其解。那只火药桶瞬间就能被点燃。有一瞬间,我仿佛回到了那些被我们抛下的伦敦街道。我告诉自己不要反应过激。但我明白,这只是一部分原因。我们知道外来者需要时间才能在混居的群体中感到安全,一群人也需要时间才能把另一群人请到自己家中围炉而坐。比邻而居既是一种挑战,也是一条纽带。亲密情谊的神秘法则既将我们拉近,又让我们疏离。

我想找到那把钥匙,打开那条能让我们避寒的秘密通道。我渴望把明晃晃的钥匙插进它的锁孔。每一天,我都在试图弄懂那令人费解的机关。但我越是用力,那些精妙的齿轮就越是不停地切换,迅速而不可捉摸,就像海上咸咸的海风。有时,那刺骨的寒风真会把你摧垮,好像你不过是一叶浮萍。长期被寒风吹打的感觉令人痛苦。我希望它有一天能改变方向,平静下来,而不是一直肆虐下去。而在酒精作用下,这体验又会有所不同。它的力量不可抵挡,气势磅礴,有着令人生畏的规模与维度。

风停之后，那寂静令人心碎。湖岸上，纤弱的芦苇和香蒲闪着白霜。它们细长、优美的颈项低垂在剔透的阳光下，如同被冻住的苍白的天鹅。湖水像石化了似的。冰层下传来尖锐而断续的喘息声。在被淹没的废弃磨坊深处，清泉汨汨地流淌。泉水源源不断，湍急的径流汇聚成叮咚作响的清澈水潭，最终流向大海。闪烁的盐粒消融了冰层，这让我把目光投向低低的地平线，那里有岛上那种白得耀眼的贝壳沙，沙滩上零星散落着尚未成年的海豹和更小的幼崽。它们躺在那里，沐浴阳光，身上布满黑斑，落着点点雪花，肥厚的皮毛光彩熠熠。它们用玛瑙色的眼睛注视着另一些线条更流畅的身影，后者正平滑地下潜，穿过漆黑的海水，快得像出膛的子弹。由雌海豹统领的地下觅食区有着丰富的食物，在那里，它们用满是胡须的嘴小心翼翼地拾取海带。我爱听海豹歌唱，随着太阳缓缓落入黏稠而冰冻的海潮，它们会唱着歌，在岩石上享受接近冰点的温暖。那歌声有种奇异的美，也透着几分孤独。

　　湖面的冰层开裂，嘎吱作响，浅水区冰霜覆盖，冰面上布满涡纹和气泡留下的纹理。仔细观察，你会发现冰里封冻着千万个小小的世界。我在晶莹湿滑的冰面上小心翼翼地滑动双脚。我看着冰层断裂，爆裂成白色的云朵，在坚硬的表面下将自己碾成齑粉。气温已经很低，这些浅滩根本没机会解冻。坚硬的永久冻土层占据着整座岛屿，在可预见的将来也不存在任何松动的可能。每周一次，消防车从湖中汲水灌满水箱，然后缓缓驶向一座座小屋和农场。家里的水箱变得多余——暴露在外的水管因冻结而无法像往常一样直接从地下泉取水。我们那只镀锌的户外水箱已经注满，但我们却不得不提着水桶往返于水槽之间。水泵用金斯潘[1]、热水瓶和保暖的毯子隔热。那些横跨沼泽、从泉眼通向水泵房的水管都做了隔热，但埋得不深。我们试着用各种工具给水管解冻，从吹风机到喷灯，但都以失败告终。我把耳朵贴在管道上，想捕捉冰块消融的声音。但里面一片死寂。我们又得在这片冰天雪地里困上六周。

在那冰冻的一年，我看出寂静逐渐改变了拉布。我能从他脸上看到这一点。也能从他日渐消瘦的身体中感受到这一点。后来那几年，我眼看这影响日益加深，直到深深刻进他的五官和皮肤。从十二月开始的冬季那漫长的几个月都排满了一连串派对、活动和深夜的闭门聚会。我有时会想起我们从前的生活，想起

---

[1] 金斯潘（Kingspan）是一家爱尔兰公司，经营隔热材料。

我们围坐在一张座无虚席的桌旁,处在朋友的环绕之中。那些岁月、那些记忆总是充满明亮的灯光、觥筹交错的声音、被欢笑点亮的眼睛,还有建立在私密的空间、共同的人生观之上的沟通桥梁。如今看着拉布,我不胜唏嘘。我不知道该怎么帮他。也不知道该怎么挽救我们的关系。

凯尔特绳结被冻在变形的篱笆上。清新干燥的空气驱散了栅栏上的死乌鸦散发的恶臭。干枯的羽毛随风飘零,凌乱地散落在一座座大小农场的边界线上。这是对野生动物凄惨的警告,也是对春天的召唤。在冰雪覆盖的山丘上,秃鹰尖厉的叫声呼应着初生羔羊细弱的啼哭。看到那些被残忍地穿在金属篱笆上的、翅膀摆荡的黑色死鸟,游客们惊恐地背过身去。但他们并没看见那些被利爪和鸟喙摧残过的流血的眼睛和粉色的舌头。冬天固然残酷,但早春更是野蛮无情。

岛上有句古老的谚语:冬天是死亡的季节。穿过田野时,我想起小农场又少了一头牲畜。每年这个时候,阉割的小公羊都会被宰杀。走到那棵姿态扭曲的接骨木下,我停下来深吸一口气,然后迟疑地走向敞开的畜棚。一只两岁大的公羊已经死去,被剥了皮挂在肉钩上,在带盐的风中腌制。他的背部和后腿上布满逐渐变黑的粉色和白色条纹。他裸露的肌肉和筋膜已经开始变硬,因为低温已经抽干了其中的水分。他的腹腔空空如也,一副闪光的白色羊肠被盘成一卷,舀进桶里,软塌塌的,还冒着热气。

这是一道必要的程序,能淘汰孱弱的牲畜,为来年储备食物。任何婉辞都无法掩饰人要吃肉这个残酷的事实。谁也避不开剥夺生命那可怕的真实。死亡无可回避。但我总是祈祷死亡能来得悄无声息,让动物们有尊严地离去。电击棒被抽出来,贴紧羔羊的太阳穴,电流高速发射,瞬间击伤并麻痹大脑。一把锋利的刀贴近主动脉,干净利落地切开。那一刻,我希望自己在场。这样我就能用自己的双手轻轻搀扶那个小小的生命,对他轻声细语,直到他鲜血流尽。但我做不到。这实在太过艰难。

"屠宰不是女人干的事。"农夫坚决地摇摇头,"宰杀牲口时不能有人大惊小怪、歇斯底里。"

我沮丧不已,因为我认定自己应该出现在那儿。尽管残酷,但这关系到我们对摆在自己餐桌上的肉、对我们所选择的生活方式的终极责任。不过我也在心里默默感恩。

"我要帮着宰羊。"我对拉布说。目睹那紧实的躯体、那曾经有过生命与呼吸的身体被剁成肉块，会给人一种奇怪的感觉。这是一个无情的、法医式的过程。我试图以同样的方法对待自己的情感。从头到尾亲历整个屠宰过程会剥去你的外壳，让你暴露无遗，并迫使你冷静地审视自己的生活，审视自己所处的关系中盘根错节的纤维——既从整体上也从细节上审视——而不移开视线。

7
没出生的孩子

这是个晴朗的日子。我跟拉布并肩而坐。办公桌对面,一道剔透的阳光洒进窗户。妇产科医生正鼓励我们在脑海中描绘他们小小的面庞。我试着想象他们向我伸出小手的时候,那一枚枚小小的指甲。一旦得到许可,你就会这么做。希望就是这样。它会让人无所顾忌,像服下某种令人愉悦的药物。

我相信我的妇科医生。她让这趟长达四个半小时的格拉斯哥之旅变得值得。她到岛上来过,知道我们去一趟有多不容易。我很清楚自己只是个统计数字。但我很感激她努力不让我感觉自己只是个数字而已。"他们可是真正的小宝宝。"她告诉我,"是真实而鲜活的,有心跳,有呼吸。你一定要相信他们。相信我。这样一切都会更好。"所以我听从了她的建议。

我把所有的希望，无论有没有说出来过，统统放进一只橡木匣子。那是我的"诞生盒"。我用每一寸身心去铸造美好的想象与幻梦。每个清晨，我都会采摘鲜花，画小小的素描。我收集羽毛，谱写诗篇。我向月亮献上我的希望。

在多年的失望之后，你会告诉自己绝不能再经历一次。但你还是一次次尝试，每次都更紧地抓住希望。

后来，我的会诊医师又对我重申了妇科医生的建议。"你们必须看到他们，真正感受到他们。"他在我们等待培养皿中的胚胎完成受精时告诉我们，听上去非常认真，"囊胚细胞很小，肉眼是看不见的。但你们一定要相信这就是你们自己的亲骨肉。"

我试着去想象。想象我们走在一起的画面会比较容易。我想象他们的小脸仰望着我，蔚蓝的天空在我们头顶。

这需要冒很大的风险。我多年来经历了无数次失败的治疗，最近才开始尝试体外人工受孕方案，这项技术终于让我们看到了新的希望。我们有九年时间都在尝试自然受孕，诉诸别的方法，走完了每种治疗所要求的每个步骤，最终才来到这里。这个过程痛苦而恼人，时而让人雀跃，时而带来那种只有希望受孕的人才能体会的隐秘的痛苦摧残。每个月,你都小心翼翼地筑起越来越脆弱的、充满医学色彩的希望之塔,却只会在几周后发现它碎成了瓦砾。这无声的战场留下的废墟令我备受折磨。拉布能做到转身就走,而我却生活在这片尘土和断壁残垣之中。我厌倦了自己无法孕育生命的身体。我有时也想放弃,但我并没做好离开的准备。有时候你必须相信自己的未来,好让自己可以在那一天说:"能做的我都做了。我已经尽了力。"

压力对我俩都产生了影响。日子没有最糟,只有更糟。在一段恶化的关系中,你会更努力地捕捉幸福的瞬间,让那些黑暗的时刻不至于太过黑暗。随着我们关系越来越糟,我开始质疑这样坚持下去是否还有意义。但我渴望能有个孩子。我希望孩子能打动拉布,让他愿意接受现在不肯尝试的考验。有时,我感觉他身上好像有个我摸不到的开关。我总觉得只要我能找到它,某种内在的光芒就会被点亮。而有时我又会想,但愿这不会发生,但假如真到了那一步,我会独自抚养这个孩子。当你已经走出这么远,投入了这么多时光,包括你的育龄,放手就会越来越难,难到几乎无法想象。体外人工受孕的治疗过程把你牢牢束缚在它周而复始的循环之中,让你越来越难脱离它的轨道。在一些日子里，你会感到这一切好像应该到此为止，然而无论对错，停下来似乎总是为时已晚。我希望我们的关系能有所改善，也希望我们成功的概率能随之上升。而在治疗之外，我们尽量维持简朴的生活。

我们最初打算去爱丁堡接受治疗。鉴于无论在哪方面，时机都是最关键的因素，我租了个简陋的地方，这样我们就能在紧张的时间内更从容地完成扫描、验血、激素注射和监测。这似乎是个小小的妥协。首府房租高昂，于是我在城乡接合部租了一栋小屋。"你得带上莫德。"拉布说，"她离不开你。"我很高兴有她陪伴，因为拉布不得不留下来照看农场。"你可以的。"他笑着说，"只是几个月而已。我们可以通电话。我去看你会很困难。再说我走了，谁来照顾农场？"我有些不安，但也别无办法。我不禁好奇，别的夫妇在不得不分居两地的情况下会如何应对。

我已经收好了行李，做好了准备，可就在最后的节骨眼上，医院却打电话说："我们得把你们转到格拉斯哥。"这个意料之外的变动让我困惑不已，莫名疲惫。我感觉这超出了自己能承受的限度。现在退租已经来不及了，否则就要损失第一个月的房租和押金。这就意味着又得多来回折腾几趟,还得雇个人照看莫德。突然之间,这一切似乎都超出了我们的能力范围。"我应付不了了。"我向拉布坦言,"我觉得我不该去。"他直视着我的眼睛,说:"我觉得你应该去。否则你永远也不会原谅自己。"我拥抱了他,眼里噙着泪水。有时你只需要有人推你一把,把你推回正轨。我对自己说:"生活瞬间就能改变。你只需要一点点运气。"每簇明亮的火花都能给你带来希望——而希望能改变一切。

后来,有一天,一切真的变了。我终于接受了一项很少有人知道的血液检测。结果显示,我体内缺乏一种常被忽视却至关重要的激素。没有它,我几乎不可能产生成熟的卵子。这是一种无法用合成品替代的激素,但他们知道该怎么给我提供更好的支持。"你的机会来了。"我那位医生笑着说。每个步骤都受到更严密的监测,我每天都要在腹部注射更高剂量的药物。这非常痛苦,但当你重燃希望,就连不适也令人愉悦。

经过五周的煎熬,我只成功产出两枚卵子。我静静听着医生的讲解。我知道自己应该保持积极和放松的心态,但我心里那根弦却绷得像绊马索一样紧。我很想相信这次真能成功,但人必须现实一点。失败的可能性很大。两枚卵子,意味着我只有两次受精机会。我努力给自己打气,告诉自己:"一枚总好过没有,而两枚更是双倍的希望。"

后来,听到电话响起,我激动得两眼放光。受精成功了。

"天哪!"拉布兴奋得一跃而起,"是双胞胎!"他紧紧抱着我,热泪盈眶。

我们彼此相拥,说不出话来。

我们的双胞胎还只是一团细胞。但每个家庭都是这样开始的。我知道现在为时尚早,但我想记录他们生命的起点。"咱们该给他们起什么名字?"我问拉布。

他的眼睛亮了。"你起一个,"他说,"我起一个。"

我们并没谈论孩子会是什么性别。但起名字的时候,我写了玛吉,他写了夏娃。我们没有讨论,但事情就这么定了。我们选了两个女孩的名字。我们拥抱在一起,所有的疲惫顿时一扫而光。因为我们就要有一对双胞胎了。这就是她们的名字。我们的生活骤然又美好起来。这是我们孩子的名字。为孩子们起名非常重要,即便我们始终没能看到她们出世。

接着,我们把写有这两个名字的小纸片放进那只橡木匣,又在里面放上从田野里采来的小花和从海滩上捡来的贝壳。我还多放了一张空白卡片,写下我全部的梦想。我从书上读到,把梦想写得真实而具体非常重要。我的梦想非常简单。就是拥有孩子,成为母亲。我每天都把这只匣子捧在手里。

心愿成真的日子到了。这简直不可思议。一小时后,等我苏醒过来,两个崭新的生命就会在我体内呼吸。我想象微小的心脏在怦怦跳动,肺部柔软的组织一张一翕,正在不规律地呼吸,如同水底美丽的贝壳。

"准备好了吗?"麻醉医生问我。他微微一笑,捏捏我的手。我躺在推车床上,穿一件单薄的白袍,手腕上是印有我姓名的腕带,身上盖着医院的毯子。毯子是明黄色的,如同一道阳光。我看着麻醉医生慢慢把药物抽进注射器。我点点头,欣喜若狂,几乎无法呼吸。我心中充满希望、好奇和恐惧。

"放宽心。"他说,"没什么好担心的。闭上眼睛睡一觉吧。想想看,等你醒过来,你就不是独自一个人躺在那儿了。"

"可不是嘛。"我说着,被他的话打动了。我扫了一眼他的名牌,他是位高级麻醉师:"谢谢你,威尔。"

"只是擦破点皮。"锋利的针尖刺入我皮肤那一刻，我不禁一缩。他花了点时间才找到那条静脉。针刺很疼，但没有每天给自己注射疼。我身上到处是瘀伤。我的腹部、手臂、臀部和大腿上到处是斑驳的青色、紫色、棕色印迹。我咬紧牙关，扬起下巴，死死盯着他的眼睛。他有一双和蔼而严肃的眼睛。

"好样儿的。"他点点头，青筋暴起，"快了，要不了多久，这个宝宝就会安然待在你肚子里了。"

我心头一紧，瞪大了眼睛。我感觉体内有什么拧作一团，试着抽出手臂。我希望我丈夫能陪在我身边。他就在医院——我很高兴他终于能暂时离开农场，抽出两天时间来陪我——但此刻，他不在我跟前。

"不止一个。"我急切地说，"我有两个胚胎。"

他别过脸。见他没有说话，我慌了。

"不止一个。"我坚持道，"我有两个胚胎。威尔，我要怀的是双胞胎。"他沉默良久。我心中弥漫着恐惧。接着，薄薄的帘子沙沙响起，护士走了进来。

"不。"她告诉我，同时拍拍我的肩膀，"我们今天只植入一个。"

"但我有两个宝宝。都在培养皿里。"

我看看护士，又看看威尔。他笨拙地摆弄着一支新注射器，把它贴近我的手臂。我突然想从床上爬起来。"我的孩子们在哪里？"我质问。

"躺下。"护士说，"你会把点滴从胳膊上拽下来的。"

我躺回去时，威尔告诉我不要担心。我感到冰冷的溶液充盈着我的血管。

"可另一个宝宝在哪儿呢？"我有气无力地问。

他直视着我的眼睛："另一个没活下来。我很遗憾。但你看，你还有一个呢。他会没事的。"

"别担心，准妈妈。"护士俯身拍拍我的胳膊，"相信我，一个宝宝绝对够了。"突然间，他们的面孔变得模糊不清，我感到意识正在离我远去。

失去意识时，我喃喃自语："我要当妈妈了。"我试着让自己睡着，集中精力想象和欢迎新生命进入我体内。但我却一直如鲠在喉。一股巨大的悲伤压倒了我。随着麻药逐渐起效，我感觉自己就像快溺水了似的。这就好比潜入冰冷的水底：世界消失了，本该温暖的一切突然变得冷若冰霜。我满脑子都想着自己已经失败。我深切地体会到失去那个小生命的痛苦。

手术中途，我突然醒来。那疼痛钻心彻骨。疼得像被一根尖刺钩住了似的。看到麻醉师在和外科医生聊天，我才意识到自己醒了。我张开嘴拼命呼喊，但谁也没有听见。接着，低沉的呢喃变成尖锐而哽咽的哭声，他们终于注意到了。

"天哪，她醒了！"我能听出他们的慌乱。明晃晃的金属仪器叮当作响。现场一片忙乱。一个个身影匆匆来去。我依然在那个房间，只是在从旁观望，从手术台上空俯视下方。我体内有个东西挣扎着想靠近他们。我只听见一声嘶哑高亢的哀鸣。那不是我的声音。它来自我体内深处的某个角落。一阵睡意随即袭来。它像火车一样向我碾来，黑暗再度降临。

醒来时，我无法行走。病房全满了，我没法在医院过夜。于是他们把我推到车上，放我躺在后座。我丈夫面色苍白，并没看我。在这里见到他，我感觉很奇怪。有时我想笑，而有时我又觉得想哭。我不知道每个人是否都是如此。我感觉自己仿佛是无玷始胎[1]。我们在做试管婴儿，但我们已经有好几周没碰对方了。

生育一个孩子需要三样东西：精子、卵子和运气。我拥有其中两样。我想，在得知那个脆弱的小生

---

[1] 无玷始胎（immaculate conception）是一个天主教概念，指圣母玛利亚始孕而未染原罪。

命在培养皿中溘然而逝时,我们的运气已经耗尽,因为几周之后,双胞胎的另一个——他们植入我体内那枚胚胎——也夭折了。

但我内心有个部分依然抱有信念。有些日子比另一些更容易流逝。放手并不容易。

有时,我会思忖先离去的是哪个孩子。我觉得是玛吉。其实归根到底,这并不重要。因为一得知玛吉的死讯,我就知道在那片没有重力的黑暗之中,夏娃也会伤心欲绝。有时我会责怪自己,不知是不是那天的心痛剥夺了我另一个没出生的孩子呼吸的机会。不管剩下的是谁,总之几周后,她也不幸离世。

胎儿这么早就在你体内夭折,会对你的大脑造成影响。我的身体与大地和四季紧密相连,即使它拒斥自然赋予它的周期;我的本能被驯化成一张为传递我们的基因而绘制的印压地图。在岛上的居民中,我的声音是被排山倒海的沉默所掩盖的几个声音之一。丧失做母亲的资格伴随着震耳欲聋的寂静,我真不知该如何将它打破,或把它治愈。

每次失败之后,医生都会建议我继续尝试。于是我努力坚持。尽力做好每一件事。我是一台制造婴儿的机器。我吃对的食物,睡得饱饱,带我的狗一起散步。我想象自己已经当了妈妈。我幻想有一道闪烁的微光如流星般划过。

终于,我开始最后一次尝试。所以当我得知自己注射了几周药物却只产出一枚卵子,我难掩失望。在扫描图上,这枚卵子置身幽暗的子宫,显得那么孤独。失去双胞胎之后,我感觉我的身体好像已经放弃了努力。我只能对那只培养皿寄予厚望,因为我别无选择。这次之后,治疗就会终止。这一次,我独自经历了手术。拉布没从岛上过来。我每天晚上都会给他打电话。"你会来看我吗?"我问。

而他只是叹气,反问道:"那谁来照看农场呢?"

"这个胚胎相当健壮。"医生笑着告诉我。它必须如此,我想。创造一个小生命的艰难,超越了我所有的想象。我不明白为什么会这样,这件事本该那样轻松,那样自然。

胚胎被植入我体内之后,我把手轻轻放在肚子上。我带微笑入睡。"别离开我。"我对我的宝宝呢喃。这一次,我确信手术成功了。我有了不同的感觉。我认定自己怀的是男孩。

月经推迟了,我在家做了早孕测试。结果呈阳性。我欣喜若狂。就算医院无法确认这个结果,我也并不在意。"你还得再等一周到十天。"前台告诉我,"我们的系统出了问题。"但我等得比那更久。

我保守着这个秘密。不想在确认之前做任何不吉利的事。每经历一次痛苦的失望,你都会告诉自己这不怪你,但你并不能说服自己,而期望也会变得更加沉重,令人难以承受。但我每一天都更接近那个结果。我迫不及待想告诉拉布,尽管没人陪我去医院跑这最后一趟,但我心里幸福极了。我的月经依然没来。自从六周前被植入我体内,宝宝就一直在那里茁壮成长。医院给我抽了血,我坐下来等待。护士拿着结果进来时,我面带微笑。一开始,她茫然地看着我,没有认出我来。接着,她迟疑地笑笑。"你不该来的。"她说,"你的测试结果是阴性。"

我盯着她,脸上的笑容逐渐消失。"你确定?"我说。

"你应该收到了一封信吧。"她皱起眉头,"抱歉让你白跑一趟。"

她随即转向下一个排队的病人。我的双腿在颤抖。我没人可以分享这个消息,也没人能握住我的手,我只好用一只手握住另一只手,就这么独自坐着,捏自己的手。

回到家,我不得不把这件事告诉拉布。他在畜棚里忙活,都没停下来听。

"我不知道该说什么。"他告诉我。想到不必跟他谈论这件事，我松了口气。我穿上套头衫，开始巡视小农场。

那天，他给我一只病弱的新生羔羊让我照顾。我爱惜他。抚育他。白天，我每时每刻都在努力维持他的生命。随后，有一天，他突然无法正常呼吸。他在我怀中死去。就在那一刻，我心里有什么彻底碎了。我哭得停不下来。我想止住眼泪，但它依然流个不停。抱着这具余温尚在的小小尸体既令人筋疲力尽，又奇怪地令人宽慰。我抱着他，直到他变得冰冷、僵硬。我把他放进一只箱子，与他告别。一周后，拉布火化了他。

我花了很长时间才走出失去羔羊的阴影。而过了更久，我才鼓起勇气开始谈论亲骨肉的死。我不忍心扔掉那只装有我们孩子名字的匣子。我把它藏在床底。

几个月后，我在小店。一位老太太向我走来。岛上有项服务叫"奶奶巴士"，为老年人提供免费公交，这位老太太就是乘客之一。"怎么，还没怀上吗？"她问，同时啧啧摇头。突然间，我感觉好像每个人都竖着耳朵在听，想发表意见。

一位农夫打我身边经过，开玩笑说："你真该贴张广告。看样子你该换头公牛了。"

我难过得说不出一句话。当不上母亲，无法完成创造生命、生儿育女这些基本任务，我心痛不已。我很想问："要是问题就出在我自己身上呢？"但我没问出口。我知道无法生育的母牛、母羊和母狗会是什么下场。它们会被作为 yeld 处理掉，yeld 就是指不育的牲畜。即使被拉到市场上，它们也一文不值。没人想要不产崽的母羊。

我迷失了方向。我不知该抱有怎样的希望和信念，也不知自己该是什么感受。当身体辜负了你而你也不再相信自己和直觉，你的行为就会改变。

我试着让自己忙碌。我外出散步，走不动了就躺下来。我太累了，累到这有时似乎成了我唯一能做的事。我躺在山坡上的草丛里，感觉自己被地心引力按在原地，尽管我的目光已沉入深空。有时，我会直接闭上眼睛睡觉，醒来时往往已是暮色四合。我感受着落在脸上的晚霞，内心的伤痛也好像得到了抚慰。我不再唱歌或轻唤她们的名字。我只是站在那里，看太阳沉落。我在风中写下自己的名字。然后慢悠悠地走路回家。我开始犹豫要不要继续去上班。我应付不来。我意识到对我而言，在学校里照顾五岁以下的孩子越来越困难。有时，我不得不借故离开教室。

在一个家家户户都关系密切的地方工作却没有家人可以依靠，我过得举步维艰。我哥哥远在国外，妹妹跟我关系疏远，而自从一年前那次灾难般的探亲之后，我父母就再没来探望过我，那次，我父亲醉酒并对我破口大骂，以此麻痹他一贯的焦虑。发现自己的父亲竟像个十几岁的少年一样偷我家的威士忌并目睹父母当着你的面大吵大闹，我感觉糟糕透顶。我已经受够了一次次把他从地上搀扶起来。最后，我不得不对他下逐客令，他直视着我的眼睛，说："我巴不得从没来过这里。"

我知道，这不是他的本意。我尽管难过，却还是维护着他。我明白这是他的应对方式。他也像我们一样担心母亲。他们当时住在我家附近一栋租来的独栋一居室里，因为我们的房子正在重新装修，还处在一片混乱之中。尽管母亲装作若无其事，但我还是发现她找不到浴室和卧室，连厨房里的冰箱这些显而易见的东西都找不到。人人都有自己的秘密和问题，向别人倾诉只怕会加剧混乱。知道自己无人倾诉，我内心更加煎熬。我们家的角色完全倒错，我父母反而像家中的孩子。

有时，这让我不禁怀疑自己是不是疯了，居然会想当母亲。但这丝毫没减弱我对孩子的热切期盼。仅仅是见到那些有年幼孩子的朋友，我都会深受刺激，这让我跟他们拉开了距离，进一步减少了他们本就不多的拜访。

我就像一个紊乱的季节。我的心依然被封冻在漫长的冬季。不孕症就像一道巨大的断层，贯穿我的身体，更贯穿我的生活。想到自己死后，世上便不会再有我的任何一部分存续，我心里有种说不出的滋味。这在过去或许并不重要，但如今却偶尔让我突然停下手头在做的事。

心情稍好的时候，我心里明白事情并不是这样。我死后会融于世间万物，吸入太阳的气息、月亮的心跳。尽管我没有后代，但我的灵魂将满怀着爱意跳动。我会在荒野之中乘着风恣意地飞行。我会在高渺的云端，也会在朝露之中。我会融入某地的泥土、盐分，或一道高高涌起的波浪。我会进入鸟儿唱歌的咽喉或海鸥振翅溅起的水花。也许的确没人能看得见我，但我希望有人能在我死后感知到我，就像我活着的时候一样。我的生命将滋养别的生命。有朝一日，我将以自己细微的方式成为所有人的母亲。

我在大多数日子都会到海边去。我跟莫德伫立在一起，聆听声声海浪，看海水不断舒卷。大雁在一片晦暝之中高声嘶鸣。振翅的声音从地平线上传来，撕裂了低垂的天空。在那儿，在更远的黑暗中，一阵搅动的风正在形成。潮水涌来，白浪翻滚。海鸥在头顶盘旋，尖细的叫声不断回荡，洁白的羽毛被北风的利刃磨损。声音不是变得模糊就是传向远方，要么就是向上升腾或消失殆尽。大片的泡沫每隔几分钟就把自己猛地抛向那些尖锐的石灰石。水花溅湿了我的脸颊。我静静听着水声逐渐变强，平静片刻，最终迎来那不可避免的沉落。低沉的冲刷声随之而来，像有人缓慢而笨重地放开刹车。

我对海浪呢喃："如果真是命中注定，孩子总有一天会找到我。"

我凝望着地平线。它微弱的光芒从未如此遥远，如此触不可及。但在呼吸间，我感到一道道海浪正悄然汇聚，在我心中洒下更深沉的力量。

8
刹车

时值初春。在小农场四周,相邻的田野燃烧着刺鼻的黑色火焰。灰白的浓烟袅袅升起,如鬼魅在空中缭绕,刺痛着我的咽喉。我猛眨眼睛,想止住流泪。望着这一片片燃尽、焦枯的田野,我心如刀绞。这是这个季节例行的刈割,对枯死的庄稼做必要的修剪。一些农场会辟出一小块地方供野生动物躲避,还有一些则只是对它们绝望的哀嚎一笑置之。"都是些害虫,对新长的庄稼没有任何好处。"一旦草被点燃、风一吹起并变得强劲,就再没有什么能阻挡猛烈的火焰。过后,你会很难想象那些被炭火熏黑的树桩能再度焕发生机。

我已经疲惫不堪,却依然一动不动。我感到心中麻木。在内心深处,刻骨的悲伤和缓缓阴燃的愤怒吞噬着我。拉布出轨了。每一天，我都试图扑灭那些迫在眉睫的火焰，但感觉就像妄图徒手灭火。可我又做不到无视它的存在。背叛就像灼伤一样疼痛。它摧残着我的心灵，让我的皮肤在夜里异常敏感。我渴望能置身那曾覆盖这片山丘的翻涌的凉爽草地。

我的嘴唇冻得厉害，吹不出口哨，只好开口呼唤莫德。我一声又一声地喊。她没过来，心痛和恐惧顿时涌上我心头。我太累了。我不只担心她，也担心自己会迷失在那些燃烧的田野里。突然间，我忍不住大哭起来，对着天空泣不成声："求你帮帮我吧……谁能帮帮我吗……我不知道……该怎么办。"

得知自己的地位受到了动摇令人痛苦。不忠或许有许多伪装，但总会在每次偷情之前或之后的一段时间里留下痕迹。那是一种微妙的语言，从头到尾都是耳语。但在小岛上，这耳语会像风一样吹起低低阴燃的火焰。发现有人滥用你的信任会带来伤害。回想起自己新年的期盼——每天为自己注射，随后是双胞胎即将在我体内生长的奇迹，还有她们灿如星辰的生命之光——我既难过又恶心。就在社区礼堂举办霍格曼尼[1]舞会的当晚，这喜悦被彻底粉碎，因为拉布不知

---

1 在盖尔语中，霍格曼尼（Hogmanay）意为"除夕"。

为什么没有回家。

新年第一天的早上,我在床上醒来,发现身旁冰冷而空无一人。下楼去放莫德出门时,我很奇怪门为什么会从外面上锁。拉布在午餐前后出现。不跟我说话,也不肯看我。"我喝多了。我应该回来的。我在附近的朋友家过了一夜。没什么大不了的。"我瞪着他,愤怒又心痛:"可我们还在治疗啊。你把我送回来之后到底为什么还要回去?"我问他为什么锁门,他突然脸色一沉,推开我挤过去,说着:"真是见了鬼了,就不能让人好好睡一觉吗。"那天静得出奇。他睡得像个死人。我独自出门拜访朋友,祝他们新年快乐。

岛上的人都知道拉布的秘密。每个人都知道她的名字。他们的沉默深厚而坚不可摧。所有人都在屏息观望,静待其变。想看谁会第一个打破沉默。把这件尽人皆知的事告诉我。羞辱是一把闪光的利刃。它散发着一种阴暗的魅力,不可抗拒地吸引着他们。

我在学校看孩子的时候,它悄然而至。它是一连串话语,还拖着尾烟,好让你知道它早已烧成灰烬。听着那些话,我心如刀绞。终于得知真相,发现只有我不知道,我伤心极了。

不知为什么,涂着鲜艳口红的双唇把这些流言蜚语勾勒得更加清晰。窗外，雨点噼啪落下，学童全都挤在狭小的前厅吵闹地嬉戏，我很难集中精力思考。我一动不动地站在原地，努力去理解它们传达的信息。

"振作点。"其中一个女人耸耸肩，"这又不是昨天才发生的事。"

"这么说你早就知道？"我结结巴巴。我试着与她对视，她却尴尬地笑笑，移开了视线。

她的意图很难琢磨，但我想去相信。

"我不知道你在难过什么。"她摆出一副明智的样子，"我们好几个月前就释怀了。"

我能接受丈夫全程缺席我的治疗，却不知道这件尽人皆知的事——他之所以没来，是因为他一直跟附近的另一个女人待在一起。而我还以为我们正在为建立自己的小家庭一同努力。后来那女人给学校的赛跑运动会帮忙，到游戏室来接送孩子。那几天，知情让我更难面对。我竭力让自己保持专业。我面带微笑。我的声音平缓却紧绷。你总得做你该做的事。

"你没说谢谢。"一个孩子大声问，"你每次都说谢谢的。"

我看着他，叹了口气。要向一个三岁的孩子解释人不是每次都必须道谢，这并不容易。

你不可能永远把痛苦埋在心底。它就像一粒种子深深扎入你的组织,开始生根发芽。几个月后,它结出的苦果被摘下——距离它被播种那天正好一年。那天是霍格曼尼节。"我不去参加派对。"我一口咬定。而克丽斯特尔,我在这世上最亲密的朋友,告诉我:"你不可能一直逃避。我觉得你应该去。"

她是对的。她每次都是对的。所以我去了。

那个吧台不过是个摆满酒瓶的架子,我在那儿交了捐款。抽奖结束后,有人收走了茶水、司康饼和三明治,真正的畅饮开始了。房间里人满为患。后来我回到吧台旁,在拥挤的人群中斟满酒杯,发现那女人就站在我身旁。我一时不知该说什么,所以一言不发。接着,我咽了口唾沫。我喝多了,她也喝多了。机不可失,我告诉自己。

"你为什么那么做?"我问。

"做什么?"

"跟我丈夫上床。"我说。

她笑了,笑得像猫:"假的,都是假的。"

"他可不是这么说的。"

我们开始进入正题。在此之前,我们可以算是朋友。

"我把你当成朋友。"我说,"还请你来参加我的生日派对。"

"是啊。"她说,"可你不知道吗?我没去。"

"我们正在要孩子。"

她听了只是笑笑,说:"晦气。"然后就走开了。

有时我真宁愿自己从没找她说过话。而有时,我又很庆幸自己这么做了。

因为这能把事情澄清,让我感觉自己更有力量。但后来,事态恶化了。她的朋友把我拉到外头。他们全都喝得烂醉,丧失了理智,空气中弥漫着紧张的气氛。他们嗓门越来越大,有人挥了一拳。我用余光瞥见拳头像慢镜头似的砸向我。我来不及多想。我的本能已经觉察到潜在的威胁,所以我的身体下意识地一滑,避开了危险。拳头偏离了我,仅有毫厘之差,然后重重落在他们自己人脸上。只需心领神会的一眨眼,一场大规模的斗殴就一触即发。

不过我并没参与其中。我不假思索地迈开双腿,溜之大吉。我全凭本能指引,避开明亮的灯光,消失在柔和的黑暗中,把一切抛在身后,去隐蔽中寻求安宁。

我离开时,听见身后有个声音声嘶力竭地大喊:"我他妈的想睡谁就睡谁。"

这句话若不是如此可悲,还挺好笑的。

我的身心都承受着极度的痛苦。我很少出意外，但那段时间我运气不好。那年春天，我出了两次可怕的事故。我在农场上摔倒，左手严重骨折。几周后，我的右手也在一次事件中严重受伤，那件事令我至今难以启齿。

区区一次摔倒竟能造成如此严重的骨折，我感到匪夷所思。前一秒我还直立着走在小农场上。下一秒我已经被绊倒，扭曲地躺在地上。草滩向我压来，我的头撞上一块石头，左手碰到一个陡坡。事情就是这么简单。当你头朝下整个撞上去时，青草也会迸发出无形的猛烈力量。我并没意识到自己的手已经断了。我只感觉那个位置不知为什么空落落的，有什么突然垮了。我知道呼吸很关键，但我只能喘着粗气、抱紧自己。

奇怪的是，当你躺着目瞪口呆、动弹不得，你的思维会异常清晰。我骤然意识到自己已经很久没大口呼吸了。我意识到大地是坚实、稳固而令人宽慰的；露水是冰凉、清新而甘美的，就像雨水。正当我萎靡地脸朝下趴在地上、吸入宁静的空气时，我内心深处有什么突然变了。在昏迷与清醒之间,我感到它倏然离我而去。关系破裂的过程会让人筋疲力尽。只有在最后一根支柱断裂时,你才能听见它崩塌的声音。

莫德开始反复推搡我,我拖着倦怠的身躯回到空荡的房子,钻进一条毯子,用冰冷的脸颊贴着莫德湿漉漉的鼻头,她则用明亮的琥珀色眼睛凝望着我。

我内心也在坠落。我们的房子里不再有体贴关怀和欢声笑语。我表面装出勇敢的样子,内心却惊恐不安,因为我不知该怎么抓住我们俩。也不知该怎么抓住自己。

我的伤病让拉布恼火。每次我病倒或疼痛,他都疲于应付。有时,我们最好的一面也远不够好。而我们最不堪的一面则是一场难以避免的灾难,总是可以预见,熟悉得令人震惊。直到后来,我才开始纳闷,一个人的脆弱为什么竟会让另一个人如此不满与愤怒。有时它带来的是阴郁的沉默,有时则是难以理解的暴怒。我已经听够了他说:"你是装的,你根本没事。"我伤心地转身离去,眼含热泪。

每天清晨,我都在恐惧中醒来。我会从梦里猛地惊醒，心怦怦直跳。我总做同一个梦，梦见自己泡在冰冷、黑暗的水中。我知道自己在水下很深的地方，但我一直挣扎着想浮上水面。我必须上去，否则就会窒息。每到喘不过气的时候，我就会惊醒。另一些时候，我发现自己在拼命大喊，竭尽气力却发不出一点声音，我不断蹬腿，像要踩下无形的刹车，右脚拼命往外踢。我仿佛被困在一辆失控的车里。醒来之后，尽管我已经看到自己躺在房间，看到窗外透进的光线，但那感觉仍在持续：汽车仍在飞驰，已经失去控制，而我置身车内。我停不下来，因为我在梦里从没找到过刹车。我总在同一个瞬间——撞击前那一秒——醒来，伴随着突如其来的喘息和高亢而压抑的呼喊。我猛地坐直，浑身颤抖，呼吸急促。而后，随着我逐渐意识到身旁空无一人，一阵钝痛便会袭来。这种状况已经持续了好几个月。

我们的生活，我和拉布的生活，正在分崩离析。这就像眼看线轴飞速散开。我极度恶心，因为在内心深处，我明白一切会如何发展。这条路只通向一个地方。

随后，有一天，我真的坐在路虎车的副驾位置，沿着那条一车道公路行驶。我蜷着身子，左摇右晃。我太害怕了，只想闭上眼，但我强迫自己睁开眼睛，保持警觉，盯着眼前的道路。我不是在做梦。这是白天，我醒着，我的噩梦要成真了。

我用力做出踩刹车的动作，但拉布并没注意。突然，我冲他喊道："快减速！你吓到我了！"但他继续自顾自地开车，而我继续尖叫。我们肯定要撞车了。突然间，我安静下来。尖叫甚至说话都是白费气力。我得把每一分力气都用来让这辆汽车停下。

但拉布开得实在太快，而且极度愤怒，我根本抓不到方向盘也够不着刹车。我蜷成一团，侧身靠着座椅，尽可能把手放在腿上，好护住那只刚打了石膏的手。

车子开上山坡时，我看见一车道公路上有辆车远远驶来。我知道山顶有一处盲弯和一片深沟之上的陡峭河岸。所以我又开始声嘶力竭地冲拉布大喊，要他停车，立刻停车，让我下去。他好像铁了心要把这辆车，连同我们的关系和我们的生活一起毁掉。接着，由于我没东西可抓也抓不住任何东西，我只好向前屈起身体，做好防冲击姿势。

"快他妈的停下，拉布，该死，快停下！"我声嘶力竭，"请你停下，我要下车。我只想下车。"这时，一辆车转过山顶的盲弯，径直向我们驶来。

我来不及思考。身体直接做出了反应。我用手指紧紧抓住车门把手，肩膀用力靠向车门，向内抱起双臂，让身体变得柔软，滚到路面上，与此同时，拉布开车撞上了软路肩，笨重的柴油发动机喷出燃烧的浓烟。

面对危险，你的身体完全知道该怎么做。从福拉身上一次次滑落的经验派上了用场。你得学会蜷缩到极小，小到看不见为止，等地面飞快地升上来迎接你，相信大地会待你温柔。本能不仅会让你做出战斗或逃跑的反应，还能告诉你什么时候应该静止。

我躺在路上，啜泣着，咒骂着。我受了惊吓，但没有受伤。人们都在大喊大叫。拉布用拳头猛砸仪表盘，大喊："你这个该死的婊子！"而我想，至少他骂的不光是我。在某种程度上，听到他冲另一个司机怒吼，我反倒松了口气，因为就在那一刻，我意识到他病了，无法控制自己。这一年甚至更长时间以来的许多事突然说得通了，清晰得令人震惊。我还知道我帮不了他，无论我多想这样做，为此付出了多少希望与努力，因为他不肯接受我的帮助，也不肯接受任何人的帮助。我们的关系已经无可救药。

他大喊"上车，你个臭婊子！"，而我拒绝听从。我已经受够了担惊受怕，这辈子都不想再上那辆车了。我转过身，踏上回家的漫漫长路。但走到家门口，我却感觉并不安全。我知道他回来之后会一言不发，依然怒气未消。那会比大喊大叫更糟。我唤了莫德一声，她立刻跑过来。关上门，我们径直爬上山坡。我没有回头，而是不停往前走。我遍体鳞伤，浑身颤抖，但我始终眼望苍穹。

有时，这就是你唯一能做的事。

我不明白我们何以至此。走在回家路上，我一遍一遍问自己，这一切到底是不是我的错。但在内心深处，我明白这不能怪我。人人都要做出自己的选择，拉布也做了他的。他的愤怒指向他自身。燃烧自有它的原理。它是一种操控下的化学反应。火产生能量，愤怒是它宣泄的途径。我畏惧它迸发的光焰和热量，不知道如何将它扑灭。

我每次受到惊吓都会丧失理智。拉布很清楚这一点。他的愤怒与我的恐惧彼此勾连。这是个灾难性的组合。我待在外面的时间越来越长，跟莫德一起漫步山间。我回家时，我们坐得远远的，各自沉默。我们在自己周围筑起高墙。家不再有家的温暖。我感到不安和焦躁。许多个月以来，我一直掩藏着真相，提防着别人窥探的目光和肆无忌惮的议论。只有克丽斯特尔眼看我变得封闭，沉默不语，宁可独来独往，寄情山野。这段日子充满了焦虑和孤独。

我感觉我们感情的彩色丝线正被拽开。每一天，它们都散落在我们四周。尽管拉布信誓旦旦地说这一切只是我的错觉，但你很难不被它们绊倒。爱情只有在遭到忽视、冷落或抛弃时才会破碎。渐渐地，我们不再共同编织我们的生活。

我瞥了他一眼，想递给他一缕丝线，拉近我们的距离。他人就坐在我身边，心却并不在这儿。他的表情一成不变，尽管我能感受到他的体温，但他似乎离我很远，也没有来拉我的手。我不知道他神游到哪里去了，也不知道他去了多久。至于跟谁在一起，我实在问不出口。

爱是一种节奏，是相互呼应的脉搏。我体会着失去它的滋味，像体会胸中的一股剧痛。言语、欢笑和温暖日渐稀少。孤独悄然而至。我们无法互相安慰，彼此支撑。多年的困难和压力让我们双双跪倒在地。到头来，我们终究无法给对方渴望或需要的东西。那些本该很容易培养或抓住的东西，却残酷地遥不可及。

后来，我握着拉布的手，用我的手指轻抚他的手指:"你和我,我们曾经什么都不缺。"

"是啊。"他回答。我俩眼里都满含热泪。这一刻转瞬即逝。

"但你就是不知满足。"他怒气冲冲地说。

"是的。"我说,"可那又有什么错?"

他迅速移开视线,点燃一支香烟。我们都知道我们想要什么、渴望什么。孩子是一份珍贵的礼物,人却很容易把他们视作理所当然。

我试着理解这一切。我很想问他:"你是不是也像我一样,在用自己的方式捡食求生?"我想把他的不忠视为一种表象,代表他希望我们之间能更加开诚布公。这很难,但我尽量这样去想。我告诉自己,这是一种求生行为。是他从某个除我之外的事物或人身上寻求归属感的尝试。人很难看到这一点。

"你的行为至少是诚实的。"我喃喃地说,"至少你知道自己要什么。尽管你采取了我能想象的最伤人的方式。"但我却问不出那句:"我真的不够好吗?"我从他眼中看到了自己的倒影。看到别人眼中的自己总是令人震撼。

初夏的最后几周,拉布不可告人的秘密让一切变得异常艰难。我们分居在曾经相爱的房子里。我失去了孩子。我跟全科医生聊了聊。有人倾诉是一种解脱。"我们不能再这样下去了。"我说。我在等待一次崩溃。我能感觉它正在逼近。我没有跟别人提过我的恐惧。在一个小小的社区,有些事情你只能藏在心里。说到底,真相和谎言都由我们自己编织。

我们争吵不休。我能感觉到屋里涌动着不安的气息。转身离开时,我咬住嘴唇,尝到肾上腺素和血的味道。那是一丝沉闷的金属味,外围则有一股焦煳的苦味。它回应了我内心的想法。"立刻抽身,趁你还来得及。"它说。

我转身出门时,拉布嘶声尖叫:"别他妈的背对着我。给我回来,你这个小贱人!"我跌跌撞撞地继续向前走,身体有种奇怪的分裂感,内心深处仿佛燃着熊熊火焰,外表却冰封冻结。最近这几周不同以往,充斥着超乎寻常的压力与黑暗。还有一些我不愿去想的片段。而最让我害怕的,还是沉默。

我明白自己最好什么都不说。当话语承载着仇恨,它们就不再只是话语本身。它们的分量和意义能深深割开你的皮肤。我清晰地感到那些低语带有锋利的倒刺,仿佛它们就紧贴着我的面颊,这些话语是如此之轻，我必须竖起耳朵才能听见。

我犯了个错——把咖啡杯忘在了窗台。看到它，我吓得呆立在原地。杯底是湿的，会在木头上留下水渍。

"你再敢这样，我就亲手宰了你。"

他说得很小声。我不确定他是不是在开玩笑。那天，又一道界限被打破。我觉得夜里睡觉都不安全。我门上可没有锁。

我观察、聆听、等待。我想标记我们逾越的界限，好知道我们每一天都从新的起点走出了多远。但你很难用影子画线。我不愿抬头，免得看到自己正站在终点。我不想走到那一步。单是忍受现状就已经够了。我不知道该怎么办。有时我不禁想问，要是我们对彼此都可有可无，他为什么不找别人来帮他永远地接纳自己呢？那说不定能放他自由，让他重新认识自己。

一天晚上，我喝醉了。他也喝醉了。所有人都喝醉了。我们在市政厅参加岛上的一场婚礼。有人为快乐而喝酒，有人则是为了逃避。有人喝酒是为了掩盖被别人的希望和梦想暴露的生活裂痕。我喝酒则是为了麻痹恐惧，掩盖我的痛苦。我盯着拉布。他正在和一个女人说话。他们靠得很近，彼此窃窃私语。我盯着他们看了一会儿。然后我再也看不下去，缓步穿过房间。

"这是我妻子。"他望着我的眼睛，但没有任何反应。他的目光仿佛径直穿透了我。我看不出他在想什么。但我能感觉到一道变化无常的闪光。我开始心跳加速。

"我们该走了。"我说。

"是的，看吧，这就是我妻子。"他又说了一遍，但那语气让我感觉自己不足挂齿，肮脏而毫无价值。接着，他莫名地笑了："至少我觉得她是。"

我望着他。我尽力掩饰痛苦，却感到这痛苦正在不可抑制地向他喷涌。我的泪水涌上眼眶。那女人转过来看了我一眼，又回头冲拉布微笑。然后，突然间，她也放声大笑。

我伸手去取大衣，迫不及待要回家。这个动作很费劲——我一只胳膊还打着石膏，一直到肘部，所以很难穿上大衣。眼泪模糊了我的视线。有人过来帮我。是个我不认识的陌生人。他人很和蔼，我真希望自己知道他是谁："你还好吧？"

我点点头又摇摇头。随后又点点头。"我还好。"我答道。从他的眼神里,我看出他并不相信。连我自己都不相信。我已经很久没觉得还好了,都忘了那是什么感觉。这让我想哭。

"好好照顾自己。"

我想,好的,我会的。我已经习惯了自己照顾自己。从市政厅出来,我仍在回想陌生人的善意。有两个人站得很近,似乎不只是朋友。冷空气和震惊同时袭来,让我无法呼吸,心脏仿佛没了血液。我走过他们身旁,大声说:"拉布,该走了。"

我渴望被亲切而有力的臂膀揽入怀中,渴望那种温暖。这让我意识到,我拥抱虚空已经太久太久。

在车上,我们并不交谈,而是对彼此怒吼,吼出这一整年暴烈的沉默。

愤怒在两颗沉默、孱弱、汹涌的心中跳动。在其中一颗心中,这愤怒出自对信任的践踏。它源于小生命在我体内消亡的痛苦,她们美丽的光芒熄灭殆尽,有如倏然逝去的星辰。我凝视这愤怒。我直面它,又试图把它挡开。我想抓住它,尽管它令我退缩。我们之间的纽带仍在搏动,这令我感到困惑。羁绊是你无法摆脱的东西。在破裂之前,它都属于你。

回到小屋,拉布气冲冲地推开我走到前面。他的愤怒超出了我的认知。直觉告诉我不要跟在他后面，但我还是跟了上去，因为时间已经很晚，我没有别的地方可去，况且我手上还打着石膏，没法开车。我进了屋，因为这里依然是我的家。

我有两道门要开，因为我们在厨房门外又加盖了一个行李间。我护住骨折的左手。它被沉重的石膏覆盖，无力地垂在我身侧。不知为什么，身体总是知道该怎么做。它好像能预知会发生什么，并本能地试图做好准备。

我迎面撞上了第一道门，门板狠狠打在我的脸上。我眼前一黑，因为它正中我眉心。我惊呆了，大脑一片空白，感觉无法呼吸。我摇摇晃晃，跌跌撞撞，在绊倒时伸出右手挡在面前。我向前扑倒，根本无法停下脚步。我只知道在我摔倒的同时，第二道门已经呼啸着冲我飞来，眼看又要撞到我脸上。就在相撞之前，它猛地击中了我的手指。我踉跄几步，被门闩钩住，这才没跌到地上。我的手指被卡住了，在木头的重压下碎裂。我听见一声号叫，起初并没意识到那就是我自己的声音。那不仅是骨头断裂的尖叫，更是痛苦的声音。

从门上剥下我撕裂、流血的皮肤时，拉布脸色苍白铁青。他坚称这是个意外。他眼里充满令我恐惧的愤怒，还有一些我不知是什么的东西。见一位邻居赶来，我久久无法停止尖叫。我无法用言语描述受伤的痛苦，还有意识到自己失去了什么时的心痛。我想飞上黑暗而空旷的夜空。而现在，我的两只手都断了。

有时，当感觉世界不再安全美好，我们就会学会另一种生存之道。大脑会帮我们封锁记忆，直到我们有力量承受。我们把这称为休克。但我有时会好奇，这算不算我们在危难或必要时对自己的一种关怀。那个可怕的夜晚已经过去三周。我独自站在厨房里，眼睛紧盯着房门。我刚刚看着它最后一次被砰地摔上。我听着汽车排气管嘎吱作响，汽车喷着柴油烟雾一路远去。我眼神呆滞，目瞪口呆，眼里泪光闪烁。我想哭，因为我很高兴他终于走了。

要承认一切已经结束并不容易。但我感觉这似乎只意味着我又要面对新的烦恼。我看着自己的双手。我对它们毫无办法。我的左手还用钢板固定着，一直延伸到肘部，右手刚上了硬邦邦的三指夹板。我仍在试探这种极端不便的边界，而每一天都会让我领教更多。穿衣、洗漱、吃饭、如厕都很困难。我很庆幸产羔已经结束，但我不知道该怎么独自照看农场。我告诉自己不要想得太远。眼下我只要站在这里，跟莫德一起站在这四壁之内，就已经足够。

寂静震耳欲聋。不知为什么，诀别的寂静音色好像跟暂别不同。其中少了紧张和期待，因而更显深沉。我盯着墙上的钟。看着它的指针一分一秒地缓缓移动，从整点走到半点。我转向窗户，站在那儿等渡船离岛，停靠在对岸。我看着秒针在表盘上一圈又一圈地走，直到又过了一个小时。我拿起电话，打电话确认渡船是否已经靠岸。然后我走到门外，小心地抬起头，一口一口地呼吸纯净新鲜的空气。

我重新回到屋里，浑身发抖。我叫来莫德。有她在身边，我感到宽慰。我又看看钟。一小时后，我拨通火车站的电话，得知前往伦敦的火车已经开走。我一直盯着时钟，无法从钟面上移开视线。我不敢不盯着它看，生怕流逝的时间会开始倒退。但又过了一小时，我松开手，终于屈服于一阵疲惫。

突然间，生活变得如此简单。累了，你就躺下来。于是我轻手轻脚地跪下，躺在地上，蜷缩成胎儿的姿态。被坚实的大地稳稳抱在怀中的感觉令人安心。我闭上眼睛。就在这里躺一会儿吧，我对自己说。躺一会儿就起来。我感到麻木，但一种令人宽慰的宁静的孤独吞没了我,有如巨大的波浪,轻柔地拍打在我身上和头上。我任由自己静静呼吸,然后又闭上眼睛。渐渐地,我的心平静下来。

几小时后,我意识到莫德就在我身旁。我睁开眼睛,她用头靠着我。我看看时间,去往伦敦的火车即将驶入尤斯顿站。我眨眨眼,逼回眼泪。我太累了,没法从地板上起来,于是我们就一起躺在那儿,听时钟嘀嗒,时间流逝。我把头轻轻靠在我的狗身上,看她用琥珀色的眼睛回望着我。

"这跟我们希望的不大一样。"我对她说,"但有时,生活总得按它自己的方式发展。"

我们待在那里,一起躺在地上。过了一会儿,睡意再次袭来。闭上眼感受寂静的分量,令我如释重负。

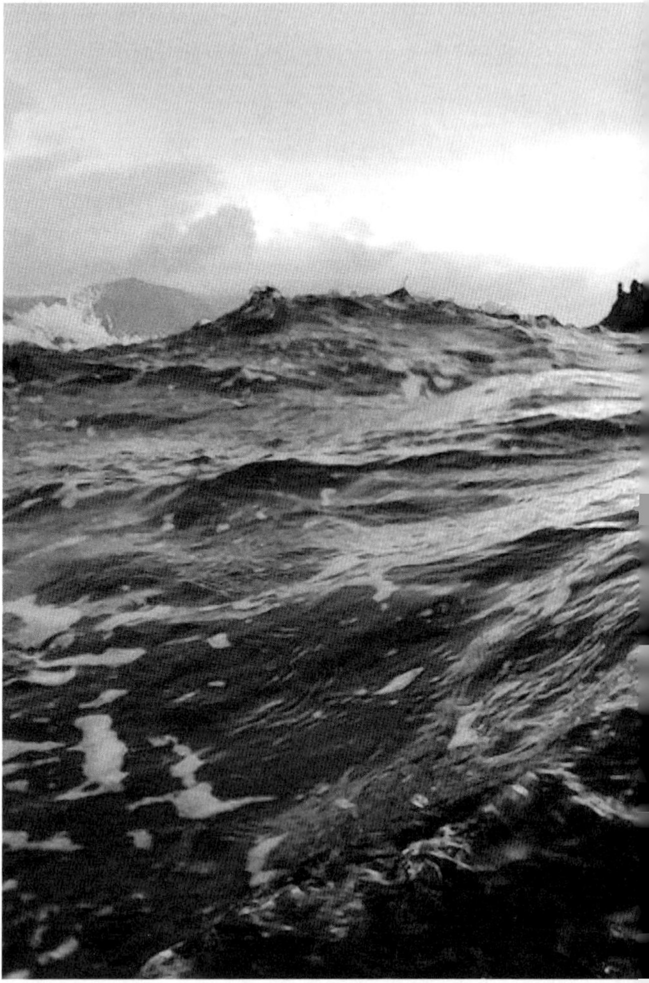

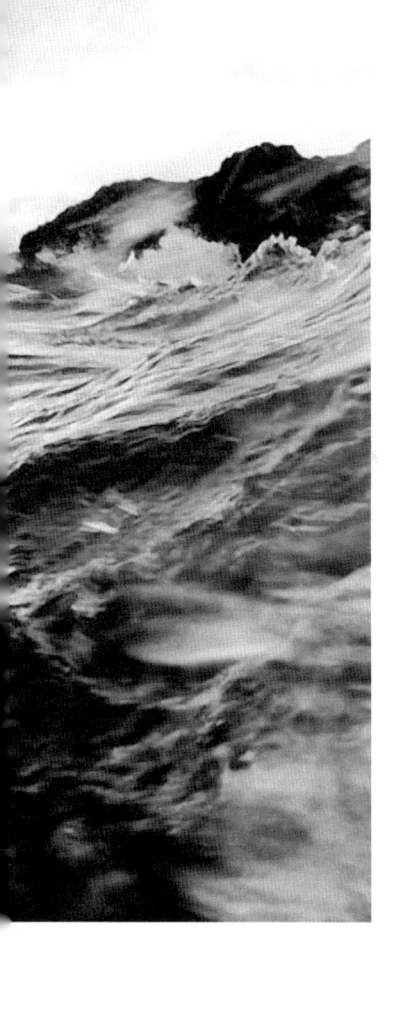

第二幕

1
手

夜深了,午夜已过。我的手在键盘上笨拙地回旋。我屏住呼吸,差点就挂电话了。这时,视频接通了,克丽斯特尔出现在屏幕上。

"怎么了?是不是又疼得厉害?"

"真不好意思,我只是想……"我的声音有些颤抖。我想问,我该怎么形容这种感受,告诉她岛上的傍晚有时会静得可怕?以及人有时会渴望听见另一个人的声音?

"我只是想打电话道声晚安。"我说。

我随即发现克丽斯特尔并没上床就寝。她还穿着连衣裙和那件旧的蓝开衫单独坐在楼下,跟她的狗在一起。她显得很疲惫，却不肯独自上楼。正是这点让我看出她能理解我为什么打这通电话。我们小心翼翼地对视，回避着彼此的目光。"你有没有抬头看看天空？"她轻声问，"今晚的月亮真亮。这么美的夜色，有时会让人夜不成眠。"说完，她微笑着张开双臂，"晚安，亲爱的姑娘。这是给你的拥抱。睡个好觉吧。"她冲我飞吻。

这让我很高兴自己打了电话。克丽斯特尔笑起来时眼睛会眯成一条缝。那种微笑能闯进你的心。我想告诉她，这就是我打电话的原因。你就是我打电话的原因。但我突然一阵羞涩。我低头看着自己受伤的手。"晚安。"我边说边试着向她挥手。

双手受伤之前，我从未意识到它们有多重要，也不曾意识到友谊是何等珍贵。毕竟，友谊是那么简单。友谊就是有个人依靠，一个你能信任的人，一个在其余的一切都开始崩塌的时候唯一重要的人。真相是，我承受不了。我被恐惧蒙蔽了双眼，我很清楚克丽斯特尔也知道这一点。我左手复杂的骨折尚未痊愈，手腕处还有脱臼的感觉。疼痛令人难以忍受。这只手依然被包裹在坚硬的石膏里，像死去的肢体。我用羊毛披肩裹住手臂。在骨骼断裂时，你会渴望有某种柔软的东西贴着你的皮肤。我把胳膊紧紧抱在怀里，像抱婴儿似的，仿佛我可以轻轻摇晃，哄它入睡。

我筋疲力尽，知道自己必须休息。但即便是就寝前的准备也成了一项考验。我有时会烦得想哭。我非常无助，非常孤独。我甚至没法自己脱衣服，所以每天晚上都和衣躺下，试着入睡。但疼痛让我彻夜难眠，睡眠迟迟不肯降临。后来，有三位骨科医生都声称这是他们见过的最严重的骨折之一。其中一位先是震惊得说不出话来，然后愤怒地说："我这辈子还从没见过这么严重的伤势。"我总担心自己要是睡不着觉，手就没法愈合。没有双手，我就没法工作，也没法养活自己。我不能弹钢琴，不能创作，所以也很难表达自我。没有手，我什么也做不了。

我永远忘不了在拉布走后，克丽斯特尔有一天发现我躺在地上。那是六月中旬，岛上突然酷热难耐，户外阳光明媚，但厨房里却寒气逼人。古老的石屋能把温暖挡在外面，把寒冷藏在室内，所以你踏出房门会感觉外面像另一重世界。在我记忆中，那天的情景已经模糊，但我还记得克丽斯特尔挨着我跪到地上时那个表情。我记得她的手抚摸我脸庞的触感。还有被柔软的毯子包裹的感觉，和它令人安心的重量。她那件带花格子图案的羊毛衫在我脑袋底下嘎吱作响，那细密的针脚，那股馨香。她的双臂环抱着我，像哄孩子一样轻轻摇晃："嘘，没事了。"我听到她在说："我在这里。你很安全。不要哭了。"

我注视着她，双目圆睁，不明所以。我没意识到自己在哭，只觉得前所未有地疲惫。

"我没有哭。"我喃喃地说。她看着我，眼中满是怜惜。

过了几周，她问我："说说看，你在地上躺了多久？"

我被问住了，因为我自己也不知道。

"一两个小时，一两天，不会比这更久。"我说。

"好好想想。"

"我刚躺下一分钟，你就来了，然后我就没事了。"

我们静静坐着。我还能说什么呢？我记不清事情发生的顺序，也不记不清那天或之前的确切细节。即使是现在，我依然说不明白，因为我还没弄清那究竟是怎么回事。我想说的是，有时，当你的生活以一种难以抗拒而又无法解释的方式解体，你会更依赖直觉而不是线性的时间。当你心怀恐惧，你的身体会学着用另一种的节奏生存，学着保持警惕。那天，在我盯着时钟、看时间一分一秒地流逝的时候，我只知道渡船正在驶离。时间以我无法理解的方式挤压堆叠，支离破碎。我不知道该如何解释，所以只好什么也不说。我把目光投向窗外的大海。

"看到你那个样子，我很难受。"克丽斯特尔说，"你眼里的光好像都熄灭了。"

"对不起。"我说，"我只是太累了，就躺下了。"

我很想告诉她，被寂静轻轻包裹、拥抱的感觉是多么奇异地令人宽慰。我还想告诉她，我知道自己只要静静躺着，一动不动，只是呼吸，那么时间，还有这痛苦，也都会悄然逝去。

"记住，有我在呢。"克丽斯特尔轻轻抓住我的胳膊，"从现在起我来关照你，你也要关照我。"

我笑了。然后伸手去碰她的手。"一言为定。"我说。

作为一个女人生活在这座岛上，你必须格外坚强。你得学会掩藏自己的感情，不流露任何容易受伤或软弱的迹象。问题在于，你会习惯那个你不得不展示的坚强形象，习惯去保护你那颗柔软的心，以至于有时会忘记倾听它跳动的声音。

每个早晨，我都在迷茫和孤独中醒来。我明白分手是对的。但我怀念我们共同生活时的熟悉节奏。有时我甚至会怀念那种痛楚。我走到哪里都能想起拉布。还能听到他的声音,看到他的面孔。我试着不去想我骨折的手,但有时,它们会猝不及防地出现在我面前。回想起我的左手无力地瘫在我面前的桌上,肿胀、青紫、断裂、苍白,那画面令我反胃,牙齿也紧张得打战。你很难不看见自己的手,而这正是我千方百计要做的。进出房门时,我会侧身九十度,就像房间里只有半个我似的。我很怕敲门,怕再承受更多不必要的痛苦。我对坚硬的边缘唯恐避之不及。我身上松松地披着几条披肩,这样既能把手挡住又能保暖。疼痛会让你比平时更怕冷,让你的血液变得稀薄。不知为什么,看到我的手有时会加剧疼痛。所以我尽量不低头看。

每次注意到它,我都会迅速闭上眼睛。要是你无视某件事物的时间足够长,它带来的痛苦即使不会完全消失,通常也会有所缓解。然而这次的疼痛却完全超出了我此前的认知。我的手腕在石膏模里扭成一个匪夷所思的角度,我甚至怀疑它还能不能伸直。手舟骨、大多角骨和桡骨的边缘相互摩擦。手腕仿佛与手掌分离。X 光片上的裂缝密密麻麻,多到很难找一块地方放置钢钉。"我们不能冒这个险。"医生抱歉地告诉我,"我很遗憾,但你手上已经没地方钉钢钉了。"

我们四目交会。他随即移开目光。我们都知道这不过是个借口，是片面的事实。我摔倒那天，X光室恰好没开门，这是好几个掉链子的小状况之一。我们并没提到两位全科医生和一组急诊室医生是如何坚称我的手没有骨折，并把我打发走的。复杂的骨折伤情要是当时就能确诊，我会直接被送往格拉斯哥接受手术。"只是轻微的扭伤，有一点点瘀青。一两天就能好。"我试着说服他们，他们却告诉我："过一两周再来吧。这要真是骨折，你会疼得说不出话来。"

我带着两片扑热息痛被打发走了。一周后，在手伤被诊断为复杂的多发性断裂时，完全复位已经来不及了。那段日子，我会产生矛盾的感觉。我为石膏上得牢固而松了口气，却又害怕地发现它不够牢固。我之所以知道这一点，是因为我每次呼吸都能痛苦地感觉到碎裂的骨头正在移位。

我咬紧牙关，走到我找到的那个地方，在那里你可以隔绝内心所有的感受。我想这大概就是学着置身事外吧，但我宁愿管这叫饮泣吞声。不管怎么说，我渐渐爱上了那里。那地方安详而宁静，就像待在水下，或是浮在幽暗、寂静、冰冷的海面。

最重要的是，我筋疲力尽。我的婚姻结束了，我突然开始独自生活。我惊讶地眨着眼睛，望着岛上的夏日美景，看庄稼地里长满高草和蓟草，同时感觉自己内心有什么在逐渐崩溃。我越来越多地宅在家里。我躺在床上，把残缺不堪的双手放在胸口。当睡意终于降临，我便欣然睡去。在那几小时里，我全然自由。只有克丽斯特尔一个人守候着我，让我能生活下去。我对此深怀感激——感激她，也感激我们的友谊。没有它，我真不知该如何面对。

每天，我都等着她的汽车声响起，等它轰隆隆地开到我家门口，那是一辆深蓝色的古董标致车，型号是"蓝铃花"。排气管以捆草绳和栅栏铁丝固定，噪声很大，所以你远远就能听见它驶来。车子有股柴油味儿，在她停车的地方，底盘下总留有一摊黏稠的柴油。

我听到她艰难地打开生涩的门闩。她甚至还没敲响门上的玻璃，就轰地推开了门。她的声音快活而清脆，她的眼神清澈。她的到来顿时给闷热的房间注入了新鲜空气。她把特百惠饭盒堆在厨房台面上，读着每个盖子上用记号笔写的标签。"西蓝花和斯蒂尔顿奶酪。扁豆。豌豆和薄荷。奶酪舒芙蕾。栗子球和烤球茎甘蓝。别一次吃完，这些都比较经放。"她揭开一个盖子，拉过一把椅子，"好了，咱们来看看你今天体力如何。"她边说边把一条茶巾围到我脖子上。

她轻柔地帮我拿起一把勺子。这很困难。我打着石膏的手指抓不住东西也没有力气。我眯起眼睛，屏住呼吸，集中精神。勺子刚到嘴边，我就手指一滑，细细的勺柄顿时歪了。汤洒了一地。"慢慢来。"她告诉我，"罗马不是一天建成的。"我第三次尝试时，勺子掉到了地上。她叹了口气，有点气恼。"可别浪费上好的食物。"她弯腰捡起勺子，擦了擦，娴熟地放进热气腾腾的碗里。"好姑娘，来。吹一吹。"说罢，她用勺子把自己熬的汤慢慢送进我嘴里。汤美味极了。我饿了。"瞧，你得补充体力。"她说，同时把勺子纵向放在我手上，"你得忘了这件事。夏天就快到了，要不了多久你就会好起来了。"

之后，我们去了她家。她家的浴缸比我家那只铸铁浴缸位置稍低，无需双手支撑就能轻松进出。她帮我脱去衣服。扣纽扣是件不可能完成的任务，把套头衫从头上脱下来也是，我坐进浴缸时也很难不跌跤或滑到奢侈的热水里。而当我赤身裸体地坐在里面眨眼、尽量把手举出水面时，我震惊（我时常感到震惊）地发现做好日常琐事竟变得如此艰难。我想到友谊不光是语言，也是行动；是在对方孤立无援时伸出援手；是在朋友跌倒前出手相助，让他们认定自己不会摔得很痛。我跟克丽斯特尔的友谊涵盖了所有这些元素，甚至比这还要深厚。还带有承诺的意味。它常常像母女间的关系，丰富的内涵超过我人生中任何一段友谊。

我依然记得自己三年前对克丽斯特尔的丈夫安东尼许下的承诺。那是十二月里一个寒冷的下午，每年这时，小岛都会被狂风灼烧得寸草不生，所有的生机全被抹去、削平，只留下满目荒凉。一对秃鹫在低垂的昏暗天空中无声地盘旋，那正是日与夜泾渭分明却又难舍难分的瞬间。光明渗入黑暗，群山尖锐的峰峦深深嵌入躁动不安的大海。这样的时刻会让你感觉可以谈论那些微妙而易碎的东西，大概是因为这片荒野强大到足以容纳它们。

轻轻地，我握住那双伸向我的手。这双我了解并热爱的手。即使在床头灯的光线下，这双手上的皮肤也依然发灰、透明、薄如蝉翼。我知道为了延续安东尼的生命，麦克米伦[1]的护士们已经尽了全力。屋里有一台低压蓄热式电暖器，尽管外面天寒地冻，窗户依然微微开启。我不敢相信的是：这是一双垂死之人的手。它们被我握在手里，显得蜡黄、冰凉，仿佛他的生命正缓缓从手上流走。癌症会把生命榨干，直到什么也不剩。一旦无法进食，身体就会逐渐沉睡，肌肉和力量也会开始衰竭。但即便如此，人依然可以头脑清晰。

我咽了口唾沫，感觉脸上的肌肉都变得紧绷。我紧紧盯着安东尼的眼睛。他目光冷峻，眼神清澈，脸上带着淡淡的微笑，其中既有欣慰也有温柔的关切。我咬紧嘴唇，使劲眨眼，想逼回眼泪。无论如何，我都想尽量让他轻松地告别，或者至少能有尊严地离去。因为他度过了美好的一生。他带着开放的心态，凭借慷慨的精神和火热的激情生活，寻找生命所能赋予的一切，不仅为了愉悦自己，更为了帮助他人——他的家人、朋友和所有他认识并爱过的人——体验生命的美好。我所认识的他，是个会不遗余力地守护土地、荒野和大自然的人；一个栽种树木、不吝分享自己对树木的热情与知识的人。为此，我永远对他心怀

---

[1] 英国一家癌症援助机构。

感激。

我们静静地坐在那儿,听时钟嘀嗒。我对门外的刮擦声和楼下的杂音充耳不闻。他的家人从地球上最遥远的地方赶来,聚在一起共度这最后的时光,欢聚一堂而又各自孤独。死亡能让你可怕地贴近自己的生命,贴近你挚爱的人和你即将失去的人。

不知为什么,窗外逐渐暗淡的光线和愈发深沉的夜空,都让这次告别比我想象的更加艰难。没有人愿意在黑暗中告别。他柔声说:"我会想念你的。认识你是我莫大的幸运。"

等待死亡,会让人更加坦率,因为你会有胆量说出今后不再有机会说的话。也恰恰在这个时刻,你总是欲言又止,因为你明白,尽管付出了那么多努力和爱,但你说什么都无济于事。外面风势渐强,我听见远处传来秃鹰划破黑暗的凄鸣。安东尼又笑了笑,扬起眉毛。他用目光告诉我,他洗耳恭听。他的眼神专注而悠远。我等待着,倾听着,握着他的手。

接着,一道光不知从哪里照射进来。耀眼、明亮、生猛而美丽。我们默默举起紧握的手,放在那道闯进窗户的阳光下。我的手是一团黑影,实在、致密,透不进一点光线。他的手则仿佛来自另一个世界;我几乎能看透它们,看见忽闪的血管带着蓝色的脉搏、柔和的跳动紧紧抓住生命。这时,一直在门口呜咽并疯狂抓地的小猎犬突然闯进房间。那是伊斯拉,一只青春期的年轻猎犬,一扇虚妄的木门才不能把她跟安东尼隔开。我们不禁大笑起来。因为生命与爱都是那么美好。有时候,如果你不笑出来,有些东西就会在你心里破碎。现在不是流泪的时候。眼泪无法修补那正在撕裂的东西。我转身准备离去,但依然没放开他的手。你很难放手。我最后看了他一眼,发现他正紧盯着我。他嗓音清脆,却带着一丝锋芒。它劈入我们之间,无情而毫不妥协。"答应我,我走之后,你一定要好好照顾她。"

我点点头。惊讶于一个在死亡面前表现得如此勇敢的人还有余力关心别人。人怎么才能做好准备?我不知道。我无法想象那种感觉。明知自己的生命正在悄然流逝,却不知自己会迎来什么,如果不是虚无的话。死亡要你屈服,要你拿出令人难以想象的勇气。秃鹰在窗外静静地盘旋。我们俩透过窗户看了很久。我们都知道对方在想什么。这些壮丽的鸟儿一生只有一个伴侣。

然后,我离开了房间。

人死之后,灵魂就会自由。但被留下的人却没有自由可言。安东尼死后,克丽斯特尔一蹶不振。我还记得当时那种深深的无力,因为我完全帮不上忙。陪在她身边有时会让她感觉好些,有时则毫无用处。悲伤就像土壤,它沉重地附在你皮肤上,即使你站起来呼吸新鲜空气也依然挥之不去。有时,就算你自以为已经摆脱了它,它还是会突然卷土重来,把你拖入某种厚重、死寂、沉重而黑暗的物质。克丽斯特尔花了很长时间才走出悲伤,坐下来沐浴阳光,呼吸新鲜空气。我知道她依然有一部分埋在那片土壤下。我没有像克丽斯特尔失去安东尼那样失去我丈夫,但我同样失去了他。我突然想到生活往往如此,转了一圈又回到原地,也意识到三年之后,我曾承诺要照顾的人却在照顾我。

"这样有感觉吗?"克丽斯特尔轻轻触碰我左手的指尖,而我努力不把手往回缩。我点点头。指尖有一点触感,我松了口气。身体上的疼痛至少能让我感觉自己存在。我内心依然麻木。我的手只露出一点指尖。我试着想象这双手和手指去掉石膏之后的样子。"肯定会焕然一新。"克丽斯特尔告诉我。但我心里将信将疑。而且,我从她的表情看出,她也不那么确信。我闭上眼,深吸一口气。她帮我洗手时,我咬紧牙齿。重新睁开眼睛那一刻,我发现她正紧盯着我。她把手放在我的手旁。

"尽量别在意它。"她说,"美是内在的。瞧我这双手。跟这些难看的老树根比,你的手漂亮极了。"但我不这么想。她的手让人感觉坚实、温暖而充满力量。她翻转手掌,她手指的脉搏在我皮肤上柔和地跳动。我们就这样坐了一会儿,把指尖抵在一起。我难以想象没有她,我该怎么生活。我冲她笑笑,然后突然俯身亲吻她的双手。随后,有那么一分钟,我的视线一片模糊。

2
觅食

时间刚过正午,或是苏格兰西部人所说的"午前"。快到邮递员送信的时间了,邮件总在上午晚些时候下船,这一直以来都是一天中最充满希望的时刻。我穿着脏兮兮的工作服,在那条从我家通向外界的崎岖小路尽头艰难地摘黑莓,面包车就在那儿投递我的信件。一车道公路静悄悄的,于是我知道赶渡船的高峰已过,船很快就要在岛上靠岸。一阵风吹来,异常温暖,气压计上的数字不断变小,预示着气压下降、天气变化。每年这个时候,人都会更仔细地观察云层,试着判断从大西洋上来的夏末风暴会在什么时候从哪个方向刮到我们这片海岸。群岛上的天气变化无常。

一个朋友来了,她正沿着开裂的沥青路步行。我从昨天起就没见过任何人也没有听到自己的声音，所以心头为之一振。尽管我不愿承认，但这些天来，我常常感到孤独。

路上静悄悄的，她的问候像一声枪响，射向天空。

"你知道，要不是住在这里，我们绝不会成为朋友。"她说，没有任何铺垫，这句话从她嘴里脱口而出。

"什么？"我回答，这时，乌鸦开始发出纷乱嘈杂的警报。一开始，我盯着她嘴唇的动作，在听到意想不到的声音时，你的眼睛和耳朵可能需要一点的时间才跟得上。我带着一丝困惑望着她的眼睛。

"呃，这是实话，不是吗？"她瞪着我，慢慢重复刚才那句话，每个字都清晰可辨，"我说，要不是住在这个岛上，你和我压根儿不会成为朋友。"

我们沉默良久。起初，我只听见乌鸦悠长、美妙的歌喉，听着它突然陷入长满石楠灌木的泥潭。但紧接着，我听见了真相在她话中铮铮作响。我不喜欢冲突，所以很快开始寻找避免争吵的理由。我太敏感了，而且这段时间以来，我的朋友变得少之又少。在这座小岛上，每个人都生活在狭小的圈子里，你需要很多好邻居，也需要很多好朋友。有好一阵子，我只是盯着她看。

"是啊。"终于,我开口说,"想想看,要不是都住在这里,我们或许永远也不会相遇。"我想象着所有那些若非偶然相遇,我很可能永远都不会认识的人。又想到自己尚未遇见的人,这个想法令人愉悦、引人遐思。于是我迟疑地冲她笑笑。但她没有回以微笑。她的眼神明显有些紧张,嘴唇也绷得紧紧。我感到自己的嘴唇也本能地紧绷。我很想问,人似笑非笑是怎么回事?接着,她慢慢向我露出牙齿。

"我不是这个意思。"她轻声说,同时抱起胳膊。这一切是真的吗?我问自己。我感觉自己眯起了眼睛,肌肉紧绷。我发现她不愿寻找或迎接我的目光。这让我感觉心里空落落的,仿佛我一直在等某件坏事发生,某件我知道早该发生的事。

这一切既荒诞又原始:两个年龄和社会地位悬殊的女性站在户外,互相龇牙咧嘴。四周突然一片寂然。我不再听到鸟鸣或风掀动树木的声音。我突然感觉自己处境危险,因为路上除了我和她没有别人。

我知道自己今天没有心力应付这件事,所以我转向她,轻轻碰碰她的胳膊。肢体接触有时能产生语言不能企及的效果。"你看,今天这些树是不是不很美?"我说。而她只是耸耸肩,粗暴地甩开我放在她袖子上的手。

我不想吵架,但明白必须捍卫自己的立场。我默默告诉自己,一定要直截了当地问她为什么要这样。但话从我嘴里说出来时,却变成了另一个不同的问题。"我们怎么一下就成了这样?"我脱口而出,"我们为什么要这样争吵?"

我说完就开始生自己的气,也生她的气。

"你真想知道?"她冲我喊道,提高了音量。

"嗯,我想知道。"

"好吧,那我就来告诉你。"她高声叫嚷,"他走了,你没资格再待下去了。"

就是这句话。一连串铮铮作响的词语,如同撒出树梢的腐肉。鸟儿呼啸着掠过我们头顶,在它们自己掀起的气流中一圈圈打转,速度很快却并没飞出多远。看它们在空中迂回盘旋,人会莫名地平静。它们渐渐远去,进入树丛,留我们在原地沉默。

"我凭什么不能留下?"我不解地问,"我住在这里。这是我的家。"

"这么做太自私了!你肯定理解不了!你连自己的家都没有。为什么要破坏别人的机会?"她冲我尖叫,"那座小农场应该给一个年轻的家庭好好经营。你没资格待在这儿霸占着它!"

我一时瞠目结舌。我很想问她,我终日在外面繁育和照料我的母羊、公羊和羔羊,这怎么就不是好好经营农场?这些努力为什么就不能算在衡量标准之内?我想到自己付出的全部努力和热爱——难道这一切真的毫无价值?那些看不见、说不出的艰辛岁月又该怎么说呢?我想告诉她,我也曾努力组建家庭。我毫无保留地付出了一切。但我没说出口,因为我找不到语言来形容那份超越一切的爱所带来的挣扎与痛苦。所以我只是摇摇头,感到沮丧而难以置信。

"你这话说得怪吓人的。"我轻声对她说。我背过身去,心里纳闷,不知这股刺目的白色热量为何会无端地涌起?这番对话的无效令我震撼,仿佛愤怒的热量能撼动生命的基石。就在一分钟前,这还只是平凡的一天,充满宁静祥和。我难以理解的是,我们之间怎么这么快就到了无可挽回的地步。

"你不知道的事太多了。"我轻声说,"我以后会告诉你的。但现在还不是时候。"

"对呀,你快告诉我吧。你为什么不解释清楚,"她高声叫嚷,"这样我们所有人才能明白你为什么还留在这里!"

但我已经转身离开。这座岛上的风,不同于我曾见过的任何一种。

在天空如此辽阔的地方静静生活并不总那么容易，这里的风自由、无畏、粗暴而猛烈地吹拂，吹过壮丽的景色，迫使我们努力用自己渺小的生命去比肩它的伟岸，带着愤怒，也带着爱。也许，风景巨大的尺度会让人类的情感相形见绌，以至于岛上居民的声音听上去更加尖锐、无畏、宽宏、慷慨、残忍或不近人情，这样别人会更容易理解。这是个美丽的世界，充满顽固的骄傲，憎恨差异，恐惧变革。在很多方面，它依然停留在封建时代，有自己独特的荣誉体系，容易被激怒而不容易宽恕。宽恕这种品质难以挖掘，就像深陷在泥土里的岩石。

这一刻之前，我和这位女士一直都回避分歧，只会趁散步或等渡船时聊些轻松的话题。跟另一个人一起在户外呼吸新鲜空气，你仿佛也有了更多空间可以呼吸。我从不相信自己对她的了解仅止于表面，而这往往是截然不同的人走到一起时的常态。像大海一样，友谊表面的波澜不兴，会让你误以为它不过是海岸边波光粼粼的平静水域，殊不知暗流和激流正在水面之下涌动。直到这一刻，我这才意识到自己根本不了解她。

我似乎因为独自留在农场而受到了惩罚。在岛上这些年，我很少看到妇女独自耕种土地，除非她们的

"爷们儿"死了。如果遭遇了这种不幸,她们会得到男性旁系亲属或其他姻亲的善待和资助,获得他们无条件的帮助和支持。岛上没有其他女人独自经营小农场或大农场。我想我明白个中原因。我在这里没有家人或姻亲,表面的友谊就像篱笆或大门一样,可以随时打开,随时关上。而当友谊关上了大门,我就只能自力更生。一走出自家的围墙,我就必须学会保护自己免受狼群和黑暗的侵害。你的本能会让你对那些东西保持警觉,它就像一种古老的文字,从上古时代延续至今。

纵观历史,在任何一个传统社会,小家庭或大家族都是躲避冲突的主要避风港。人多力量大,家族以全体成员的繁荣发展为共同利益,能提升成员的生存机会。可一旦出现问题,往往是男性家长留下来。这座岛屿的文化根植于本地的风土,土地的支配权和所有权至高无上。像许多古老的部落文化一样,岛上的性别分工也随农业生产方式的变迁而演变。在古代,男性首先是猎人,其次才是牧民,而女性则是女神、图腾,也是肥沃土地、栽种庄稼的人。直到较晚近的历史时期,男人才接过犁,成为土地的主宰,而女人则被禁锢在家中,做家务、管家,从事一些相对低级的工作。转瞬之间,母系社会变为父系社会。这种劳动分工很快被接受、固化并被强制实行，至今仍在世界各地的乡村社群中屡见不鲜。

在我们这座小小的岛上，这种社会规范依然被普遍接受、无人质疑。母系社会的核心是家庭、子女、手工艺和烘焙。父系社会则形同它的配偶：以领地、劳动、后代以及牧场和土地继承为核心。盖尔语中有句谚语，意思是女人没有子嗣，便孤苦无依。没有孩子，一个女人的价值只会不断降低。作为一个独身牧羊女，我既没亲属也没依靠，属于稀有品种。我独自一人经营农场、照料土地，而这越来越被视作挑战、威胁和风险。

离开时，我经过一个羊圈，里面聚着一帮农夫，他们卖了一天的羔羊，这会儿正在那儿喝酒。我走过时，他们顿时安静下来。空气中弥漫着紧张的气氛。他们的声音再度在我身后响起时，我加快了脚步，假装没有听见。虽然我很想勇敢一点，但我不想在这里惹上麻烦。在任何一个小社群，打破传统的纽带都会引起震惊。传统是一种令人疲惫的强制力量。它由一代代人编织而成，每条丝线都绷得紧紧的，这才形成一个整体，显现出形状和图案。不幸福的生活并不足以让人们拆散织物、剪断纱线。那些歪斜、撕裂或断开的丝线是图案中的错误，会引发恐惧、怨恨和苦涩。它们威胁着其他丝线的稳定，可能导致它们散开——或让它们想挣脱出来。我无儿无女，也没有丈夫。我不再能被放进这幅图案。

每天步行去小路尽头的邮箱里取信并不是多么艰巨的任务，但有时也会让人力不从心。一个人生活的时候，仅仅是打开门、走出去都会出人意料地困难。如果你放任自流，你与外界之间那道无形的边界就会变得更加难以逾越。我强迫自己站起来、走出去。每一天，我都会仰望天空，看云朵飘过，阳光轻轻洒落。这些小小的愉悦对人很有好处。它们会提醒你，还存在一个更广阔、温柔而勇敢的宇宙。我珍视只言片语的交流、对话和祝福，甚至只是一个微笑、一声问候。言语可以是重要的养料，出门跟一个人见面，很可能就是你一整天唯一能与人接触的机会。善意能决定你的成败。

我同我的马、羊、狗、母鸡，甚至是路上的野鸟和哺乳动物交谈。我想念我去世的老猫，不过我救下的两只流浪猫接替了她的位置。我用大自然填满生活，奇妙的是，这远比寻找同类更让人平静。但有些时候，生活还是静过了头。有的日子和星期会安静到让你几乎忘记自己的声音。而这日益成为每天的常态。生存的日常是深入肺腑而令人恐惧的。

就连善意也可能有两面性。它既可以被毫不吝啬、真心实意地给予，也可能暗藏着绊网和陷阱。我对受人之恩和接受帮助保持警惕。附带条件的善意可能是一种微妙的胁迫，会招致人情债、依赖和束缚。而它索要的回报——感恩——则自有其脆弱的重量与弹性。你或许会以为它柔软的羽毛完全无害，直到它伸展收缩，将你拉入其中。我非常小心。越来越善于分辨自己是不是在被拉拢。每次听到"你男人走了，你也不该再待在这儿了"，我就迅速转移话题。即使这样一来，我们只能随便聊聊天气或花园里的每种植物，但这总比违心地被人刨根问底或引向充满揣测的雷区要安全。我尽量让谈话保持轻松，局限于泛泛而谈。

有时我很诧异居然没有人问起我的手，尽管我一只手上还缠着安慰性的绷带，另一只手虽说脱了石膏模，却依然戴着笨重的保护性支架。不过这些日子以来，已经没有什么能真正出乎我意料了。

我搜寻着那些闪闪发光的小小珍宝，它们能点亮每个日子，比如某天早晨有位老妇人谈起彩虹有多么美丽，还有一个孩子兴奋地告诉我鲭鱼在哪里觅食。这些转瞬即逝的片段在别人眼中或许微不足道，对我却弥足珍贵。

一天晚上，我逼着自己出门去参加狂欢舞会。我想听到音乐在耳畔响起，而且我已经一年多没参加过大型派对了。现场的布置还是一如既往：一个带舞台的房间，里面摆着一个架子，你可以把自己的酒放上去，贴上带你名字的标签。这晚，三位乐手正在调试手风琴、小提琴和管乐。我喝醉了，也很高兴我戴支架的那只手正逐渐复原。尽管还有一点不适，但我已经不想再瞻前顾后，索性跳起舞来。我跳的是传统的利尔舞和吉格舞[1]，这代表我必须跟别人合跳。跟一位农夫跳完一曲，我已经气喘吁吁。他握握我那只空着的手，然后，他出人意料地伸手碰了碰我的脸颊。

"真漂亮。你真漂亮。"他说。

这个动作显得过于亲昵，但他的语气让我放松了戒备。他听上去非常亲切。所以，尽管我向后一躲，但我还是笑了。

"谢谢。"我说着，准备离开。

但他却伸出手，再次用手指慢慢划过我的脸颊。

---

[1] 利尔舞（reels）和吉格舞（jigs）均为苏格兰传统乡村舞，属于社交舞蹈，需要多人配合完成。

"但你的皮肤，真脏……脏得要命。"他带着笑，清澈的双眼逐渐变得无情。

我无言以对。我讨厌遭受这样的打击之后那种骤然下坠的感觉。我的泪水瞬间涌上眼眶，而我无法向他遮掩。我迅速转身。但他看出我要走，所以轻轻抓住我的胳膊。

"你看，你和我们不是一类人。你以为自己跟我们没区别，但这玩意儿，"他点头示意我的眼泪，"暴露了你。我们都是亲戚，如果你懂我意思的话。你不属于这里。这个岛永远不会是你的家。"

看着他离去的背影，我顿时感到所有的音乐和欢笑都弃我而去。我觉得自己就像个六岁的孩子，摔倒在操场，正自己挣扎着起来。双手总是去够同样几块疲惫的石头，这感觉令人痛苦。

在岛上，人们不会公开谈论种族。你只能捕捉到它，像捕捉一阵让你缩起脖子的寒风。

有些忧虑会让你彻夜难眠。饥饿便是其一。债务也是。而当一个问题开始引发另一个问题，事情也就变得更加复杂。在一年半甚至更长时间里，我一直处在一场完美风暴的中心。这期间，我失去了尚未出生的小生命，失去了我的婚姻——外加信心——还折断了双手。令人不安的是，满足日常需求的艰难很快演变成一场生存斗争。我一直尽力保持工作、维持生计，但每次不等我从一场灾难中恢复，另一场灾难就像巨浪一样滚滚而至。

我听说悲伤会在你肺里堆积，像秋天那样慢慢衰朽，而这正是我的感觉。拉布在初夏离开，三个月后，我父亲可怕地去世，我母亲确诊阿尔茨海默病。寒冷的季节将我困在室内，也令我陷入隐秘而摧枯拉朽的悲伤。当你所爱的东西一直都遥不可及、条件严苛而情感缺位，要跟它们道别就会更加艰难。死亡会剥夺你的声音，那和解与宽恕的声音，它压倒一切的决绝会让人无法承受。我从冬日微暗的太阳中得到了慰藉，它正从山间缓缓升起。它照亮了小农场，让我能尽情地流泪。但冬日漫长，另一些早晨很难有这么明媚的阳光。

随后，我嗓子哑了。一开始是因为喉炎。如果嗓子不再听你使唤，你的声音也会变得仿佛不属于自己，尝试开口就会变得奇怪。我逼着自己说话，说点什么总好过整天一言不发。别人也指望你至少努力努力。唯一的问题在于，这样做会加重声带和肌肉的炎症,结果,有一天我张开嘴,却发不出一点声音。

随后,我开始咳血。我被查出患有呼吸道疾病,已经侵入肺部,我为维持生活而耗费了太多体力,还要跟那么多悲伤作斗争,弄得身体虚弱不堪。随之而来的是一种麻痹性的疲劳,我的免疫力严重下降,难以恢复。几周、几个月过去了,我的嗓音依然嘶哑,我渐渐不再说话。在某种程度上,沉默是一种解脱,因为说话令人筋疲力尽。过了一段时间,我习惯了一言不发。后来,我不禁开始思考悲伤如何抹去人的生理特征,比如声音。一天,我在花园里发现了一只不会唱歌的小鸟,这深深打动了我,因为我从没想过鸟儿中也有哑巴。我想象着那会是什么感觉,作为一只鸟儿却永远不能引吭高歌。

我们很容易低估悲伤的破坏力是多么强大,也容易低估痛苦的分手和失去往日的生活与梦想会给人的身心和情感造成多么严重的冲击。我很惭愧自己曾像许多人一样,对悲伤轻描淡写——"难过就难过吧,过一阵子自然会好"。仿佛人轻而易举就能挽起袖子继续生活。我此前几乎完全不知道,要拾起散落的线头再编织成形、填补你曾经的生活留下的空洞,会是多么不易。我们对丧亲之痛绝口不提,就像死亡不存在似的,但同时,我们也深知在死亡拥抱我们每个人之前，生命只是一次转瞬即逝的停留，一次美丽而短暂的呼吸。我很好奇我们为什么能坦然接受这样的矛盾，又为什么对他人的悲伤如此熟视无睹或心怀抵触，甚至根本难以面对。难道是因为我们不愿直面自己必死的命运吗？看到他人的软弱，我们是否会本能地变得防备，生怕助长自己的软弱？我们心中竟没有分享他人痛苦的余地，这让我惊讶不已。

我很快发现，创伤不同于悲痛。它对身心和情感的影响远比悲痛细微、复杂。创伤好比一次伏击，在灾难结束后长时间地耐心等待。那感觉就像被捆起来、堵住嘴，头被按在水里。它让你惊慌失措，头晕目眩。你只会在水里扑腾一阵子，然后就会厌倦挣扎。总有一个瞬间，你会想，不必拼命呼吸该多么平静。

产羔一开始，我就别无选择，只能硬着头皮扛过三月初那几周阴冷而难挨的时光。母羊开始产奶而羔羊陆续出生时，新生命的诞生一刻也不容耽搁。既要忍受母羊强烈的宫缩又要保护我正逐渐痊愈的左手，这相当困难，也非常痛苦。由于骨骼复位不当，肌肉已经萎缩，一些并发症开始出现。接生得用上两只手，我没有别人帮忙，只能用自己的双手。疼痛仍在持续，我也依然戴着保护性支架，但有时，我必须不受阻碍地干活儿，只好咬牙取下支架。令我欣慰的是，我的右手正在好转，一天比一天灵活，但在潮湿寒冷的环境下，严重受伤的手指依然疼痛难忍，经常僵硬酸痛。

我试着告诉自己冬天即将过去，万物复苏的春天就要来临，以此寻求安慰。但四月的天气令人惊异——雹暴、寒冷的雪、瓢泼的雨——昼夜在模糊中交替。无论冰雹、刮风、下雨还是气温骤降，我跟莫德都整日在外奔波。我在畜棚里给我俩搭了个小窝，用几条毯子叠成一张床，铺在干净的新稻草上，我可以蜷缩在她温暖的皮毛里睡上几个小时，我俩都埋在厚厚的毯子下，沉浸在黑暗柔和的气息中，看自己的呼吸在冷空气中凝成水汽。雨夜，听着风雨敲打瓦楞铁皮屋顶，我会感觉室内美好而平静。我守着羊群打盹儿，在凌晨被母羊不安的咩咩声吵醒，他们吃力地仰起头，转过身，用蹄子刨地，忍受着分娩最初的阵痛。在他们咬紧牙关、屏住呼吸的时候，在他们鼻孔扩张、腹部起伏的时候，我能听见骨骼咔咔作响，然后会传来轻柔的喘息。我知道什么时候该站起来，用手慢慢转动，把这个光滑、温热的小生命小心翼翼地放到稻草上，帮他顺畅地呼吸。之后，等到羔羊颤颤巍巍地站起来，而我已经检查过乳头分泌初乳的情况，让他们吸吮了乳汁，我才走出畜棚，用盆里的水洗脸洗手，仰望天空。

黎明时分，我起身在小农场上慢跑，以此温暖我冻僵的身体。没有热水，因为我已经没钱买燃油，也没钱灌满水箱。屋里很冷——室温只有七摄氏度——所以睡在畜棚也不太影响我的生活质量。有时我只能断断续续睡上几小时，早晨会特别难受，但早起跑步总能迅速激活我的身体。我跑得很快，在不摔倒的情况下尽可能以最快的速度奔跑，不去看横陈在地的冰冷尸体。我害怕面对那些失神的深蓝色眼睛。

每当我们找到可能还有救的羔羊，莫德就会轻轻地舔他的脸，然后我会把他放在炉旁取暖，或是放进一只装满稻草的箱子，上方挂一盏加热灯，等它的嘴唇由铁青变为粉嫩。我喝着浓浓的热茶，哆嗦着，手和脸逐渐回温。再度体会到生命的疼痛，会奇怪地令人释然。我的手依然虚弱，手指和手臂几乎没有抓力。我尽量不去想去年夏天的事。我告诉自己，身体需要时间才能康复。但我明白这项工作增强了我的体魄，有这些感觉是好事。沸腾的酒推动着血液在我身体里循环，令我感到振奋。这让我意识到这些羔羊在子宫外的世界苏醒时，一定冷得厉害。羔羊的皮肤极薄，在出生后头几周里几乎没有羊毛。他们能在凛冽的寒风中存活下来,堪称奇迹。

完成了清理、喂食、添水这些活儿,我就该投入新一轮的巡视了。几小时后,我会在自来水龙头下洗手洗脸,铺上新稻草,裹上厚毯子,准备迎接又一个漫漫长夜。

在寂静的夜晚,你的听觉会改变。在宁静的夜空下,声音会被放大,猫头鹰的啼鸣和掀动树木的风声听上去有如海浪的轰鸣。产羔的头五周艰苦得不留情面——我得喂食、供水、与大自然抗争,拼命让这些新生命活下来。有些羔羊没能存活,有的是死产,有的是早产,也有的脐带过早断裂,或是被胎膜阻塞了气管,小小的肺还来不及第一次呼吸就呛住了。眼看那些完全成形、一动不动的小身躯被浪费,会令人心疼而疲惫。

我很庆幸今年小农场没蒙受任何损失,不过之前有好几年,我都得咬紧牙关,硬着头皮收拾残局。遇到羔羊死产或出生不久便死去,你总是来不及为它遗憾。你得学会脱敏,搁置情绪和泪水,继续埋头完成那些有时可能非常残酷的任务。在一些时候,我需要拿起锋利的刀,避开母羊的视线取出羔羊。我不会为他擦拭或清洗,而是立即把他拎出去剥皮。

你必须切开膝关节和肘关节,再从下巴底下切道口子，沿着胸部直线划开皮肤，一直划到肚脐。要把羔羊头朝下夹在两膝之间，扯下那副小小的羊毛外皮，拽过头部，然后顺着背部往下拉。为剥皮做准备时不要割得太深，否则可能会把组织和肌肉牵连下来，而这些东西过几天就会开始腐烂。最难的是把最后那点羊毛从臀部和尾巴上剥下来。

我把尸体放进一只水桶，它看上去就像一只剥了皮的死兔子。之后我会将它掩埋，并感激它那短暂或尚未开始的生命。剥皮是件可怕的差事，在太阳初升的清晨目睹这一切会令人震惊。但其实，把这张皮绑在另一只新生羔羊身上能让另一个挣扎在死亡线上的生命有机会被母羊接纳。产羔有如一根紧绷的弦，是终点与起点、生命与死亡之间的一次走钢丝表演。

产羔之后，我有好一阵子都觉得自己很有起色，仿佛这场帮那些小家伙来到世上的战斗为我的身体注入了活力。我为自己接生的每个生命而战。今年，我的母羊产的都是三胎和双胎，只有两只产的是单胎。生育周期结束时，四十八头母羊总共产下了一百一十只羔羊，我为这个成就自豪，因为它关系重大。它关系到我的生计，但对我而言，听到第一声啼哭也很重要。我想起了自己的小宝贝，我没能拯救她们；她们太多次地离去，滑入我体内的黑暗。

但紧接着,我的肺又出了毛病。一天早晨,我醒来时感觉呼吸困难,再次咳血。再坚持坚持,我告诉自己,而就在这时,那潜伏的威胁改头换面,再度袭来。你很难跟影子作战,但我感觉这正是我在做的事。跟影子和一种无声无息、悄然而至的疲惫作战。

在冰箱空空如也也没钱去买食物的时候,我开始四处觅食。我本该铆足劲干活儿,却在很长一段时间里几乎无法正常生活,我不多的积蓄已经耗尽,而逾期账单还在源源不断地涌来。由于疼痛还在持续、手又出现了并发症,有太多工作只能有始无终、半途而废,而随着我的肺旧病复发、身体再次抱恙,我的处境更加岌岌可危。

"既然这么苦,你干吗不干脆收拾东西走人呢?"一位邻居问我。

在人生的这次低谷,我倒真希望自己能一走了之。但在婚姻破裂时,你往往会有很长一段时间要独自承担此前由两人均摊的经济负担。简而言之,我破产了。经济上如此窘迫,令我不堪承受。一想到搬家,我就疲于应付。活着已经那么艰难,更别说做出这种重大决定并付诸行动了。我希望自己能再坚强一些，内心足够强大，能应付搬家事宜。

但无论我自身存在多少问题，我都避不开一个无可辩驳的事实——我走不了，因为房子还没完工，我没有那份能证明我们野心勃勃但尚未完成的翻修工程已经圆满竣工的证书。没有这份重要文件，房子就无法挂牌出售。我可以申请一份安慰函[1]，但根据建筑管理条例规定，签发安慰函还需要做一系列的工作，那份清单长达三页，而我实在没法完成。几年前，我们在原先的小屋上又加盖了扩建部分，至今没有完工，而现在账单已经令人担忧地堆积如山。我毫无头绪，不知该怎么支付这些费用。

有时，你会很想干脆挖个坑，把生活的瓦砾统统掩埋。在这座岛上，如果实在没法处理多余、无用或讨厌的东西，人们就会这样做——填埋这些碎片。走在地里，我注意到岩石地面被新生的蓟草覆盖。这让我想到人有时别无选择，只能硬着头皮翻起泥土，扎下根须，无论扎得多浅。有时，你唯有坚持。

我们刚来岛上时，我对这个家曾有过无限憧憬。最初它只是个一居室，但我一直幻想有一天，这里会

---

[1] 安慰函（Comfort letter）指一种声明，通常由会计师或律师出具，用于担保公司或个人在财务状况、业务交易等方面的合规性。

成为一座人丁兴旺的家宅，住满我心爱的孩子。而现在，我只有一座空房，还多了两间闲置的卧室。到处都没有完工——有些部分甚至都没动工——有时，我不禁怀疑它会不会有验收完工的那天。我眼下最担心的，是迄今为止，今年堪称岛上最潮湿的一年，而房子周围连一道排水沟都没有，也没有铺设任何能排放雨水的下水管道。雨下个不停，外墙上有一道潮痕，足有三英尺深。雨偶尔暂停时，潮痕就会呈欢快的翠绿色，闪闪发光，黏黏糊糊，提醒人们别忘记房子面临的威胁。在潮湿的日子里——也就是大多数日子里——小屋周围到处是一摊摊凝滞的积水。

月复一月，潮痕逐渐加深，因为泥土回溅，渗入刷成白色的开裂的墙壁。仔细观察，我能看到一些活物在其中滋长：细小而闪光的蛞蝓类螺纹软体动物、丛生的苔藓、色泽苍白的蘑菇孢子和颜色发深发棕的蘑菇孢子。我拔掉门楣上长出的嫩芽和植物，每隔几个月就擦洗墙壁。我常常担心房子会严重受潮，开始坍塌。门边有只盒子，里面有一大堆没拆封的邮件。每次收到邮件，只要不是来信，我就一律扔进这只装账单的盒子。起初我告诉自己，我会过一阵子再看，但一段时间之后，账单多到了我不敢看的地步。这真是令人称奇，一堆纸片竟让人感觉如此沉重，像套在我脖子上的磨石。

说到底,事情非常简单。人都要吃饭,我告诉自己。我饥肠辘辘,却没有足够的食物。当家里只剩石墙和地板,我只能走到门外。一天,我站在花园里,听见自己的肚子饿得咕咕叫。我伸出手,折下一小把植物。我端详了一会儿,然后又更近地盯着它瞧。我想知道它是什么味道。一开始,我不敢吃树叶。这感觉太野蛮、太走投无路了。但好在树叶取之不尽。令我欣慰的是,只要阳光普照、雨水不断,这种食物就不会枯竭。

我翻转叶片,放在鼻子底下嗅嗅。我努力搜寻能帮我辨别这种植物的词汇。新鲜,翠绿,充满草本气息,有淡淡的柑橘味道,我这样想着,用手指搓揉着一片叶子。但这些描述都过于笼统。适用于绝大多数植物。这让我变得谨慎。叶子在我指尖留下一抹绿色的污渍,我迟疑地舔了舔。我想确定它没有毒。鉴别植物至关重要:不能乱来,也不能冒险。多年前,我曾在伦敦学习草药。我保留了当时的笔记和材料,在过去这几个月里,我制作了自己的实用快速筛选清单。我能确认这种植物是楸树。叶子狭长椭圆,边缘带有锯齿。我知道它是安全的。于是我试探性地咬了一口,先啃掉边缘,再折起来,放进嘴里嚼碎。它的质地很粗,像在咬一张粗糙的纸,但我锲而不舍。我先用舌头把玩它一会儿,随即开始慢慢咀嚼,让它的味道充分散发出来。它乍尝上去又苦、又涩、又酸;我短暂的疑虑被它强烈的味道打断。

"给。"我把一片叶子递给紧盯着我的狗。她闻了闻,好奇地舔了舔,然后转过头去,好像受到了冒犯,眼中满是厌恶。

"喂,别这样。"我对她说,"也没那么难吃吧。"然后我迅速扭头,越过肩膀左看看,右看看。站在自家花园里往嘴里塞生树叶,感觉多少有点野蛮。

想不到吃掉一片刚从树上摘下的树叶竟需要这么长时间。厚厚的梧桐叶是最难嚼的。山毛榉叶质地柔软、皱褶密集,上面有细小的茸毛,像一层毛茸茸的皮肤。不小心的话,黑刺李的锯齿会刺伤你的手指,山楂的纹理又粗又密,白桦的叶片很薄,滑溜溜、凉丝丝的。初尝树叶的感觉有些奇怪,仿佛我口中含着一个难以启齿的秘密。但这还不是全部。我还感到释然。我饥肠辘辘,急需食物。于是第二天一早,我就早早起床,鬼鬼祟祟地出了门,这次带着一只深篮。那天我暗自保证,我绝不多拿,只要够吃就行。

回到厨房,我用石杵捣碎山楂叶。它在跟我从树上新摘的榛子一起被打成青酱之后,呈现出尖锐、辛辣的坚果味道。有时候，我会觅食荨麻、菊苣，或是可以像沙拉叶一样生吃的山毛榉、桦树或橡树枝头的嫩芽。等过了时令，在浆果变少之后，野生覆盆子叶会是一种营养丰富的食物，富含天然的铁、锰和钙。到了秋天，我会去树林和低矮的山丘上采鸡冠花和马勃草。蘑菇我不太敢下手。我看过一些关于蘑菇的资料，但对采摘小杯蘑菇、牛肝菌和鸡油菌还是非常谨慎。

冬天，我翻遍了畜棚——拉布在工作间里留下一些工具。我从一只抽屉里找到一把锋利的小刀。我用羊毛给它做了个刀鞘，用皮绳系在脖子上，到哪儿都带着。我用它切割几厘米粗的嫩橡树枝，先剥去外皮，再慢慢纵向切割，从头切到尾。树皮外层坚硬而凹凸不平，比你想象的密实。它口感粗糙，像没刨过的木屑，还会硌疼我的牙齿，所以我留了一面没完全剥掉。我知道树皮营养丰富，所以咬牙坚持。下层的木头颜色更浅，像皮肤一样苍白。我把它撕成条状，嚼了一块。像桦树一样，它的汁液也味道甘美。回到家，我把它切成条状，煮沸并过滤，弄得厨房里蒸汽腾腾。没了常规的食物，我的橱柜逐渐被这些另类的野味填满。

采摘野生食物补充营养是一回事，勉力靠土地维持生计又是另一回事。几个月来，我吃的主要是自己种植的卷心菜和饲养的新鲜鲌鱼，还有燕麦粥和浸泡过的扁豆。夏天，花园里有我储藏的土豆、清新的绿叶菜和各式各样的蔬菜、水果，但储备总是不够，因为农作物会歉收或腐坏——不敌越来越莫测的天气——我自己也缺乏保存和妥善储藏食物的知识和经验，很难最大限度地延长每批作物的寿命。反复试错会造成浪费，有时甚至会让我损失一整批精心准备的食物。

在岛上断电十五天之后，我的粮食危机严重加剧。小农场两年来屠宰并储存在冰柜里的肉就这么没了。而且没有任何赔偿。这下我别无选择，只能靠觅食和耕种过活了。

耕种需要学习，掌握收割和储藏的技巧也像精通种植一样重要。我在黑土地上挖洞，当作天然的储藏坑，里面铺上稻草和羊毛，用来存放蔬菜。我知道它们在这里能安然过冬。大地不像冰柜，不依赖电力，也不会增加我盒子里的账单。

我失败过，也成功过。我等了好几个月，等马铃薯生根发芽，挖下壕沟，给它们提供支撑。挖出土豆之后，我把它们放进箱子里，再把箱子放进我提前挖好的铺满稻草和青草的浅坑，最后再把坑盖上。但过了几周，我去那儿一看，才发现我把坑挖得太浅了。马铃薯上生满了甲虫和各种昆虫的白色幼虫，而且被那些爬满象鼻虫的干草和青草毁了。这是对时间和精力的可耻浪费，也浪费了我一直以来赖以生存的可靠的主要作物。

觅食也是熟能生巧。起初我走得太快，只能看到近处或醒目的东西。你第一眼看到的东西并不都是可以食用或适合食用的，所以我一开始十分谨慎，只采摘认识的植物。你必须在野兰花、圆叶风铃草、野香草和泽苔草之间穿行，它们就长在旁边，紧挨着一团团蓟草、荆棘倒刺和黑刺李穗子。我发现了各种野生香草——有百里香、鲜苏木和薄荷等。只要仔细观察，你总会有惊人的发现。

有一天，我捡到一枚鹅蛋。我把它带回家煮熟。它的蛋黄呈浓郁的橙黄色，蛋白洁白起泡，跟我家那三只老母鸡下的蛋截然不同。这来自野外的美食真是一份馈赠。它让我再次确信，我也许会骨瘦如柴，但绝不会饿死。拥有这片荒野、海洋和湖泊，让我逐渐感觉自己与充满生机的大地和天空形成了一种全新的亲密关系。每天，我都为获得食物而心存感激。我发明了自己的仪式，用仿佛能让人重燃希望的寓意填补生活的空洞。我的身体逐渐强壮起来，皮肤也变得强韧,双手也变得粗糙,这感觉非常陌生,因为我不仅学会了如何生活,更学会了如何生存。野外觅食教会你的远不止哪些东西能吃、哪些不能吃。它还教人学会感恩和坚忍。

这片荒野慷慨而宽容,远比人世仁慈。回想起路上那个女人和她的愤怒,我很庆幸她的情绪是如此强烈,因为它让我学到了许多。或者可以说,它让我俩都学到了许多。它帮我平息了怒火,让我重新用充满爱的眼光打量世界。它让我审视和重新掂量友谊与交情,看到哪些值得坚守,哪些应该放弃。

3
拍卖市场

空气压抑、潮湿而窒闷。时值十月下旬,羔羊销售季已接近尾声,暴风雨即将来临。我赶在人群到来之前乘早班渡船到陆地上去,以确保能尽早找到拍卖师,给他看我的羔羊。但到了那儿,我才发现拍卖师并不是我之前认识的那位,他正在跟另外几个我不认识的人交谈。我进去时,他们抬起头,却没有人微笑,一时间,我心里掠过一丝不安和尴尬。

"一百零六只杂交羔羊——是你的吗?"一位畜牧工远远地冲我高喊,同时摇摇摆摆地穿过畜栏,向我走来。

我点点头。得知它们安全入了栏,我松了口气。我的羔羊经历了颠簸的航行之后,很晚才被赶下那条开往奥本的船,而且卸货过程非常仓促。我连忙用手揉揉眼睛，扫了一眼我手中的票据。它标志着我提交的运输文件已被签收，也就是说，我可以合法地交易羔羊了，但即便如此，我依然紧张、焦虑、不安，如同刚被卸下货车的牲畜。虽说我的肌腱和韧带都日益强韧，但我的左手还缠着绷带，为的是保持固定不动。这只手已经明显萎缩，骨科医生根据骨骼、筋膜和神经检查的详细结果进行了会诊。结果证实了我之前的推断。由于没得到正确复位，骨骼在我摔倒之后一直处于脱臼状态。这只手依然虚弱，简单的动作依然困难重重，所以照管我的羔羊会非常困难。

我之前从没独自出售过牲畜，这也是我的劣势之一。去年拉布离开后，我一直身体不适，加之我父亲又恰好在羔羊交易季去世，在那个可怕的夏天，震惊和悲痛让我一蹶不振。大型拍卖场的卡车从码头运走我的羔羊，拍卖师则在圈里自行卖掉了它们。我的缺席影响了羔羊的成交价格。如果不亲自登上拍卖台上介绍或展示你的羔羊，你就卖不出更好的价格。我暗自保证今年绝不重蹈覆辙。我已经做好了准备，要全权负责我的牲畜。这不仅关系到我的自尊和自信，还能证明我的能力和信誉。然而尽管我不乏决心，却还是经验不足。

"行啦，动起来！"畜牧工冲羔羊们喊，扇动着蓝色的围裙,"快点儿,往前走!"他开始咬牙切齿地嘶吼。我听到布料发出"啪啪"的响声,像鞭子在抽打。接着,他手中的棍子呼啸而下,坚硬的边缘劈在羔羊柔软的背上。"住手。"我急切地说,"他们不习惯被鞭打。"但他充耳不闻。我看到羔羊们深色的眼睛水汪汪的,因为突然的刺激而闪闪发光,他们向我投来恐惧的目光,体内某种深藏的警觉也开始紧张地闪烁。你得抛开这种想法,我暗暗告诉自己。拍卖场可不是厌人来的地方。肉就是肉。

随着我和羊群开始向前流动,周遭的一切变得模糊,我们像个整体似的迅速前进,快步踏过狭窄的金属栅栏过道,两旁的畜栏猛烈地开合,冰冷的铝金属发出震天的脆响。空气变得污浊,一具具紧张流汗的躯体气味扑鼻,嘈杂而粗重的嗓音高声叫嚷,而在这一切之上,是竞拍场内那只喇叭震天的隆隆声和嘶喊声。终于,我们进了一个较大的畜栏,旁边还有两个较小的畜栏,用来接收分好的公羊和母羊。

"但愿你分得清母羊和阉羊。"畜牧工对我眨眨眼。他冲我右边明亮的灯光点点头。竞拍场那边传来震耳欲聋的喧嚣。"你最多再过十五分钟就能进场了。"大门哐当一声关闭,他大步离去。我盯着我的羔羊,浑身颤抖。

一年一度的拍卖会，是每年的农事中最令人期盼的高潮。在农业年里，这是我唯一害怕的时节。我喜欢产羔，喜欢跟羊群密切合作，喜欢全身心地关注土地、季节与天气。然而我希望牲畜能有不同的结局。一个更温和的结局，由一位熟练、持证的专业人士安静地处置，这人可以到岛上来，这样就能减轻压力，减少奔波，以更温和的方式处置。过去，这些动物都会被平静地带往它们熟悉的畜棚，肉类只是按需生产而非批量屠宰。

我们所在的畜栏已经有人用过，干草和水都已经没了。锯末很薄，稀稀拉拉地散落在地，有些地方被尿液浸透，踩上去黏糊糊的。我的靴子重重地踏在光秃秃的水泥地上——落在没被棕色粪便弄得湿滑的地方。牲畜心情松弛时会排出坚硬的粪球，而这里的牲畜则充满恐惧，排出的粪便又稀又薄，还黏糊糊、湿漉漉的。

把羔羊按性别分开每次都得花好几分钟，何况它们尚未安顿下来，这更增添了这项任务的难度。信任已经开始破裂。它们迅速捕捉到异样的气氛。它们咬紧牙关，一层透明的薄膜遮蔽了它们眼中的光芒，就像有层眼皮从内部合上了似的，这是疲惫、肾上腺素和恐惧共同作用的结果。这让我意识到我跟他们并没有什么不同。我们都是动物,都因一种本能而变得兴奋,它能告诉我们何时该安心,何时该警惕或恐惧。所有动物都知道什么时候安全,什么时候危险。因此,我讨厌牲畜交易市场。它迫使我目睹并造成动物的恐惧和压力。

此外还有一重人类层面的、更深刻的内在挣扎,会带来另一种情感。拉布走后,我每年都在为融入农业社区、成为其中的一分子而努力,寻求以自己的身份得到接纳。但这并不容易。我感觉总有许多细微之处需要拿捏,而且这并不仅仅是因为我的性别而已。在努力融入体系和社群的过程中,我很难既保全自己的身份、信仰、思想和声音,又完美地把握那道变化莫测的界限。我惊讶而沮丧地发现,随着我的经验日益丰富、逐渐展现出自己的能力,平衡似乎变得越来越难。

我以最快的速度分拣羔羊,但我担心别人看出我缺乏经验、身体不便。放在以前,拉布应该会代替我站在这里。在牲畜卸货的环节,拍卖大厅从没出现过任何女人。为数不多的几位女士通常都姗姗来迟,坐在俯瞰拍卖场的隔间里。她们很少去临时搭建的咖啡馆,她们的男人会聚在那里,守着热气腾腾的咖啡和面包卷闲聊当天可能达成的交易。而我之所以知道这些，主要是因为我以前也经常坐在隔间里。

干活儿时，我注意到地上扔着一张白色的打印销售单。我捡起它，暂时停下手头的活儿。这张销售单上列着待售畜栏清单，很值得留存。它不仅是一份纪念，更是一份工作文件，潦草地记录着每天的最高和最低成交价、已查看的畜栏、值得关注或应该避开的羊群。今天，我的名字将第一次作为小农场唯一记录在案的经营者出现在这张纸上。我用手指划过清单上的文字。我的羔羊被标记为五十六号畜栏，但旁边却打着拉布的名字。我不禁想到自己是如何在一个个冰冻的早晨抓住母羊，或是黎明时分在畜棚里浑身僵硬地醒来。

"不好意思，"我抱歉地向组织者打了个手势，"你们好像搞错了。这张单子上没写我的名字。"

他指着那张纸纠正道："这不是嘛，就在五十六号畜栏旁边。"

"这不是我的名字。"我说，"这应该跟小农场注册许可上的名字一致。"

"这很重要吗？"他问。

"当然重要。"我说，"因为是我在经营农场，这对我非常重要。"他耸耸肩："好啦，这上面有你的姓。这不也是你的名字吗？"羔羊们紧紧地挤在我腿边,我轻轻吸了口气,试着解释。

"这的确是我的姓,但教名首字母不是我的。他已经不跟我住在一起了。"

"噢,懂了。原来如此呀?"他抱起胳膊问。

"拜托你,现在改还来得及吗?"我满怀希望地问。

他指指一沓沓雪白的纸,它们已经被叠好,塞进了每个金属支架。"好了,乖一点,别在这儿小题大做。"

我瞪着他,气得涨红了脸。

我们俩都站在原地,也没有说话。我在想:我该怎么告诉他这对我为什么那么重要?为什么应该是我的名字出现在那儿,被标注为负责第五十六号畜栏中那一百零六只羔羊的牧羊人?我很想告诉他,在拉布走后,我不仅成了个没有丈夫的独身女人,就连身份也遭到了剥夺。我该怎么告诉他如果我的名字不在那里,我就成了个没有身份的无名氏?我尽管一年四季都在经受雨打风吹,但眼前这一切、这个农业年,却连我的名字都不知道。

终于,我叹了口气,转身回到羔羊身边。"总之还是谢谢你。""那谁帮你看羊呢?"他好奇地追问。"我自己照看我的羊。"

"这么说,看来你得找个新牧羊人了。"他笑着说,穿过畜栏走了。

有那么一秒,我感觉怪怪的,有些头晕目眩。我深吸一口气,把这感觉抛在一边。

"好了,"我轻声对栏里的羔羊说,"咱们速战速决吧。"

我抓住下一只羔羊,手指托住她坚硬多骨的下颌,左臂轻轻从她背部滑过。我向羔羊弯下腰,轻轻环抱着她,胳膊松松地压在她身上,这样我就能感觉到她侧腹的起伏,感觉她呼吸时急促的脉动融入我的气息。"雌羔羊。"我呼吸着,依然弯着腰,想把她往前赶,同时轻轻触摸她的后臀,把她跟看上去几乎毫无差别的小公羊分开。在我身后,我听见几个人正扯着嗓门儿讲嘲弄人的笑话。

"看来你还挺懂行嘛。"有人叫道。

我没有抬头,继续干活儿,但我的皮肤本能地一紧,对这种既轻松又透着嘲讽的语气充满警觉。

接着,我听见大门的金属插销发出咔嗒一声。

"让我来帮你一把吧!"

突然,几双腿毫无征兆地向我靠拢,有人用手按住我臀部。我拼命地扭动挣扎,想直起身子,但那双手重重压在我身上,压得我动弹不得。

"放开我!"我的声音听上去尖锐而惊慌。我低着头,一只胳膊横在母羊身上,我的喊声被遮盖了,深埋在她的绒毛之间。我能想象这荒唐的一幕,就像那些病态的喜剧片段,而且属于没下限那种。这一切只持续了短短几秒,他把我和母羊向前推进了畜栏,然后恶作剧就结束了。在我摇摇晃晃地起身、因为用力而气喘吁吁时,他的眼睛闪着光。

"不赖嘛,妹子。真有两把刷子。"他挖苦我。

我脸颊灼热,感觉恶心眩晕。"你这该死的混账东西。"我低声说。我也想冲他大喊。但我做不到。不知为什么,我发不出声音。在内心深处,我体会到一阵令人作呕的屈辱,一种被玷污、被羞辱的感觉。愤怒的热泪夺眶而出。"别再碰我。"我对他咬牙切齿,以掩饰我的恐惧。他看到了。接着,他看到了我手上的支架。

"开个玩笑而已,妹子。"他耸耸肩,突然有些心虚,"我又没有恶意。别瞎想了。"他振振有词,"就当这是你今天的吉钱利币吧。就当这是你的保证金,预支的那种。"

吉钱利币是一项古老的传统,指的是在一天的销售或交易结束时,卖方给买方的一点表示。他是羔羊的买家之一。令我不安的是,我意识到自己稍后还会在拍卖场上跟他碰面。

我不喜欢有人高声喧哗或动手动脚。暴力是一种侵犯。小时候,当父母中的一方行为粗暴而另一方却在本该插手时置之不理,你会感觉受到了双重打击。你会压抑自己的声音,做出过激的反应,为换取安全感而寻求认可,或是退回自己的内心。无论你如何选择,这种三者的共同作用都会造成一种特有的麻痹。在内心深处,我们都是孩子。虽然我尽量避免这样做,但有时候,在我感到害怕或受到威胁时,我会抑制恐惧,用沉默掩藏愤怒。我告诉自己,是经历塑造了今天的我们。但在内心深处,我却被点燃了斗志。或许这就是我在拍卖市场上总是目露凶光的原因。

我继续从羊群中分拣母羊,这时,一个年轻农夫悄无声息地打开了栏门。我不禁抬起头。我满头大汗,还在为刚才的遭遇而不安,双臂正费力地抱着一只小公羊。

他盯着我看了一会儿,然后走过来帮我:"你还得再快点才行。"

我认出了他。他家住在岛南。他动作灵活,双臂在羊群中轻盈地穿梭，弄出柔和的声响，同时凑在羔羊耳边轻声呢喃。我们聚精会神，默默地一起快速干活儿。完成后，他摇摇头，露出微笑。

"有时候还是接受帮助的好。"他建议，"这样才更轻松。干吗要为难自己呢？接受帮助才能交到朋友。"

"但我讨厌他们对羔羊这么粗暴。"

"哎哟，我不明白你在担心什么。你再怎么担心，他们早上都得死掉。"

他是对的。我也是对的。

我很感谢他的帮助。但对我来说，他们最后这趟旅程和辗转应该尽可能地波澜不兴，平静安宁。

"你要是这么难过，一开始就不该干这个活儿。"他耸耸肩。

接着，竞拍突然开始了。叫到我的拍卖号码时，两名市场畜牧工大步走进畜栏。我尽管一直在等待这一刻，但还是吓了一跳。他们牛高马大，体格粗壮，大步流星地走来，手臂用力拍打着大腿。他们好奇而轻蔑地瞥了我一眼。羊栏里只有我一个女人。羊群想四散跑开，却没有任何逃跑的余地，只能被驱赶着向前。前方，高音喇叭的嗡嗡声震耳欲聋。没有什么能阻挡那种种声音和动作：脚在移动，羊毛快速地前移，靴子在湿锯末上打滑，随着我们艰难地靠近那些刺眼的强光，我心底泛起一阵褐色的恐惧。嗡嗡的人声逐渐化作一种极度紧迫、短促刺耳的叫嚷，拍卖槌砰然的敲击声紧随其后。叫嚷声停顿片刻又再度响起。市场的喧嚣就在前方，跟我们只隔着一道门。我咽了一口唾沫。肾上腺素像高压电一样在我体内激增，我的心怦怦直跳，嘴唇紧闭。最后一道门也关上了。

"你真该穿裙子来。"管理员冲我挤挤眼睛，"祝你好运。对他们微笑。你这一天会过得很不错的。"

羔羊过磅时，我登上一级台阶。称重完毕，我拿起那张白色的打印单据，感受着羊毛柔软的重量，还有那些紧贴着我的、喘息着的温热躯体。

我感知着每个瞬间如何将我引向这一刻。绵羊是高大、健壮而美丽的动物。他们那强壮的骨骼中蕴含着挣扎、美感和太阳的每一种光辉；湿羊毛上凝聚着丰沛的雨露和厚厚的积雪，还沾满在流动的苍白月光下收起花瓣的野花和石楠。跟我的羊群站在一起，我感到由衷地自豪，也更感焦躁。栏门在四周咣当作响，有那么一刻，我们安静下来，仿佛回到了小农场的山坡上。

巨大而沉重的栏门被推开，金属发出刺耳的嘎吱声。我踩着锯木屑走到刺眼的灯光下,感觉像进了一只金鱼缸。我局促不安地穿过拍卖场,把我白色的票据递给对面那几扇栏门附近的拍卖师。

"一百零六只杂交羔羊。四栏中的第一栏。"他冲我笑笑,说,"咱给你卖个好价钱吧,怎么样?"我感激地回以微笑。他向前探身,对人群推心置腹地说:"这一栏很有看头,快来仔细瞧瞧。来吧,大胆看过来。这可是上等货色,血统纯正。我都说不准我更情愿卖哪一个。是这群杂交羔羊还是这只俊俏的母羊。"

"不了。"我当即抗议,"我的母羊好得很。"

他冲我挥挥手:"嘘,好了。别闹,妹子,乖一点。但凡你今天还想把这栏羔羊卖出个好价钱的话。"

我盯着他,一时瞠目结舌,心里一阵恶心。我摇摇头,但他只是笑着示意我闭嘴。然后,高音喇叭里开始传来他高喊的声音,盖过了别的声响。"来呀,全场最佳。你们愿意为她出多少钱?"他举起手,开始竞价,"三十英镑,三十英镑一次,三十英镑两次,四十英镑……我看还能再高。她可正值妙龄哦。来吧,嘿,让我看看你们能把价格抬到多高……她还额外附送一栏羔羊,一共一百零六只。"

场内人头攒动,人群猛挤栏杆。有一瞬间,我想到了离开,又立刻打消了这个念头。这是不可想象的：这会被误认为是懦弱、屈辱、愤怒或羞耻。一旦上了拍卖场，就没有人会离开自己的牲畜。更重要的是，我不能让他这么轻易地得逞。让他见鬼去吧，我咬牙切齿地想。我要像行家一样展示我的羔羊。

但观众看出了我的不适，开始起哄。

"漂亮的蹄髈和屁股！"有人叫道。现场响起一片赞叹的哄笑。还有几声低低的喊声和口哨。"咱得摸摸她呀，看看是不是像瞧上去的那么好。"

后排传来一声更响亮的叫嚷："一只漂亮的母羊！"接着，高音喇叭里响起拍卖师记录竞价的声音，气氛也起了变化。我后颈上细嫩的皮肤开始颤动，肩膀也开始绷紧。我听出了这句话中凶蛮的掠食气息。我知道自己不会受任何伤害，但我心底极度孤独，极度脆弱。不过我下定决心不让他们看出我受了影响。我目光炯炯，面颊滚烫，尽管内心燃烧着熊熊怒火，却依然保持着专注。

两名畜牧工和我一起待在场上，用棍子敲打地面，控制羊群。其中一个敲打一只羊的后背，我看见小羊向前一跳，头撞上了铁门，立即怒喝一声。畜牧工每次靠近，我都会把羊群往另一边赶。我们在拍卖场上兜着圈子，如同在跳一种怪异的舞蹈。竞价似乎没完没了，但终于还是落下了帷幕，拍卖槌砰然落下。标定最终的出价时,拍卖师把门票递给我。"干得不赖,你是个坚强的妹子——这才是好姑娘嘛。"我没看他,也没跟他握手,只是径自接过票据。我知道自己的声音会颤抖,但我不能什么也不说就默默离开。我必须迫使自己冷静地跟他交谈。

"你的那些发挥完全不符合规范,而且纯属多余。"

"啊,但你卖了个好价钱。所以别告诉我你还不满意。"

我赶紧背过身去,不让他看到我眼含泪水。

怒火一整天都在我胸中燃烧,我越想越觉得拍卖师的做法有违规范,自己遭到了不公的对待,愤怒愈发难平。我感觉既屈辱又受伤:接受了买主的支票,我就被捆住了手脚。我那些羔羊的成交价是当天最高的之一,但这也是一次痛苦的交易。我直到后来才想出自己真正想说什么。我向自己保证,今后再也不去这个拍卖场卖我的羔羊了。

后来,在回家的渡船上,那些农夫把这件事当成笑话。我于是质问他们:"你们会这样对待自己的妻女吗?"他们却还是用那套说辞搪塞我:"你卖了个好价钱,还想怎么样?"

从他们自己的角度,他们并没做错——拍卖会是男人的世界，肉就是肉——但我也是对的。

小农场的宁静与安稳令我宽慰。在这里，我学会更尽职地照看我的牲畜，安静地观察，柔和地触碰。随着深冬的到来，草叶泛起银光，田野寒光闪烁，我变得愈加坚强。走在暮色四合的小农场上，你必须始终目视前方，不顾身后密布的阴云和晦暝的天空。在渐暗的天光下，小农场的边界变得模糊不清，更加难以辨认，所以你必须把行进路线牢记于心。我明白，在即将到来的漫长严冬，我只有保持警觉、随机应变，才能坚守自己的阵地，赢得自己对这一小片土地的合法权利，捍卫自己在农业上的一席之地。

4
枯草

在烟雾缭绕的黄昏中,草地晕染着奇异的光影。地平线之下,风已经停息,太阳散发出深沉的余晖,原始的天空被诡异的预兆照亮。每当天边升起一轮空洞的月亮而潮水退去,这里的景致就总是如此。在这样一个时刻,你可以瞥见月亮面向地球的暗影。

一个形体在我面前的地上扑腾,随着我逐渐靠近,它变得愈发美丽而令人称奇。它的羽毛柔软,呈黄褐色,以其独有的柔韧优雅流畅地飘动。它每一次的起落都仿佛在与自己的影子共舞。所有别的栖鸟都沉默不语,在枝头安度夜晚。我有好几分钟都目不转睛。这是个奇怪的生物,比乌鸦还大:四只翅膀构成了一个整体。

我眼看它的各个部分聚拢又分离。很难分辨这生物是在为自由而挣扎,还是拼命想被拥入怀中。我猜这大概是一只秃鹰雌鸟在给坠地的学飞雏鸟喂食。但这画面让人看了心疼,因为它在逗弄雏鸟。它们之间的接触透出一种残酷——野性、原始而令人不安。亲鸟逼迫雏鸟展开翅膀,争夺反刍的残渣。雏鸟刚飞离地面几英尺,亲鸟就重重地落在它身上,把它击落在地。在这场斗争中,我看到了一些熟悉的东西。雏鸟迫切想要食物,被无情的引诱和击打弄得筋疲力尽。但它还是一次次爬起来,去获取生存所需。

我茫然地眨眨眼,看见窗户突然被院子里耀眼的灯光照亮。夜已深,午夜已过。我突然从深沉的睡梦中惊醒,发现自己坐在冰冷的火炉前,双臂紧搂着莫德。我感到筋疲力尽。冬季和初春通常是产羔前养精蓄锐的时期,但我每天都从早忙到晚。我的手正在慢慢痊愈,可以胜任户外的工作。剪枝、清洗容器、搬运植物、装满花盆,这些动作都能锻炼钳形抓握能力,一项我的食指和拇指已然丧失的功能,连骨科医生都不确定它能否完全恢复。"给它一点时间,然后我们再考虑要不要再给你的手动手术。"他们说。

车灯熄灭了。我听见车门砰地关上，沉重的脚步踏过粗粝的石子。我来不及反应，也来不及关掉屋里的灯或拉上窗帘。在这种情况下，我一般只来得及躲到楼上。下一秒，一个男人已经走进我的家。他是个中年人，身材魁梧，面色苍白蜡黄。我怔怔地望着他。我不是不认识他——在岛上，人人都互相认识。但我不想与他为伍。这是我时常要与之对抗的一件事。窗上的灯光代表开门迎客，依照岛上引以为傲的传统，你不能拒绝任何登门拜访的人，但这项传统时常被滥用。

今晚我太疲惫了，没工夫应付这些。"不好意思。"我说，"时间太晚了，我已经准备睡了。"

他笑了，缓缓摇摇头，然后重重跌坐在一把空木椅上，仿佛双腿突然失去了力量。桌上放着一瓶威士忌。已经快见底了。他的目光充满警惕，闪着光芒。

"睡前总是有时间喝上一口的。"他口齿不清，"好了，咱们来吧。你那个男人什么时候回来？"

我的措辞十分谨慎。"不了，真的。请你离开。我太累了，改天再说吧。"

话一出口，我就后悔不迭。我试图保持轻松的气氛和彬彬有礼的语气。但我并不想发出这个待定的邀请。这一点他也清楚。

"这欢迎不够热情啊。来吧,别这么……"他搜寻着合适的字眼,然后缓缓说出,"……别这么放不开。"

他自讨没趣地笑笑。然后伸手从柜台上抄起一只杯子。他拿起酒瓶,把瓶颈对着我。"来一杯吗?"我摇摇头,看琥珀色的液体晃动着,已经灌满了半只杯子。这是一只四倍标准分量的酒杯。酒一入杯,我就知道我会很难把那把椅子从桌前移开。

"你们对客人可真冷淡呀。"他嘟囔道,"你们都一样,你们这些外来者。没有集体观念。干杯!"

他把杯中酒一饮而尽,然后伸手又把杯子斟满。

"不,够了。"我说,"我真觉得——"

"觉得我该走了?"他打断我,"是这句话吧?我想走的时候自然会走。但我还不想走呢。我要走的时候会告诉你的。现在还不是时候。"

这是一次挑衅。我疲惫地拉过一把椅子坐下。争执只会引发更多问题。而软处理会更容易化解敌意。于是我就坐在那儿,看着他喝酒。我不知道自己还能做什么。我没法亲手把他从桌上赶走。酒会让人变得易怒、敏感、容易被惹恼或挑起争端。我不想让气氛继续恶化下去。这就像踩着蛋壳走路。最近这阵子,我感觉内心深处也有某种脆弱的东西正在破碎。我一直在默默努力，想把他引向门口。

酗酒是岛上一个不被承认的问题。我的小农场就坐落在一条曾经人气兴旺的饮酒路线上。拉布在的时候情况并非如此，但现在我是一个人住了，晚上听到有男人在门外叫嚣并发出含混不清的声音——即使屋里并没开灯——我会惶恐不安。我在楼上睡觉时曾不止一次被一群挤进门的人吵醒。经历了伦敦最后那紧张的几年，每当听到有人不请自来、破门而入，我总会害怕。我躺在那里，搂紧我的狗。他们冲楼上喊了几声，然后就走了，我听见门砰地一声关闭。

还有一次，有人用石头砸我家窗户。我从没在家里办过放工后的派对，但在拉布离开后那几个月，即使我没发出邀请，他们也还是会来。这种事时有发生，很容易让人措手不及。我的门没有上锁——岛上没人会锁门。令岛上居民引以为傲的是，在这个小小的社区，人人都彼此相识。今晚闯进我厨房这人不是常客。但这并不重要。他依然是个不速之客，在被劝离时拒绝离开。最后他自己走了，看着他的车灯消失在黑暗中，我开始考虑要不要把门锁修好。

最近我一直有种感觉，仿佛自己无论走到哪里，身后都跟随着一个影子。它以无数种声音、特征、性格和面目出现。但我熟悉它的形状，它也对我了如指掌。那飞快的脚步和在我身后一闪而过的动静。有时，我会用余光或短暂的一瞥捕捉到它的身影；有时，我能感到它的手臂正悄悄拉扯着我。当你开始躲避一道阴影，日光就会变得易碎、残破而锋利；当你感到自己的轮廓和外形、信心和信任都在一点点瓦解，你就会更加脆弱。在最初那几个月里，要是两只手都能使用，我大概还会勇敢、坚强一些。我不知道健康的双手能否阻挡那些低语和阴影，但那样你至少可以相信自己有能力反击或是保护自己免受伤害。

一天，在渡船上，我受到一群本地男人的质疑。那是个简单却毫不公正的指控。听了那句话，我为自己终于能正面反驳而感到如释重负。

"把他踢走，你高兴了吧？"

我不知该说多少，或该不该沉默。

"你就是想独占农场吧？"

我眨眨眼，被刺痛了，不仅因为听到这句话，还因为看到有人把它当作锋利的武器。我不知所措。这些人甚至都不是拉布的朋友。

接着，他们再次甩出那个词。那是一句随便就能脱口而出的粗暴咒骂，但听来依然让人心惊。无论听过多少次，它总给人感觉像钻进眼里的沙砾，或一记火辣辣的耳光。"婊子。"我熟悉这个词，它的字母尖锐而挺拔。我不仅从别人嘴里听到过这个词,而且在拉布离开两个月后,还有人用羊标喷漆把这个词涂在我的墙上。

"我们决定分开。这对我俩都是最好的选择。"我开了口,然后就不再多说。我凝视着窗外流动的美丽海面。它让人平静,在不觉中洗去了我深深的伤痛。我没有说出那句"我们别无选择"。有时,解释毫无意义。

何况我还处在痛苦之中,无法谈论甚至仅仅是想起几个月前的事。克丽斯特尔说我还在恢复。"从什么中恢复?"我问。

"震惊和长期缺爱。"

我心里明白,她说得对也不对。恐惧需要很长时间才会平息。有些记忆如同密布的乌云,会遮蔽阳光。

有时,我会眺望地平线,一望就是好几个小时,想着我真正需要的一切也许就在那里等待。

眺望开阔的风景令人心旷神怡。我学会抬起眼睛,搜寻真正野性难驯的鸟类和群山。我聆听秃鹫和鹰在高山上展翅翱翔,发出动听的啼鸣。目送它们飞行奇怪地令人振奋。我想象它们在寒冷中疾速飞行,淡淡的阳光从羽毛间穿过。而追溯那些山峰坚实可靠的线条和崎岖的面貌则令人安心。我从它们毫不妥协、饱经风霜的轮廓中汲取力量与灵感。我惊奇地发现，风景不再令我感到压迫。相反，它容纳了我，赋予我力量和勇气，让我脱离了自己不再需要，也不再对我构成任何影响的社会结构。

决定从头开始向来不易。但到了该从学校辞职的时候，我自然知道。离开时，我既如释重负又满怀苦乐参半的遗憾。我会想念那些孩子。但另一些因素也让我能够头也不回地离开。有个声音在我身后高喊："这么说你要走啦。要是你还能有孩子，这对你也许还算个不错的小活儿。"

我并没上当，只是转身笑笑。我有经验，知道什么时候该留下来战斗，什么时候该一走了之。

我的确很想念那些孩子。不能每天见到他们、听到他们的欢声笑语，生活变得更加单调。但这份工作让我无法打破心痛那令人生厌的循环，我知道这对我没有好处，我必须挣脱。跟小农场更紧密地捆绑在一起，对我是种解脱，我的精神可以自由地驰骋，踏上前方的旅程。

我交了个新朋友。它有着美丽的黄褐色羽毛和弯钩状的喙。我喜欢在农场干活时或在山间散步时看到它。听到它的叫声也是一种愉悦。我停下脚步,仔细倾听它有如猫叫的高亢啼鸣。这是一只雏鸟,它的叫声不同于成熟的鹭——更短促,带有重复的断音,而不是那种一气呵成的渴望之声。它的叫声能剪断空气,切入你的思绪。或许这尖锐质感正是雏鸟独有的特征。我喜欢看它试探性地初试飞行。我寻找着它,它也回望着我。一段时间之后,它已经能轻盈地落在栅栏柱子上,卧在那里,用锐利而专注的目光看我。我与它交谈,渐渐习惯了有它陪伴。它保持着野性和警惕,但也开始紧随在我身边。它的翅膀在我的影子里飘动,所以我转身时常常能看见它飞过我头顶,或是落在不远处的树上。有些时候,我一醒来就能听到它的叫声。这会让我欣然地睁开眼睛。

渐渐地,它把小农场当成了自己的领地。我尽量不去操心这会带来的影响。任何猛禽在领地上安家落户,都会不可避免地威胁较小的鸟类和其他窜得飞快、抖抖瑟瑟的小生命(如田鼠或老鼠)。但要是它哪天没来,我就会开始想念。意识到自己已经在不觉中被它俘获,我心中一惊。再见到它时,它的眼神令我不安。它转过头,盯着窗台上的一只小椋鸟。我突然做了个动作，想分散它的注意力，它却振翅离去。我心头一震，因为从它锐利的眼神、残忍的喙弧和目不转睛的眼神中，我认出了捕食者的面目。尽管我观察得细致入微，但我从没见过它进食的场面。我看到的只是这只鸟日常生活中的一个片段，而它清澈锐利的眼睛却能将一切尽收眼底。

*

这天天气晴朗，我却足不出户，坐在家里和莫德一起休息，看鸟儿在窗台上来来去去。一朵蔷薇缠绕在窗框上。我做了条柔软的绳带，在爬满美丽攀缘植物的铁丝支架上挂了简易的喂鸟器。每天早晨，我都会在喂鸟器里灌满混合着新鲜浆果和种子的羊油。其中有只鸟与众不同。它似乎很害羞，待在一边，不愿和别的鸟一起觅食。那些鸟也觉察到它的不同。每当它安静地啄食种子，长期栖息在这里的椋鸟群便会从天而降，对它群起而攻之。这场喧闹的混战上演时，我就在一旁观看。那只孤军奋战的鸟试图将它们击退，但很快就产生了恐惧。椋鸟们饕餮了好几分钟，随后又像来时一样风卷残云般地离开。直到这时，那只最小的鸟才回到这里。看着它低下头，重又开始啄食种子，我不禁露出笑容。

突然，一个熟悉的黑影扑向窗户。一双利爪抓住小鸟，撕扯它的胸膛和咽喉。这攻击是如此迅猛，我顿时呆若木鸡，只能惊恐地默默看着。我只听见一阵微弱的挣扎和一声痛苦的尖叫。事后，我盯着空荡荡的喂食器，看着细小的羽毛飘落在地。

那年春天，我创造了一项新的传统。我把产羔结束定为一年的转折，自己发明了一套仪式来庆祝这一天。这是个艰苦而匮乏的冬天。随着太阳升上山顶，我点燃干枯的草场和更加粗糙的休耕地。枯萎的茎秆都已经被风干，被冰霜冻伤，对马和羊已经没什么营养价值。美丽而绿浪起伏的青草已经被漂成白色，有如大地的遗骨。脆脆的茎秆已经中空，珍贵的种子早已散落。

在关于重生的古老神话中，死寂的土地被清除了所有把它榨干的东西。我正在创造自己的未来，用这个火堆抹去多年来垦荒的艰辛。这是个宁静的日子，然而当火苗蹿起，热浪开始炙烤我的面颊和手臂，我只得用湿布拍打火焰，重新为阴燃的火那噼啪作响的边缘划定边界。有时,你必须斩断陈旧的自我长成的枯草,解救自己。我知道我必须树立和打破自己的规则。我看着火焰焚烧那些阴暗的回忆,把它们烧得无影无踪。目睹过去的生活逐渐瓦解,我莫名地感到解脱,并得以从新的角度看待一些我依然难以理解的事。我想知道今后我究竟要用什么别的方式才能摆脱岛屿僵化的束缚,开始按自己的方式生活。

然而,尽管决心开辟新的天地,我却不知自己会何去何从。有时,变化会迫使你做出改变,不等你准备好就找上门来。生活总是充满挣扎。但有一件事我可以肯定:人每次被击倒都必须重新站起,每一次都是如此。

5
燕子

"我很想你。"克丽斯特尔说。

"我也很想你。"我承认,"真高兴又熬过了一年的产羔期。"

我们一边干活一边聊天。不知为什么,在户外清新的空气中,在我们用手指从缠绕在柳条上的、带花苞的豌豆藤上掰下豆荚时,谈论重要的事情会容易一些。掰豆荚的声音清凉、爽脆,略有些刺耳。空气中弥漫着碎豌豆醉人的芬芳。在狗儿跑过的地方,泥土散发着浓郁的气息,这气息来自影子、蓬乱的耳朵和柔软的翅膀。

"跟我说说,你还是那么痛苦吗?"我轻声问。我知道她过得很不容易,那些日子对她是种煎熬。我试着安慰她,但不知该说什么。我一直很忙,也不知道该怎么帮她。很快，她眼里便噙满了泪水。"哦，我亲爱的姑娘。我太想他了，那一切就像发生在昨天。但要谈论这些却是那么困难。不知为什么，说出我的感受会让我吓一大跳。"

悲伤依然历历在目，对我们两人都是如此。安东尼死于胰腺癌已有两年。那是个令人心碎的损失，一个生命短短几周就匆匆消逝。有些事情带来的感受是如此强烈，有些纽带断裂得如此突然，让人只剩一息尚存。克丽斯特尔告诉我，在自然界，一株绿植需要整整两三季才能愈合一道深深的伤口，如果砍掉的是树枝或主干则要更久。她告诉我，在再度开花之前，缺口需要时间生长，花蕾的萌发也需要更长时间。有时，树枝会枯死，最后只能全部砍掉。

"我有时觉得自己已经成了行尸走肉。"克丽斯特尔低声说，"我非常想他，巴不得自己的生命可以结束，好让我能跟他靠近。这没吓着你吧？他去世之后，我每日每夜都这样希望。这感觉有时会过去，但有时它会一直在那儿。也许它本来就从没完全消失。但我知道这样想是不对的。所以每天醒来，我都逼着自己起来，把日子过下去。"

我想我能理解，以我自己细微的方式。我自己的痛苦深深地写在体内，那么细致微妙，只有同类才有切身的体会。"别向它屈服。"她告诉我,"保持呼吸。抓住生活的点滴,坚持每天小小的习惯。一个人生活,日常作息是最重要的。"我明白她的意思。每当我感觉那种紧绷感束缚着我,像陷阱束缚着小鸟,我就会努力让自己忙碌起来。孤独会突然袭来,让你措手不及。这感觉就像在走钢丝,随时可能脚下一滑。

表面上,我们都坚称自己很好。我们装出一副精心排练、几近完美的模样。她闪闪发光。我保持警惕。但在这里,当你坐得离朋友如此之近,你们便很难隐藏。我们都厌倦了强装勇敢。"我太孤独了,孤独到我有时候都不认识自己了。"我承认。克丽斯特尔深知,有时这种感觉我会很难解释。我仿佛漂泊不定,迷失了方向,或是被独自留在黑暗之中。有些时候,我无法动弹。因为内心的负担太过沉重。

我们在愉悦的沉默中劳作。我们之间长久而彼此信任的友谊,让我们能分享彼此的孤独。她再度开口时,嗓音像鸟儿的歌声一样轻快:"生命的意义在于找到一道滑流,一条安全通道。只要能做到这一点,一切都会重新稳定下来。"我们常说这样的话,过去这难熬的几年被浓缩成三言两语。"你知道,我一直都在。"她伸手轻轻握住我的手。

"答应我,别离开我。"她轻声说,"我跟亲人关系很近,但相距太远。咱们之间的纽带非常特别。答应我,要是我俩谁出了事,或是两个人都遇到了困难,那我们就一起离开这座小岛。无论留下还是离开,我都受不了没有你陪伴。我不想孤零零一个人生活。"

"你去哪儿我就去哪儿。"我郑重地说。

"答应我,无论我们在哪儿,要是,但愿不会,但要是我出了什么事,你一定要照顾好伊斯拉。她认识你,喜欢你。知道她能跟你在一起,我会好受一些。"

我点点头,说:"我保证。"她听了捏捏我的手。

"我不能想象没有你的生活。"我告诉她,然后我深吸一口气,又重复了一遍,只不过这一次,我直视着她的眼睛。眼神交流非常重要。人这一生很少有机会说出心底的话。我们紧紧拥抱。我想牢牢抓住这一刻。我感到如此幸福,幸福到几近心痛。

然后我们放声大笑,风吹在我们背上,克丽斯特尔的狗伊斯拉围着我们欢欣地跳跃。要是你一直在谈论实际而严肃的话题,放声大笑会是一种宣泄。还有从狗儿飞快画圈的脚步中、从它翘起的耳朵和粗重的喘息中体会那种喜悦。去感受那个狂野而快乐的自己在内心深处苏醒。突然间，呼吸变得顺畅，因为生命是这样一件美好而单纯的事情。

第二天一大早，我正待在花园。克丽斯特尔要去渡口，恰好经过这里。她透过那辆破旧标致车的窗户向我招手并喊道："嘀嘀！"我也微笑着向她挥手。看着她离去，我心想，要是我跟她说过我爱她就好了，她就像我的家人。这句话一直在我心里，但我希望自己能大声说出来。

"我爱你。"我在她身后大喊。然后我又重复了一遍，提高了音量："我爱你！"但她已经不见了踪影。

之后，到了下午，我去赶渡船。这是我几个月来第一次到陆地上去。我跟克丽斯特尔约好要去船台上方那家小旅馆喝下午茶，它与小岛隔海相望。她中午跟兄嫂一起吃饭，他们住在另一座岛上，离这里有一小时车程。渡船在水面上疾驰，我把头靠在窗玻璃上。我眨眨眼，看海面折射着阳光。今天下午天朗气清，渡船开得很快。海潮退去，海水迅速回撤。海豹晒着太阳，湿漉漉、黏糊糊的皮毛在岩石上闪光，显得十分厚重。矶鹬和杓鹬已经涉水穿过浅滩，把锋利的喙刺向潮水留下的第一批水洼。

隔着水面回望，我看见小岛静卧在激荡的潮汐之中。在明媚的阳光下，它通体翠绿，犹如赫布里底群岛中一颗小小的明珠。突然，一种奇异的感觉掠过我心头。我的心仿佛在微笑。我抬起头，看头顶上空的燕子起起落落。我想到了季节的更迭，想着自己的生活可能会如何改变。有那么一瞬间，我在想，这是否就是幸福？我已经许久没体会过幸福的滋味，所以无法确定。但总之这感觉不同以往，这就够了。我对它心存感激。

我还记得跟克丽斯特尔的约定。它在我跟这片土地之间缔造了新的联结，仿佛我在这里有了亲人，有了归属。这强有力的联系，让我感觉自己在这里有了根。我呼吸着阳光，感觉夏天仿佛已从群山背后加速赶来，带走了世间所有的灰暗。想起她今天一大早就开着她那辆蓝色汽车经过我面前，想起跟我打招呼的样子，我不禁莞尔一笑。接着我又想到她对我是多么重要。我们如此密切地彼此关照，织成了牢不可破的纽带。

下船时，我冲摆渡人笑笑。我拾级而上，走向船台最高处的小旅馆。这座码头仍在使用，渔船已经陆续开始靠岸。一筐筐新鲜的小龙虾、螃蟹和鱼正被卸货、打包。这与我在伦敦的生活截然不同。这里每天的生活都十分简单,却更加繁忙而充实,回想我多年的城市岁月,我找不出一天能与之相比。我走进酒吧兼餐厅。能坐在桌边点上一杯现煮的咖啡,这真是一种享受。奇怪的是,这样的小事竟能让人如此愉悦。

一小时后,我站在旅馆窗前,眼看太阳从云层背后缓缓落下。我透过玻璃向外眺望。蛎鹬在退潮时高高跃起,把喙低低弯下,明亮的橘色眼睛扫视着湿润的沟壑和退潮留下的水洼。粉白的海鸥在纯净的空气中翱翔,刺耳的叫声划破高渺的天空。我眨眨眼睛,努力让自己镇定下来,欣赏克丽斯特尔如此钟爱的一切。

她人还没到,因为路上出了一起车祸,两辆车相撞了,道路暂时封闭。不久,接待员举着电话听筒向我招手。她告诉我:"有位医生要和你通话。你朋友克丽斯特尔就在其中一辆车上。"

突然间,我的双脚开始在地板上奔跑,我的心飞速跳动,快到我感觉自己像漂了起来。

"她还好吗?"我脱口而出,"她有没有受伤?"我的声音尖锐而焦躁。

"别担心。她还好。一切都会好起来的。"

我如释重负地长舒一口气。克丽斯特尔有个女儿住在南方,医生想问我要她的电话号码——她别的亲人都在新西兰——我很自责自己手边没有,因为我把手机落在了家里。但他能想到要打电话给她,让她尽快赶来,这让我感激又感动。"你人真好,这正是她需要的。"我说,"这样就有人跟我一起照看她了。"我在想如果克丽斯特尔不得不住院,她女儿肯定也会想去那儿探望。我把岛上一位居民的电话给了医生,觉得他也许帮得上忙。然后,我向他保证说:"好,我这就出发,十分钟就到。"因为我知道她女儿一时半会儿还赶不到这里。我知道克丽斯特尔会希望我陪在她身边。

他听上去心不在焉。"不,你最好还是待在原地。"他斩钉截铁,"路上很堵,你过不去的。现场都被警察封锁了,他们也不知道你是谁。"

"但她人没事吧?"我焦急地追问。

"对,她没事。别乱跑,等我给你回电话。相信我,一切都会好起来的。"电话那头突然安静下来,直到他匆忙说:"抱歉,我得挂了。"然后电话那头就只剩长音。他已经挂断。回到自己桌边坐下来时,我才意识到,要是没什么可担心的,他为什么要跟她女儿本人通话?

我暗下决心,等他一来电话就打电话叫辆出租车,直奔她身边。但电话一直没响。时间一分一秒地过去,我愈发沮丧。我知道自己必须按兵不动,心里却迫切想要动身。医生没说她有没有受伤。我试着把离开的想法赶出脑海,它却挥之不去。我想到她可能会需要一些东西,于是我试着列一张清单来分散注意力。

一小时后,电话再次响起,跟我通话的是一位医护人员。他的嗓音平静而低沉,克制而专业,于是我明白,事情比我想象的严重得多。

"出了什么事?"我问,一下子心都凉了。突然间,我害怕极了。

他小心翼翼地告诉我,两车是正面相撞。克丽斯特尔还有意识,但被困在车内,他们难以接近。"情况很糟。消防队已经在切割车顶了。"他向我保证,"要救她出来,这是唯一的办法。车子已经彻底报废。"

听了他的话,我意识到克丽斯特尔肯定会希望我在那儿。因为她独自一人被困在撞毁的车里,心里一定很害怕。我对此深信不疑,喉头已经开始哽咽。那一刻，我满脑子都是她天蓝色的美丽眼眸。我拿起包就想走，他也听出来了。他受过训练，能察觉到这一点。"请你留在原地。"他告诉我，"我们正在全力营救她。"

电话断了，我却依然手足无措地紧紧抓着听筒，像抓着一根救命稻草。我拼命抓住他说的每一个字。

我感觉孤立无援。

我凝望窗外的海鸥，看它们簇拥着海上的渔船，同时希望自己也是一只飞鸟，能张开双翼，灵巧地飞过那片开阔的天空。我迅速估算了一下到医院要多长时间。随着我目送渡船消失在远方，低垂的云朵拂过水面，太阳沉入群山背后。家依然在那里，只是突然蒙上了阴影。

我等待着。我哪儿也没去。我留在原地，因为他们告诉我别去。我听从了。我选择相信。没事的，一切都会好起来的，我一遍遍告诉自己。好像不断重复一句话就能让它成真似的。我花了很多年才明白为什么本该去陪伴她的我却留了下来，又花了更长时间才原谅自己。我无法回溯自己没走的路。

权威能削弱你的勇气。信服是一种微妙而危险的东西。你放弃了自己的声音，约束起自己的本能。这认识突然如波浪般席卷而至，令我反胃。我没有夺门而出。我只是冲向女洗手间,接下来的事情我就记不清了,因为时间变得支离破碎。我只记得洗手间里硬硬的地板,还有我发白的手指紧紧抓着面盆边缘。

我回到前台,摇摇晃晃地站在那里。吧台空空荡荡。不见一个人影。我穿过吧台,走进小餐厅。一位女服务员正在叠餐巾。

"你有什么消息吗?现在怎么样了?"我担心地问她。她看着我,一脸不解。

"我是说那起车祸。"

她瞪大眼睛,恍然大悟。她小心翼翼地放下手中的餐巾,双手合十。

"很抱歉,她没能活下来。"

我能看到她的嘴唇在动,也能听到她的声音,但我无法理解她说的话。我站在那里,迷茫地望着炫目的阳光。

"不,这不可能是真的。医生说她还好。他亲口告诉我的。"但突然间,我慌了神,"拜托你,告诉我发生了什么事。我必须知道。"我坚持道,"我跟她很熟。"

她缓缓摇摇头。"是真的。"她说,"老太太去世了。真让人难过。"我呆望着她,心如刀绞。接着就是那个可怕的时刻,你突然意识到世界已不再是你熟知的模样。世界已经不复从前。

在女服务员身后的玻璃窗外,燕子正旋转、俯冲、翱翔。但淡蓝的天空开始刺痛我的眼睛。我迷失了,我的心搜寻着那种我曾热爱的生活,穿过蓝燕如雨点般密布的天空,还有白亮的日光和涌动的空气。

我绝望地在她脸上上下搜寻,她却只是低头看着自己的手,轻轻叹了口气,又继续回去叠亚麻餐巾了。她叫安娜,来自罗马尼亚。我跟她只是泛泛之交,属于互相认识却对彼此的生活几乎一无所知的那种。

房间变得愈发逼仄。我只是站在那里,吸入空气。将生命织入死亡,将沉默化作声音。燕子的翅膀,还有蔚蓝的天空。我试着让这一切变得可以承受,可以理解。这就是那种重大事件,会在你心里留下永远的痛。那种你深知自己或许永远都无法理解的灾难。

生命是什么?当它如此惊人地戛然而止,它又去了哪里?我紧闭双眼。每次睁开眼睛,我都会为再次回到这个世界而痛苦。我感到那片蓝天蕴含着一种残酷的矛盾，如此美丽的事物却见证了如此可怕的意外。

"拜托你。"我低声说。我不像在提问，倒像在求救。安娜开口时，恐怖的画面填满了我意识的空白。我仿佛能闻到轮胎燃烧的气味，而烧焦的柏油路上那一道道黑色的车辙洞穿了我的大脑。断裂的栅栏，金属碎片四散纷飞，落满路面，两辆汽车姿态扭曲，空无一人，如同被随意丢弃的玩具。其中一辆翻倒在地，像一根刺穿残破皮肤的断骨，而另一辆则撞到了一棵树上，与树连成一体。还有几具瘫软的尸体，那些伏在方向盘上的黑影。突然间，我感到呼吸困难。有些事是不能去想象的。

我眨眨眼，眺望窗外。我知道克丽斯特尔就在远处的某个地方。我们之间只隔着玻璃。我能感觉到她离我如此之近，还能感觉到她的呼吸。她就在燕子的翅膀里，在伸出双臂拥抱天空。我能听见她的声音，看见她那双天蓝色的眼睛，感觉她的笑声萦绕在耳畔。

我唯一能做的只有睁眼闭眼。我欲哭无泪。"留下来。"我喃喃自语，"请别离开。"

我能感觉到她就在窗户上闪烁的光点中，那是彩虹的碎片，是一个生命最后一次美丽的叹息。于是我伸手触摸那道光，把手放在上面，以为自己能永远把它握在手上，但我抬起手，它却消失无踪。

我转向安娜，紧盯着她的脸。"请帮帮我。"我轻声说。

我们目光交会。我显而易见的脆弱让我俩都很尴尬。她有一双棕色的眼睛，虹膜外侧有一道金边。这双眼睛久久地凝视着我，时间之长，足以让你意识到你们总有一个会有意识地移开目光。我的目光越过我们之间的距离，用眼神恳求："你能看到我所看到的吗？你能体会我的感受吗？"她先移开视线。我们站得如此之近，我甚至能在她喉咙附近柔软的凹陷处看到跳动的脉搏。我想，那里一定有人吻过。

人是可以看到他人的需求与绝望的。但我们为什么不能体会他人的痛苦？为什么当一个人逝去，除非是我们所爱的人，否则我们便不会感受到哪怕一丁点儿悲伤？是不是因为我们的头脑太狭隘、心灵太脆弱，难以承载自身之外的痛苦？

安娜摇摇头，叹了口气，显得心不在焉。然后她看了一眼手表，说："撞车事故很严重。道路要封闭好几个小时。"她的嗓音很动听。她紧盯着我，然后摆弄起手指上的戒指。我们俩都盯着她的手看了很久。然后她不带感情地耸耸肩："很抱歉。我还以为你已经知道了。"

在这样的时刻,你需要有人陪伴,一个可以依靠的人。但我谁也没有。所以,你只能在心里不停追寻你失去的东西,仿佛只有爱、只有一遍遍呼唤某个名字,才能带它回来。于是,我呢喃道:"求你了。别离开我。留在我身边吧。"

安娜给我递来一杯水。我的手在颤抖。水洒了一大半,我只好把杯子放下。

"拜托,"她说,"你不能站在这里。我们马上要开始营业了。"然后她迟疑地伸出手,笨拙地想把手放在我肩上。这只手小巧而陌生。出于本能,她没有握我的手,于是我那只手悬在我们当中。我同情她,也同情自己。两个陌生的人,因为一场偶然的悲剧,被迫形成短暂的亲密同盟。

"我很遗憾,"她轻声说,"真的很遗憾。"

我坐着等渡船。船长提前到了。他在我身边坐下,但没有看我。身边有个人陪你静静坐着,这感觉奇怪地令人宽慰。他盯着大海看了一会儿,然后说:"是啊,这消息确实令人震惊。"

我意识到他知道我已经知情。有那么一会儿，我们都望着海鸥。这些鸟儿再次为我注入一股内在的力量，让我鼓起勇气问他："请把你知道的都告诉我。"我迫切想填补这片空白，尽管我体内的每一个细胞都在尖叫，告诉我这不是真的，不可能是真的。我做好了洗耳恭听的准备，同时紧盯着海面，看一道美不胜收的夕阳辉映着天空，从风景中汲取勇气。夕阳的余晖是如此迷人，让我心存感激。尽管阳光刺目，但我的眼睛没眨一下，因为我听到了一个小小的奇迹，克丽斯特尔最初活了下来，意识清楚，还能小声说出自己的名字。她的身体是在他们切开汽车、抬出她来的时候才开始崩溃的；之前是那些金属在支撑着她，维持着她的呼吸。我还听到了她如何在被送往格拉斯哥看急诊的途中溘然长逝，跟燕子一起飞翔在那片蔚蓝而空旷的美丽天空。

我驾车返回岛上，但泪水模糊了我的视线，让我看不清道路。我把旧皮卡扔在院子里，钥匙还插在点火器上。我踉踉跄跄地穿过院子。惊吓会造成肾上腺素飙升，所以身体在惊吓之后会骤感筋疲力尽。

我的房子空空荡荡，但我依然伸出手，想抓住某个人、某样东西。我蹲下来，握住那些柔软的绿叶、茎、花朵和植物。然后我跪下来，开始拔草。我拽下几大团,把它们举向天空。我抬起头,喊出声来,在喊到她的名字时,我的声音消失在天空的蔚蓝之中。我泣不成声,甚至听不出自己的声音。我感到内心空虚,痛苦从我黑洞洞的口中喷薄而出。我不知该说什么,而且即使知道,我也希望说话的是她而不是自己。我知道她还在附近,停留在某个地方。于是我裹上一条毯子坐下来,头顶就是渐暗的天空。我聆听着,哭泣着,直到睡着为止,湿漉漉的脸贴着草地。几小时后,我的嗓子完全哑了。我随即陷入沉默。我的声音已化为尘土。

清晨,我醒来,感觉身体僵硬而冰冷。这天天气晴朗。进屋洗脸时,我根本认不出镜子里那张枯槁的面孔。我成了一个幽灵,眉线之上长满一撮撮白发,而那里之前一根也没有。后来,我在医学书籍上查到,这种情况可能在压力极大时发生。

那天,伊斯拉住进我家。我和她一起蜷在地上,我的鼻子贴着她柔软的耳朵,嗅着她皮毛上的气息。她叹息着舔我的脸颊。她不断用力拍尾——她在盼着回家。后来,我带她回到了那里。我得找到克丽斯特尔的护照和证件——所有那些关于她人生的微小线索。她的家人需要把这些文件提交给地方检察官。单独去会让人承受不了,所以我们是一起去的,伊斯拉和我。我们一起去向朋友道别。

一到她家，我就开始哭泣，哭得停不下来。我熄灭引擎，握着方向盘坐在车里。伊斯拉舔舔我的脸颊，钻进座位一动不动。我知道她懂。这对我俩来说都很痛苦。最后，我给她套上牵引绳。我打开大门，我们缓步走进房子。那感觉就像踏入另一重世界。一个昨日的世界。一个已经逝去的世界。

一切都还和克丽斯特尔离开时一样：杯子里是喝了一半的咖啡，椅背上搭着一件毛衣。室内是如此寂静，所有的生机仿佛都消失殆尽。我们在里面一坐就是几个小时。感觉少了能移动它们、为它们注入生命的双手，家具是那么沉重。

寻找证件的过程十分痛苦。我不想打开抽屉或那些隐藏的空间。它们属于另一个人。离开前，我看到一只燕子停在室内的窗户上望着我们。我不明白它是怎么进来的，因为门窗全都关着。但在另一个生命留下的空白中，有这样一个小生命陪伴还是令人感到安慰。小鸟跳到冰冷的炉子上，用好奇而有神的眼睛直勾勾地盯着我。它张开嘴，似乎有话要说，却没发出声音。然后它理理羽毛，跳到后门。我慢慢打开玻璃门。它又看了我一眼，继而振翅离去。看到它飞走，伊斯拉站了起来。她走向卡车，头也不回。这让我意识到，她知道克丽斯特尔已经不在人世，这里不再是她的家。

她的家人到了。我们一同悲伤，也各自悲伤。我们没有埋葬克丽斯特尔，而是按她的要求，把她的骨灰撒向风中、山间和天空。

她的骨灰质地柔软细腻。我尽量屏住呼吸：我想让她在风中自由飞散，而不是被困在我肺部痛苦的悲伤中。我缓缓用手指蘸了一点，抓起一小把。骨灰紧紧沾在我手指上，很难散开。把她握在手中给人一种奇怪的感觉——一个曾被如此珍爱的生命，只剩一堆灰白柔软的粉末。她的笑声悦耳动听，她清澈的眼睛闪烁着明亮的蓝色光彩。这些灰烬里，有她的思想。有她的心灵和歌喉。我带着她散步，带她去我的花园，去岛上每一处她喜欢的地方。

在内心深处，我有个秘密的想法，想把她的一部分留在自己口袋里。想让她再次跟我一起围坐在炉火旁。或是一起打牌、下棋、做饭、种花、聊天、喝酒。但我没这么做，因为我知道她最想去哪里。我们一起安静地道别，伊斯拉、克丽斯特尔和我。我没有挖坑将她掩埋——土里太阴暗、太潮湿了。相反，我抓起一把骨灰，轻轻撒在我们曾经一起种下的树木和植物上，多年前，它们还是小小的嫩芽和种子。每片叶子、每株植物、每个地方都留存着一段记忆。我把余下的灰烬撒入风中。

她的房子被清空后，我在家里堆满了她的遗物，让自己置身她喜欢的物品之中。有那么多杂物、残片和小玩意儿。家具、书籍、特百惠盒子、盐罐和胡椒罐。还有墙上的画。这些实体的附属品让我几乎无处下脚，我和我的家都沉浸在悲伤之中。这在别人看来或许有些奇怪，但我需要从这些物品中感受她就在近旁。每个人应对悲伤的方式是独特的，因人而异。有时，我感觉自己能听到她就在另一个房间，但每次我过去一看，却发现那里空空荡荡。她就在那儿，但总处在视线之外。

你不会忘记死亡带来的伤痛。它只会成为你身体的构造和固有的组成部分。每次闻到脂杨黏稠的花蕾味，我总会心潮澎湃，悲痛欲绝。我停下脚步，寻找燕子。我把脸转向风吹来的方向，在心里默念她的名字。随着时间的推移，呼吸不再那么痛苦。我可以开始谈论她了。

事隔将近七年，我才找到某种平静。我和一位本地消防员一起喝咖啡,他向我讲述了当时的情形,告诉我他是如何第一个到达事故现场,第一个发现了她。他回忆说,他跪下来时,她慢慢地睁开了眼睛。这就是奇迹。是生命的奇迹。他告诉我,对他而言,那画面至今依然历历在目,还是那天的景象。她如何喃喃说着自己的名字,如何微笑着,脸上微微一颤,竭力保持清醒,想活下去。

听他讲述不是件容易的事。事后,即使我不去想它,这些话也会在我心中萦绕不去。没能好好道别,人会万分痛苦。你身上有个部分会始终漂泊不定。你必须独自在心中默默说出道别的话语。

我在这里。我在这里。告诉我吧。我想知道一切的一切,告诉我每一个细节,告诉我为什么会这样。世上怎么会有这种事。他嗓音亲切,在他回忆当时的情形时,我看到他眼中闪烁着伤痛,这让我无比庆幸,庆幸当时她身旁有他陪伴。得知她是在善意和爱的陪伴下离开的,我心里好受了一些。这让我感到释怀,这是我多年来一直在寻求的感觉。它让我明白,你曾体会过的爱,永远都不会离开。

6
公羊

直到午夜之前,我才站在门口,做好了准备。我瞥了一眼时钟,手里的东西纷纷从哆哆嗦嗦的手指间掉落:包括绳索、工具、全尺寸裹尸袋、手套和头灯。有些工作最好在夜间悄悄进行。门在我身后咔嗒一声扣上时,莫德发出轻轻的呜咽,尽管我的心在退缩,一想到自己即将挖掘的东西就魂不附体,但我还是勉强打起精神。我的后颈和头皮被汗水刺痛。所有的恐惧和疑虑都在我脑中翻腾,我拼命寻找替代方案,但是直觉告诉我:"机不可失,时不再来。"

我啪地掀亮头灯,它闪烁几下,发出昏暗摇曳的光,然后我拿起铁锹,开始在田野上快步穿行。这有违我的初衷,但我不能背弃自己刚下定的决心。今晚是万圣节之夜,我要复活自己熟知的亡灵。我必须掘出自己六周前埋葬的心爱的公羊，驱车带它乘第一班渡船赶往奥本的停尸房，再送到格拉斯哥的兽医病理学家手中，查明它的死因。

背着笨重的装备，人很难走得快。穿越农场的途中，我用铁锹猛地一敲，它金属的边缘咣当一声击中了一块石头。那声音传得很远，远到令人不安。一只猫头鹰发出尖锐的啼鸣，然后悄无声息地从我前面掠过，振翅飞向墓地。这是个晴朗的夜晚，云层低垂，缕缕幽光疾速掠过，显示海上已经掀起风浪。群山背后开始透出微暗的光。当新月升起，这片田野将闪烁着晶莹的银光。那时可就无处藏身了。

我害怕让它重见天日，但我每次告诉自己"随它去吧"，我的本能就会颤抖。要是不确定某件事仅仅是个不幸的意外或自然现象，还是像我直觉的那样，可能由不公或不法的行为造成，你会感觉糟糕透顶。我想知道真相，但心里又充满矛盾。在与不断加深的危机感抗衡时，我犹豫着是否应该开始挖掘。时机至关重要：我的公羊在土里每多待一分钟，自然的分解过程就会更进一步，把任何科学检测的结果都变得难以解读。最后，我终于下定了决心，铲子第一下插进湿漉漉的草皮时，我奇怪地松了口气。一铲又一铲，我逐渐接近那个坟墓。

暴毙之前，我的公羊处在巅峰状态，威风凛凛，漂亮矫健，在岛上的展销会上赢得了一连串高调的奖章和奖项，包括令人梦寐以求的纯种绵羊优胜银奖。它的成功发生在另一场拍卖会之后不久，会上，我的羔羊卖出了最高商业销价，从当天参与竞拍的一万只活羊中脱颖而出。在岛上，羔羊主要用于繁殖，而不仅仅是作为肉食出售。但卖出羔羊之后，我却受到了本地农夫的嘲笑和质疑，这让我对羔羊的质量和自己的养殖能力产生了怀疑。我本不打算继续从事羔羊的商业化饲养，却感觉骑虎难下，无法放弃。我担心自己一旦放弃羊群，就会失去小农场。这种事曾发生在别人身上。飞短流长会为此提供便利。小农场也需要经营。这里的草场需要自己的牲畜。我知道，当一片土地如此令人垂涎，当它的历史依然鲜活，还激荡着早在我们到来之前就已存在的争端和怨愤，我就必须确保每片草场都有牲畜觅食。今年这批羔羊，是我的公羊血统纯正的第一批后代。我在这场大胆的冒险中投入了全部的精力，收益颇丰。它们是我培育的最优秀的一批羔羊，有着漂亮的体态和强壮而高贵的头颅。

我最后一次见到公羊活着，它正在安静地从桶里进食。随后，它对我轻声嘶鸣，用它漂亮的大额头轻轻蹭我的腿。第二天早上,发现它死了,我感觉五雷轰顶。我沮丧地望着它毫无生气的尸体。那双眼睛呆滞不动,令人心碎。我试着轻轻帮它闭上眼睛。在我用双臂抱住它时,我自己的眼睛也盈满热泪。但即使这么悲伤,我依然觉得它的死亡地点有些蹊跷:它脸朝下躺在一道浅沟里,处在人的视线之外——那里空间狭窄,就在我给它新设的带顶棚的羊圈背后。我觉得这说不通,因为它晚上总是睡在羊圈,里面有夏天的干草和一桶干净的水,不怕风吹雨淋。看到它美丽的头颅被泥土玷污,我心如刀绞,为它洗净了面庞。随后我挖了个坑,在里面铺上新鲜的稻草,将它掩埋。我从没想过不埋葬它。我没把它的死讯告诉任何人。受到惊吓时,你会思维混乱。

那一天,我丧失了全部的斗志。当夜,我给它盖上泥土,轻轻踩实,整理好坟墓上的草皮,然后给自己裹上一条毯子,在山坡上坐下来。我彻夜未眠,一直仰望着天空,直到天色放亮。虽然天空很晴朗,但星星却难得一见。自从克丽斯特尔死后,我总是迫切地想看到那些努力闪耀的星光。我也一直在空中搜寻,但那晚的黑暗密不透风。

展销会那天，雨还没下，天就阴沉下来。看着我的公羊站在那里，竖着耳朵，肌肉因精心喂养而健壮发达，我倍感自豪。它重达八十千克，每一盎司都血统纯正，我既紧张又兴奋，因为我意识到我们有望成功。我终于感到自己应该与整个农业社区携手共济，相互支持。我相信并满心期待自己既能做到这点，又不必压抑自己的声音。是时候展示我们的真正实力了，我一边暗下决心，一边用软布抚平公羊刚剪过的毛。我为自己能胸有成竹地迎接这次挑战而振奋。现场的气氛起初还很愉快，但随着一只只酒瓶被喝空、兽蹄和靴子溅起泥浆，气氛逐渐恶化。我感到周围的情形变了，开始躁动不安。在赛场上，我的"宠物公羊"受到了嘲笑，还有人笑我居然让它参赛。一名帮忙打分的女士气愤地拒绝祝我好运。她说："你根本没资格来。"

"但我受到了邀请。"

她瞪着我："你根本不该来。这是男人的活儿。赛场不是女人来的地方。"

我继续往前走。没有时间消沉了，这些也都在我意料之中。"你和我，咱们一定能做到。"我对我的公羊低语。为了站在这里，我付出了艰苦卓绝的努力，九个月来，我每天都在练习如何安全地驾驭它，避免在受到冲撞、重重倒地之后受伤。这需要勇气、决心和努力。突然间，我意识到这一天对自己有多重要，也看到自己学到了许多。即便如此，我还是万分惊讶，我的公羊居然赢得了它入围的每一项比赛。颁奖时，我欣喜若狂。我们的成绩远超我的想象。除了获得纯种绵羊优胜银奖之外，我们还获得了独立评委颁发的总分第一，外加一连串奖章和两个银奖。真希望我当时就知道这些亮闪闪的玩意儿很快就会变得黯淡无光。有时回想起来，我真宁愿自己从没参加过那次展销会。

我总感觉它不该这样英年早逝。它才三岁而已。展销会结束后，我遭到了几乎毫不掩饰的威胁，那压力常常令我彻夜难眠，想到那些糟糕的夜晚，我更难受了。"我再也干不下去了。"我痛苦地起誓，"我再也不想跟农活和绵羊扯上任何关系。"或许正是因为受伤、悲痛和困惑，我才会对它的死三缄其口。但与此同时，我也感到愤怒在胸中激荡，意识到有人或许会很高兴听到它的死讯。在这座岛上，消息就是货币，它就如同一阵欢快的寒风，猛打过来，推倒高高的罂粟花茎。

但关于这只公羊的死，我总觉得哪里让自己困惑而不安。就当是我的直觉吧,但无论如何,这件事总有些说不过去。动物当然会死,人有时也很难找到确切的死因。但我总是给自己的牲畜剪毛、喂药、驱虫、接种疫苗、喂食富含植物营养的牧草。我那些健康状况良好的母羊和羔羊也在展销会上得到了嘉奖。我检查了田地,没发现明显的有毒植物。更令人费解的是,在同一块地里吃草的羔羊也非常健康。我的怀疑与日俱增,被一些小事深深困扰:比如大门好像跟我离开时不太一样,其他细节也对不上。

几周后,所有那些微小的细节都一一浮现在我眼前,我痛心地责怪自己居然这么快就埋葬了我的公羊。某人偶然间说的一句话让我心头一惊,突然警觉起来,开始疑惑。传言都不是没有来由的。那些话在我心中挥之不去,让我在夜里惊醒,满头大汗,焦虑不安。后来,在一位朋友的见证下,我循着这条线索,跟对方进行了一次更长的交谈。通过病理检验来确定死因是标准的最佳操作,对纯种动物尤其如此。我意识到自己的做法有些过于草率了。

我不动声色地做了一些调查,与养殖者、兽医诊所和动物卫生部门交流,花了很多时间研究情况说明和医疗报告。我得到的建议是:"唯一的办法就是把它挖出来。但必须快,因为尸体本身的自溶、腐烂和分解过程会破坏确定死因所需的组织。"起初，想到要采取如此激烈的行动，我惊骇不已。本能地，我避开了这种恐怖，选择让公羊安息，觉得自己不可能把它从地底掘上来或拖出来。

但一阵子之后，我改变了主意。要是心里始终有一丝疑虑挥之不去，人会不得不采取行动，因为不确定性就像酸性液体一样，具有强烈的腐蚀性。它灼烧你思维的结缔组织，侵蚀你内心的宁静。这时，你需要讨个说法来让自己摆脱痛苦。

在岛上，饲养公羊仍被视为男人的专利。我养的羔羊无论作为肉食还是作为繁育品种，都在市场上卖到了最高价格，这为我赢得了独自占有一小块土地的权利。然而，我养公羊却是在玩火。传统上，公羊被视作将生命带到岛上的使者，它让母羊受孕，带来新生的羔羊，锚定由教堂划定的、推动着农业年循环的季节轮转。公羊的精髓，是繁育后代的神圣阴茎——一个象征生育能力的符号，早已脱离了母系女神和女祭司古老的守护——它至今仍处在男人们警觉而慎重的保护之下。

我明白，贸然涉足这个领域会激怒他人，我必须小心谨慎。但与此同时，我也知道要想在这个竞争激烈的领域占据一席之地，自己必须深入挖掘，找到自己的内在力量。重要的是，我最终必须划定自己的边界，为自己的做法树立独特的规则与价值，假如我不但想维持生计，还希望最终能过得不错的话。我想到了在岛上这些年，自己为了谋生，为了建立可栖息的家园所经受的一切。

涂抹药膏比敞开伤口更能促进愈合。奇怪的是，流言竟会闪闪烁烁。即使看不见它们的火焰，你也能感受到它们在你周围发热。每当夜深人静，我总会醒着仰望繁星，想问它们都知道些什么，也想这样问深埋地下的一切。

父亲曾告诉我："星星一直都注视着你，甚至在你以为那里什么都没有的时候也是。它们一直在那儿，白天也在，虽然那时候你只看得到云。我死后会变成天上的一颗星星。一颗小小的星星，把光芒洒向人间。"平日里，他那眼睛总是忧虑不安，这会儿却目光炯炯，整个人散发着一种光辉，而且并不是因为酒精的作用。这让我知道，有时候，他也需要在天空中找到一束明亮的光。

我问他："为什么是星星？"

我永远忘不了他脸上深深的悲伤:"因为当你变成一颗星星,你就摆脱了尘世的束缚。"

每次仰望星空,我都会想起父亲。但事实上,他无处不在。他存在于我所到的每处地方,我注视的每个角落。父亲是我眼中的光明,也是我身上的暗影。他是猛烈而温暖的太阳,也是清冷而晦暗的月亮。他的死亡和他的生命一样令人不安。尽管他在拉布离开三个月后就去世了,但我依然能感知到他的存在。我想说,我原谅你,原谅你的爱、愤怒、绝望和暴力——在南非种族隔离的年代,一个六岁的孩子在黑人聚居区的铁皮棚屋中长大,眼睁睁地看着父亲在自己面前被残忍地砍倒,被判处永久的徒刑。我想说,是时候掀开那些让我俩无法呼吸的泥土了。我很愿意摆脱他的影响,让生活继续。

我的公羊死去那晚,我又想起了父亲的话。我不愿去想我美丽的公羊是不是遭遇了什么非自然的事情。但我无法理解自己遭到的威胁,也不知道"让我们中的一个闭嘴"是什么意思。最轻微的声音、影子或动作都会把我吓一大跳,我的皮肤因恐惧而发麻。突然间,身为独居女人的危险变得真实具体,几乎触摸得到。夜深人静时,我躺在床上,看月光逐渐变强,越来越清晰,越来越明亮。目睹这无声的转变会让人平静,像在见证一场成年礼。这让我梦想去过另一种生活。我知道自己该做什么。

我很庆幸已经克服了自己的拖延症。我厌倦了它的阴影。我已经准备好解除自己的枷锁,最终从那片黑暗、沉重的草皮下把自己释放出来。

在我头顶上,一轮纤细的月牙正冉冉升起。最外层的泥土又黑又碎,但我挖得越深,泥土就越湿润,直到变成一摊淤泥。泥土沾在我的腿脚上,让我感觉自己像在下沉。铲子插入泥土时发出缓慢的吮吸声,直到碰到某个潮湿物体的边缘。铲子的边缘带下一团蓬松的羊毛。我放下铲子,小心翼翼地靠近。一股令人作呕的恶臭扑鼻而来,有那么一瞬间,我浑身发冷,不得不背过身去。我知道得找个东西捂住口鼻,好避免闻到那可怕的气味。这气味难以名状。那是腐烂的气息,很像潮湿的树叶,但同时也透着甜味;是一股可怖、苦涩、恐怖的恶臭。简而言之,那是一具在地下埋藏了六周的尸体所散发的气味。

当所有黑暗的有机物都从死亡中汲取生命的养料,它们造成的结果简直令人称奇。公羊某些部位的肉裸露了出来。它太软了,很容易坍塌。我很难在它躯体的重压下撬动铲子,也很难把麻袋和粗绳塞到它身下。它的主体结构仍然完好,被一抹撕裂的潮湿皮肤和缠成一团的湿羊毛连在一起，但它的四肢明显已经解体。它的腿依然整齐地蜷缩在身下，像睡觉时那样，但我把铲子伸到它身下时不禁打了个寒战，因为一只带凹槽的黑蹄掉了下来。目睹这只曾如此美丽的生物腐烂的遗骸，实在令人震惊。

即使我戴了手套，也不想与它直接接触。我费力地把它翻过来时，它的内脏和瘤胃发出一声低低的叹息。令我感到恐怖的是，它的身体荡漾着，呻吟着，吸入自己流出的黏稠的分泌物和液化的肉浆。我背过身去，不可抑制地抓紧上方的泥土。我只能短促地喘息，憋到不行再转头吸一口气。几分钟后，我开始干呕。那恶臭的气味有种令人反胃的似曾相识。

我把绳索套在卡车坚固的牵引杆和钢架上，权当绞盘。腐尸比我预想的重，绞盘将它吊起时，我的卡车车轮不断打滑。下一秒，它静静躺在幽暗而清澈的月光下。看到它这样暴露在外，我深受触动，而且，出乎意料的是，这让我看到死亡的这一面美得何等凶残。无情而毫不妥协。我现在知道，死亡并不仅意味着心脏停跳或大脑停止运作，也不仅仅意味着最后一次呼吸。死亡并不是皮肤变冷、血液凝固、体内的气体和液体停止流动和吸收。它既是所有这一切，也是另一种东西。

抬起公羊时，我强迫自己一鼓作气，把开了头的事情做完。它太大了，兽医用的袋子装不下，所以我用殡仪馆提供的全尺寸尸袋把它包裹起来。我知道自己很可能已经来不及查明它的死因了，但不知为什么，现在这似乎已经不再重要。重要的是，我已经为它竭尽全力。我开车把它送上前往奥本的早班渡船，途中在停尸房稍作停留，换了新的尸袋，然后一直往前开，直到警察在格拉斯哥把我拦下。"对不起——我迷路了。"他们记录我的详细信息时，我这样说。我一直在路边缓慢行驶，向路人问路，有人向警方举报了我。

"这是你的车吗？"他们怀疑地问。检查完证件，他们又检查了车尾。他们戳了戳卡车货斗里的尸袋。"这是什么鬼东西？"

突然间，我感到一阵疲惫。我要解释的太多了，解释到一半，我开始后悔自己没说得更言简意赅。"没关系的。"我告诉他们，"该有的许可我都有。"我向他们出示了我的挖掘许可证和政府批准的过境许可。最后，他们闪着警灯把我护送到兽医诊所。这一切有种奇怪的似曾相识：这感觉完全跟去太平间看我父亲一样。病理科也像医院的太平间一样远离人们的视线，几乎没有任何标识。如果说死亡即使在属于它的时间和地点也总是隐藏在人们的视线之外,那么我们对死亡讳莫如深也就不足为奇。

警察一直在车外紧张地等待,直到尸体从车上卸下。"你最好开慢点。"一位警官提出忠告,"要是你整晚都在挖它的尸体,你可能都意识不到自己有多累。"随后,他们护送我回到高速公路上。

检验结果正像我担心和预料的那样。组织降解程度过高,无法得出最终结论。检查组建议我们采取下一步行动,对关键器官进行尸检,因为内脏需要更长的时间才会分解,依然可能保持新鲜:"我们仍有可能侥幸成功。"

但最终,我们不得不接受检验无果的事实。"即使我们有更好的样本,也很难给出确切的死因。"病理学家叹了口气,"绵羊的死因有无数种。如果真是死于毒药,那就更复杂了。要想得出结论,你必须一开始就知道要检测哪种药物。注射沙威隆[1]都能杀死一只公羊。"看来毒素的种类无穷无尽,几乎多如繁星。我决定到此为止,接受命运的安排。

我已经做了我要求自己做的一切,尽了全力。这次掘尸之所以意义重大,还有别的原因。依照传

---

[1] 沙威隆(Savlon)是一种常见的杀菌剂,活性成分为西曲溴铵和葡萄糖酸氯己定。

统,万圣节是死者重返人间、在生者之间徘徊的日子。这是个临界的时刻,你不得不正视死亡,不再急于为死者注入生命,而是接受这样一个事实——我们都将归于尘土。经历这一切对我很有好处,人需要知道随着时间的推移,连记忆也会淡去,变得虚无缥缈。

7
野性的呐喊

鹅在半明半暗的日光下鸣叫。窗外弥漫着令人不寒而栗的薄雾,我把毯子拉得更紧。我侧耳倾听,浓重的寂静笼罩在铅灰色的地平线上,然后,一个孤独的声音响起,竭力向前穿行。我不禁好奇,想知道它在空中经历了怎样孤独的挣扎。那断断续续的嘶鸣令人不安,传达着渴望、希望、恐惧和无数种情感。从它的呼喊中,我听到了自己的回音。我心中有一块碎片,它时常颤抖,造成痉挛或肌肉收缩。我想,在没有依凭的情况下,鸟儿要怎么知道什么时候该去哪里?

因为孤独,你会开始搜寻他人的目光,如同飞蛾寻找光明。我在原地打转,逐渐靠近,尽可能接近那团火焰,拿出了全部的勇气。我渴望温暖,渴望善意和陪伴。我期盼的不仅仅是一个微笑、一次点头，也不仅仅是谈论天气，而是有意义的对话。我渴望听到有人带着爱说出我的名字。匮乏让我笑得过于灿烂，眼神过于渴望或期待。我不知道这是什么原理，但别人能感知你的信心是脆弱还是破碎，会与你保持谨慎的距离。这是我们从小就学会留心的事情。孤独甚至能把鸟都吓跑。

有一天，我逼着自己出去参加一个小型聚会。我并没喝醉，头脑清醒。争执的苗头出现时，我知道我该走了。我努力远离纷争，但它却找上门来。

"你自以为比我好。"争执总是从这个令人生厌的说法开始。这些话是指责而非疑问，甚至不属于事实陈述。我不知道人们为什么总用这种无端的质疑来挑起争端。但我发现，它掩盖了某种恐惧或不安。我没有做出任何挑衅行为。只是想走到门口而已。

"拜托，我只想从你旁边过去。能让一下吗？"那男人眼神呆滞，却怒光闪烁。我记得他那酸溜溜的眼神。回忆涌上心头，我感到内心深处有什么突然崩塌。我想告诉他，你早在见到我和我的那只公羊之前就决定要恨我们了。早在我让公羊参加展销会之前。我想起那些最早的怨恨，那些关于长期争端的流言。人总指望这种情绪会逐渐消散，但它们却像旧伤一样溃烂。我咬紧嘴唇。我说什么都是徒劳。

他大概读懂了我的眼神。总之,有什么触发了冲突。他的手猛地向我袭来,一把把我推到墙上,我撞到了头。见我东倒西歪,他又向我扑来,这时我才意识到他醉得有多厉害。我突然大叫一声:"放开我!"他也冲我吼叫。然后有人喊道:"喂,够了,别在这儿打架。"气氛十分压抑,而且显然变得越来越剑拔弩张。突然间,我开始使劲掰开他紧抓着我衣领的手,趁房间里的人围拢过来,我扭动身体,挣脱了他。我万分惊恐,逃离了现场。户外凉爽的空气和静谧的田野让我松了口气。我欣然投身黑暗,但刚刚走出几步,黑暗又开始令我不安。他的声音依然在我脑中回荡,又一次含混不清地重复着那两个字眼:"婊子。"我开始沿着大路以最快的速度往家走。

暴力并不总那么容易预测,酗酒给它提供了可乘之机。有时,暴力会无缘无故地发生。争端经常出现,也无人在意。岛上的人都相信"吵架是你自己的事,与别人无关!",但少了别人的帮助与支持,我无法独自应对。那晚之后,我开始避免参加社区活动。这意味着我会更加孤独。但这让我感觉更安全。

我想念克丽斯特尔。每一天,她离去的痛楚都会像一记重重的耳光,一次次打在我的心上。我们的日常生活如此紧密地交织，我依然能感到她的影子就在我周围晃动。她在的时候，我不需要别人，因为她就是我的一切。我担心这场悲伤太过漫长，但悲伤没有时间表可言，也不受社会规范或礼仪的约束。它就像一次浪涌，从你的头顶袭来，慢慢将你卷入其中，压得你喘不过气。

失去会让你更努力地挖掘内心深处的记忆片段。遗忘是不可想象的。无论我走到哪里，她都环绕着我。我每天都会走过安放她骨灰的林地，经过那些她送给我并和我一起栽种的树木。我很庆幸她无处不在；在花园里，我们共同培育的嫩芽和树根已经成为野生动物和鸟类的栖息地。凤仙花发芽时，那股香气会让我觉得她正经过我身旁。有时我会和她说话，有伊斯拉在我身边，这感觉非常自然。这成为我生活的现实，时而苦涩，时而给人慰藉。其实我一直没走出悲伤。我在一切事物中寻找她的身影。

这当中也存在着美。我有种感觉，仿佛风景也因为她的灵魂而变得生动。有些时候，我会感觉她近在咫尺，就存在于每一片飞掠而过的翅膀里，在每一缕流光和每一片沙沙作响的树叶中。我努力承受悲伤，但悲伤的浪潮每一天都在不断地翻涌、破碎。我一天比一天更难独自面对空荡的地平线。溺毙比你想象的要容易。它可以在你睁着眼睛、意识完全清醒时慢慢发生。它会给你绑上沉重的枷锁，让你即使挣扎也会下沉，渐渐被它们拖得筋疲力尽。

躺在床上，听鹅孤独地鸣叫，我感觉身体沉重、冰冷而惰怠，感觉自己被鹅翅无声的罗网捕获。在几分钟时间里，我挣扎着想动，却怎么也动不了。动一动！我命令自己。然后我大声说出这句话，再提高音量，一遍又一遍地重复。最后，我终于费力地从床上爬了起来。

第二天，我调好闹钟。开门时，我低声问莫德："帮帮我好吗？"有时，你需要的只是有个朋友站在你身边。我穿上靴子，和莫德一起不紧不慢地跑步穿过小农场。从那天起，我开始每天早上跑步，有时晚上也跑。我在黄昏或黎明时跑步，小岛那时会更显柔和。我跑步是为了让内心重新充满温暖。奔跑的感觉，就像风景为迎接我而抛出明亮的礼物。如果你在黑暗中或阴暗处奔跑，野生动物就不会那么胆怯和沉默，你会更容易意识到它们的存在。无论是闪光的岩石、湿漉漉的草地，还是芦苇擦过我双腿的沙沙声，都让我感到自己是完整的、与万物相连，让我感受到自己的存在。我发现在户外、在大自然中，我并不觉得孤单。

起初我跑不太远,每隔几百码就会停下来,弯下腰大口喘气。莫德耐心地等我,用她琥珀色的眼睛注视着我,示意我继续前进。我向来不爱跑步,但跟牧羊犬一起就不一样了。我们一起前进,遵循着自己的节奏。每天,我都会让自己多喘几口气,不是按时间计算距离,而是设定一个目标——下个灌木丛或远处的大门。每一次呼吸都很痛苦,但我感谢那种刺痛。四肢一点点变得轻盈,心中的痛苦也随之减轻。

一天早上,我出来得比往常稍晚,在路上跟一小群女人擦肩而过。她们一起出来散步,目光锐利,正在闲话家常。看到我迎面跑来,她们顿时安静下来。我们的目光冷冷地交会又移开。这很尴尬,但之后,我很高兴能有这次短暂的接触。这是我迈出的一小步。回家后,我在想,跟她们一起散步会不会有助于消除我们之间的隔阂。第二天,我给其中一位发了一条信息,试探地提出这个建议。大约一周后,她们答应了我。我很紧张,但也充满期待。这让我有机会重新开始,也打破了令人疲惫的僵局。

第一次一起散步时,我们都心存戒备。我们像举起盾牌一样露出笑容,眼神生硬而明亮。渐渐地,我开始经常跟她们一起散步,我们的目光交流开始更加自由。有一天,阵阵笑声荡漾开来,像鸟儿的啁啾,我终于感觉我们的关系出现了转机。我放松下来。我告诉自己，友情就从细微之处开始。

然后，她们中的一个向我表达了善意："你过得很不容易。"她看着我，"你丈夫离开的时候，我为你感到难过。"我很想笑笑。我咬着嘴唇，嘴角颤抖，随即移开目光，既羞愧又尴尬，因为我感觉自己快要哭了。有时，你根本无法抑制眼泪。每当你想让自己坚强一点，刺破你防线的往往是同情而不是敌意，尤其在你缺乏同情的时候。孤独是危险的：当你孤独了太久，一点小小的亲昵都会让你误以为自己得到了温暖、保护和支持。"我过得很难。"我低声说，用力揉揉面颊，"一个人确实很难应付。"

我知道我不该谈论对克丽斯特尔的思念，不应该谈论墙上的涂鸦、生硬的目光和冰冷的肩膀，但我无法克制。我抑制不住那些滚落的热泪，还有那些在泣不成声之中说出的话语。有时候，长时间憋在心底的东西会不由自主地喷涌而出。我也不想看到事情变成这样。

她们嘴唇紧咬，下巴紧绷，肩膀僵硬。我们相隔只有一英尺[1]，但感觉像隔着一道宽阔的峡谷。"很抱

1　约30厘米。

歉。"我结结巴巴地说,背过身去,满心羞愧。

"你不能那么说。"一个女人正告我,"你不能指责你的邻居。"

其他人也都无声地用如炬的目光将我刺穿。

我没再多说什么,因为她正怒气冲冲地瞪着我,让我感觉自己就像从鞋上刮下来的烂泥。我让自己处于弱势。真希望我刚才什么也没说。我展现自己的脆弱,就等于含沙射影地侮辱了她们。我居然敢批评这座梦中的岛屿,必须受到惩罚。然而,我心底却涌起一丝愤怒和不平。多年来,我一直遵从自己的内心,无论别人如何否认、试图让我闭嘴或停摆。我已经厌倦了宗族和效忠。我面对的,是根深蒂固的厌女症那张软性的、鲜为人知的面孔。今后,我再也不会犯同样的错误。

那次之后,我背过身,从此再也没有人可以一起散步。我又开始独自跑步。时间一周一周地过去,我告诉自己:"我可以承受。会过去的。"但事实并非如此。遭到排挤,会让你质疑自己的存在。沉默更胜以往,比先前的攻击更难以应对。我没能抵御这一切的盔甲。它造成的伤口更深,更微妙,也更难接近。我一开始还与之抗争。我在笔记本上罗列我所爱之人的名字。用他们的名字组成一棵友谊之树。

在渡船上，一群面熟的乘客排着歪歪扭扭的队伍，我加入他们的行列。我害怕这阴沉的排队，但又对它心怀感激，感谢它让我有一丝打破僵局的机会。我试着保持乐观，期待自己和其他人能做出成熟的反应，能承认我们呼吸着同样的空气，共同生活在这险峻的岩石表面。即使我们看法不同，即使我们并没选择与彼此为伴，但共同的人性将我们连在一起。

"你们好。"我说。

没有一个人回答。

就连岩石表面也能被持续不断的冷水滴穿。随着时间的推移，我感觉自己正被一点点侵蚀。起初我依然努力抗争。但时间久了，我渐渐疲惫不堪。你会接受现实。你会对毫无存在感的生活习以为常。你开始相信自己一无是处。有时，我甚至怀疑这一切是不是我幻想出来的。而我越是努力尝试，就越会被打回原形。有一天，船长在帮我把一个沉重的行李举到船上时，低声对我说："这看了真叫人难受。"我很感激这短短几个字。

人人都有倾诉无门的时候，也都有无人理睬的时候。这是我们对彼此施加的一种残酷，是一种延续到成年的小孩子游戏。在群体当中，只要有一两个主导者带头，其他人就会盲从。社会正是利用这种手段建立和瓦解自己的权力结构。它处处针对孤独的人、不受欢迎的人，以及弱势者或边缘人。我亲眼看到这种情况发生在另一些来自少数族裔家庭或群体的人身上。但我孑然一身，这更加剧了我的孤立和脆弱。

我已不再走那些可能与路人相遇的小道。我避开人们的视线，尽量靠近山丘。我比任何时候都想念克丽斯特尔。想念她微笑的面容，她爽朗的笑声，她坚定的友谊，还有她给予我的亲密与信任。没有人倾诉，我便不再倾诉。而后，我放弃了抵抗。我让自己消失。独自一人的时候，这会更容易实现。

我逐渐失语。我走进森林，因为那里能找到一种比我所知的任何事物都要柔和、亲切的静谧。我把脸贴在冰凉的树皮上，疲惫地头靠坚实的树干。我搭了个简易的窝棚，带上厚厚的毯子。夜幕降临，我点起火堆，凝视火光。潮湿的木头嘶嘶作响，却带来了温暖与安慰。莫德的眼睛亮晶晶的，在火光中熠熠生辉。置身树丛，我觉得很安全。我能感到内心那个狂野而破碎的部分在吐纳气息。我已经做好了放开这世界的准备，正如树叶在冬天来临前卷曲凋零。到了早晨，我还不愿离开。索性就待了下来。

在森林中跟鸟儿一起生活是宁静的。有些日子倏然飞逝，一晃就过，有些日子则缓慢、沉重、潮湿而倦怠。

我一坐就是好几个小时，观察四周的野生动物，设法跟它们混熟。野兔躲在高高的草丛中，猫头鹰和猎鹰深色的翅膀飞掠而过。在晨曦和晚霞中，吃草的鹿翕动鼻孔和嘴唇，警惕地捕捉风中的气味。白桦树晃动树枝，寒冷的枝条歌唱着，苍白如冬日的骸骨。我静静地蹲在树下，与另一些心弦紧绷的生灵为伴，查看树影，留意树下灌木丛中细微的声音。而后，我采伐木材，点火，燃烧。我依然记得在几年前，这片树林是如何让我充饥解渴，滋养我的心灵。如今回想起来，那段觅食的时光似乎并不难熬。拾荒不同于觅食，它为日常生活涂上了严峻的色彩。

克丽斯特尔曾对我说过，同类出现时，我自然认得出来。有一天，我注意到一只橄榄色的小鸟。它有火焰般的金色羽冠，像戴着一顶镶嵌黑边的皇冠。它打量着我，那好奇的模样极其动人。它开口歌唱，歌声迅速地上下起伏，让我骤然想起了她。在鸟鸣和树木的低语中，她离我惊人地近。

我想到一切生物都会受友伴与近邻行为的影响，无一例外。我想起在克丽斯特尔的花园里，有一截树桩被砍得只剩光光秃秃的树根，却在周围植物的同情与鼓励下抽出新芽。她向我解释，树木要么本能地滋养和支撑同类，要么就回避同类的需要或痛苦。想起她的话，我不禁热泪盈眶。我意识到，真正的友谊是予取予求的。它无需你争取、期待或搜寻。

我想到岛上的那些女人，清楚地看到我们每个人是如何按照政治需求扮演规定的角色，而在这需求背后，是支配与服从的简单法则。我意识到，任何社会或社群，最关心的都是确保自身的繁荣兴旺，这几乎是它们唯一的目的。在这座小岛上，从本质上讲，彼此捆绑的家族与树木并无二致：扎根于一小块土壤，附着在一块小小的潮汐岩表面。

我不属于这里。现在我清楚地认识到，有时，在极力融入的过程中，我们会容易忽视甚至压抑自己的需求。是时候建立我自己的血脉亲情了。即使在一座不起眼的小岛上，天空也足够广阔，大海也足够深邃。

听着这只小小的戴菊莺歌唱，我对它的美与坚韧感到敬畏。它的体重仅仅相当于一枚二十便士的硬币，但它却从俄罗斯和斯堪的纳维亚半岛那些荒无人烟的地带飞到这里，独自飞越荒野与海洋，仅凭自己的本能指引。我知道自己必须找到新的方向。夜幕降临，我静静坐在我的窝棚外，守着火堆，用双臂环抱着自己，喃喃自语："我就是我，我无须改变。"

8
天然元素

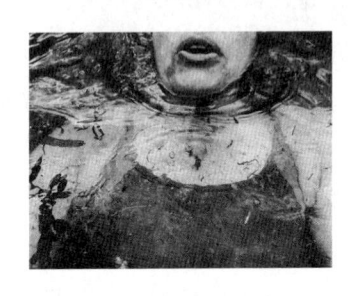

眼看天就要亮了。随着一抹阴沉的光从东方升起,我步履蹒跚地踏上崎岖不平的海岸线。我已经把自己逼到了极限,就快走不动了。岛屿就在我身后,而我前方是漆黑而变幻莫测的海水。海浪猛烈地拍打闪光的礁石,风在骷髅般的树木间呜呜呼啸。我了解这个地方,这个地方也了解我。在我最孤独的时候,它总是不可抗拒地吸引着我。我看着海水奔涌而来,又急速后撤,重重地抚摸潮湿而嘶嘶作响的石头。这是一年中稍纵即逝的美妙时刻,天空中日月同辉。这让我为生命的美丽与奇异惊叹,我差点脚下一滑,听见自己在心中低语:没把你击垮的,也许能将你治愈。但我摒除一切干扰,强行让自己抽离。

寒冷会让人放慢脚步,却也能让麻木的思绪不再沉重。用哆哆嗦嗦的手指笨拙地解开纽扣时，我不禁想，我们是否永远也不可能准确地知道究竟是哪些时刻将你推向崩溃的绝境的。

清晨时分，我独自一人，内心的声音原始而凄厉，充满了疑问、希望和忐忑，都是我不敢向任何人表达的东西，尤其是我自己。这个内在的声音一直在恸哭着问："天是不是永远都不放亮？"我管这个时段叫黑暗守望。它熟悉我的面孔，也了解我的心之所想。我渴望能有另一个声音告诉我："你并不孤单。"并轻轻抚摸我的手。然后我闭上眼睛。那段生活和克丽斯特尔都已远去，时光匆匆流逝，与我所知的任何事物都不相同。

温度已经跌破冰点，在零下八摄氏度的严寒中，风冷得刺骨。我半裸地站在那里，抬起手臂，弯曲膝盖；裸露皮肤让我暴露无遗。有时，我们的身体状况能准确地反映内心的感受和情绪。我喜欢寒冷的锋芒。我厌倦了逃避自己的思绪；无论我转向哪里，它们都会找上门来。我也曾躲避一个低语的声音，它说："假如一盏灯自行燃尽熄灭，那黑暗会有多浓？"我试着推开这轻柔的低语。但它一直存在于阴影之中，在我眼角参差的皱纹里。

不知是什么缘故，也不知从什么时候开始，白昼变得过于炫目，黑夜则显得过于深沉，你在寂静中的所见都变得如此骇人，吓得你说不出话来。人很难表达或看到孤独。我能在体内感受到它，用手指轻触它身上的每一个颗粒，鼓起勇气尽量靠近。而孤立无援则远比孤独可怕。它灼热而刺眼。

我边脱衣服边把它们叠好，整齐地塞进破旧的背包。我小心翼翼地脱掉惠灵顿靴，把袜子塞了进去。我通常没这么整洁，但今天，我觉得把事情做好非常重要。

当你失去希望，日常就会崩塌。支撑我们生活的那副破旧的框架失去了昔日的洁净与秩序。生活琐事杂乱地堆积，板结成一堆纷乱的任务。就连每日例行的小小仪式——吃饭、洗碗、刷牙或梳头——都困难得无以复加。每一天，我都强迫自己按部就班地完成这些动作。我在想，要是我不再坚持，会发生什么？我对着镜子凝视这个念头。端详它的面容让我害怕。它黑色的眼眸大而空洞。

现在我已经浑身赤裸。我凝望大海，张开颤抖的双臂迎风而立，内心有个声音在对我低语："回头吧——这太危险了。你还有别的出路。"但我没有回头。我的心已经冻结、麻木，却依然需要跳动。我向荒野冰冷的怀抱张开双臂，它抚平了这美丽世界的伤痛。唯有荒野，能赋予我多年来一直渴求的亲密情谊。

归根到底，这其实非常简单。每个人都需要拥抱，需要听到别人满怀爱意地轻唤他们的名字。我眺望着汹涌的大海，想着潜入波涛之下会是多么宁静。我一边急促地呼吸，一边走到水边，尽量不抬头去看天空。"我已经不能回头了。"我轻声告诉自己。我不是来这里游泳的。我来，是为了被大海拥入怀中。

直面自己、直面自己的脆弱和原始赤裸的一面会让人不寒而栗，同样令人不寒而栗的，还有真正意识到生命不过是一次剧烈而颤抖的呼吸。

走到这一步，我很害怕。我知道自己的生活跟别人的不同。我学会了依靠越来越少的东西生活。如今，我拥有的东西少得可怜，我甚至看不出自己缺了什么。

总有某个时刻，你会意识到某件事是行不通的。对我而言，这顿悟来了又去，只不过我一直在咬牙坚持，疲惫不堪却奋力挣扎。这就好比涉过水流，水势一天比一天湍急，慢慢把我卷走，令我无力抵抗。我之所以机械地继续生活，不过是因为我们每个人都遵循一条简单的法则：你永远不会停止尝试。没人可以放弃。你也许会停下来，但不会放弃努力。每一天，我都在降低自己的期望。这就像一场自行操控的绝食。饥饿难耐时，你会学着从饥饿中抽离。你的身体会帮助你。这是一项基本的生存机制。但归根结底，肠胃还是不同于心灵。心灵需要爱和亲情的温暖才能跳动，才能焕发生机。

某天，我迈开双腿，开始奔跑。这不是我以前所知的那种奔跑。我相信本能会保护我，让我安然无恙。我打开门，任由双腿带我去它们想去的地方。我是幸运的。来到水边时，我的双腿并没停止奔跑。我继续向前，跑过岩石，冲入海浪，之后，我感觉自己变得有力量了。这感觉持续了一阵子，若不是几天，至少也有短短几个小时。在冰冷的水里浸泡过之后，你就会感觉一切都不无可能。你会大笑或哭泣，有时则又哭又笑。你会感觉自己像个被许下诺言的孩子。大海是实实在在的。它永远不会破裂、折断、粉碎、死亡或终结。

赤裸地登上岩石那一刻，我本能地迈开脚步，展现出我在岸上难以找到的优雅。水会顺着阻力最小的路径流淌。在水中，我抛却了所有疑虑。怀疑是危险的。它让你变得谨小慎微,让你提出疑问。而疑问会带来忐忑不安与恐惧。恐惧则让你犹豫不决,或是裹足不前。有时,它甚至会阻止你去做你应该做的事。在生活面前退缩,会把你困在自己的波涛中,永远不能摆脱它的轨道,却几乎无法控制它的走向。失控是恐惧的另一面:它会压制你的声音,让你对受害者的身份甘之如饴,被困在自己的局限之中。大海打开了这把锁。释放出所有被默默埋藏或深锁心底的东西。在湍急的潮汐中,你可以摆脱一切束缚。在海里,你只需呼吸。在海里,你顾不上恐惧。

我们每个人都有崩溃的时候。我们很容易摆出勇敢的表象,实际上却已经无法承受,每天都关起门来独自挣扎。有时,即使是我们中最坚强的人也会动摇。最终,放弃生命会被视作唯一的明智之举,能让人摆脱已然无法忍受的压力。我从没想过这真会发生在自己身上。

我来到这里,是为了结束自己的生命。如今,我似乎只剩这一个选择。凌晨时分,当我僵硬、冰冷而沉默地躺在床上,我感觉体内所有的空气仿佛都被挤了出去,自己仿佛被堵住嘴,紧紧绑在一只金属盒子里。这感觉太可怕了。我在那儿躺了一会儿,动弹不得,几乎无法呼吸。强迫自己站起来是我最勇敢的壮举。我没有思考,也没有判断。我只知道无论这是什么,都不能再持续下去。那不是一个决定。但我一直在一点点地接近这个时刻,为它做着计划。阴影从我背后升起,我走到哪里,它就跟到哪里,而它现在正缓缓地落向我头顶,要把我吞噬。

无论计划得多么周详,你都无从得知阴影落下时,自己会做出怎样的反应。在拉布离开后的那段艰辛岁月,我常常想用锋利的刀片划破手腕,我会梦到这件事,玩味这个想法。但这个选择归根结底还是太极端了。你会首先想到自己的至亲至爱。我虽然没有孩子,却豢养着四条腿的亲眷。我感到愧疚,不仅因为我认真考虑过结束自己的生命,还因为要留狗儿们面对我离去的景象。

你尽力寻找解决的办法。如果真的只能如此,也许带她们一起上路会比较好,你这样想到。我接通了汽车排气管,让它向车内排出尾气,我们——莫德、伊斯拉和我,在前排并排而坐,透过玻璃窗向外张望,就像要开车去兜风一样。唯一不同的是,车窗被卡死了,手刹也拉上了,一根管子里传来发动机突突的声音。几分钟后,我就意识到这是个错误。当烟雾开始在挡风玻璃内弥漫,车外的天空变得格外湛蓝。我关掉点火开关,推开车门,把钥匙扔到草地上，好让自己暂时找不到它，然后从车旁走开，不住地干呕。我再次感受到痛苦和可怕的愧疚。不是为自己的生命，而是因为未经同意就擅自让别的生命为我陪葬。

没人谈论在寂静笼罩内心、压得你喘不过气来的时候，你会涌现怎样的思绪。我很想知道为什么会这样。我听人说起过黑暗中的一线光明，却从没听人谈起另一种与之相反的、更惨淡的情况。孩提时代，我曾带着信任紧紧抓住任何能安慰我的东西：一只心爱的小熊、一个玩具、一本书，或是一棵从卧室窗外注视我的树。很小的时候，我曾与上帝交谈。但后来我不再这样做了。每个人都必须依托一些无可辩驳的真理。当无法从童年找到答案，你就会像喜鹊一样，囤积一切乍看上去光鲜亮丽的东西。我善于用这些东西去滋养他人，但冷静如我，却始终很难滋养自己。

如果你的父母不可信赖、喜怒无常，如果一方伤害你而另一方坐视不管，那么信任，以及你幼小的身体，就会受到损害。如果在童年时期，有太多事件同时对信任造成破坏，它的整体框架就会出现无法修复的裂痕。你容忍的限度在不觉中超出了可接受的范围。它把你带入完全未知的全新领域。你饥渴地张望，渴望感到安全，而那摇曳不定的希望却始终悬而未决，或突然定格，同时，你抓住一个信念不放，相信世界今天或明天就会改变。我觉得信任和亲密非常危险。它们让你紧紧抓住一种虚幻的潜在可能，这会将你的心牢牢攥住。它们会让人欲罢不能。

你所形成的世界观是扭曲的。你否认黑暗的存在，因为你的整个生命都依附于光明。生活是归属与疏离之间一场原始的拉锯。你四处搜寻光明的玩具，想背过身，远离腐肉。相信另一种现实，一种你并不了解也不由你创造的现实，会否定你存在的意义与价值，抹去你的声音。恐惧不会给不确定性留下任何余地，于是你掩盖自己的疑虑，紧紧抓住一道虚幻的彩虹。你从小信仰的生活是不现实的，完全由希望和闪光的梦想构成。

站在这里，在岩石上，我无处可藏，没有遮蔽，也没有缓冲。岛屿的黑影在背后静静注视着我。我背对着它。我是只孤独的野鸟，与人疏远，身处边缘。我再次向同类发出呼喊，但我鸣叫了太久，声音已经嘶哑。起初，同类并没出现，于是我转向大自然中那些温柔而残缺的事物。当我不再恐惧未经雕饰的荒野和天然的元素，信任与爱从另一个源头向我涌来。我曾无数次站在这些礁石旁，伸出双手对着大海呼喊。今天，它开始回应我了，开始轻柔地呼唤我的名字。

踏入冰冷的水中那一刻，我倒吸一口凉气。水刺痛了我的小腿。当它溅上我的胸口和肩膀时，我哭出了声，但还是继续前行。我没往下看。我明白天气越是寒冷，大海就越是温柔。潜入冰冷的海水，带给我前所未有的平静。寒冷会让人无暇思考。它将你的心灵与头脑完美地串联，让它们紧贴每个当下。我觉得自己很安全，受到了保护，非常温暖。我把手伸向大海银色的绞刑架，把自己织进它柔软的钢铁框架。

在那几分钟里，我浸泡在冰冷的水里，海水从我身上流过，我被贝壳包裹，被盐灼烧，被风裹挟，如同海上一块透光的残破火绒。我很高兴自己终于能体会寒冷带来的痛楚。它消融了我的皮肤，洗去了我的伤痕。

我是一座岛。我有自己的名字。一把风就是我全部的声音。我向大海献上我内心寒冷的沉默。

接受是一场美妙的臣服，它如潮水般不断涌来。而当潮水悄然转身退去，它也会裹挟着你。我欣然随之离去。潮水的宽恕是慈悲的礼物。这片荒野强大而毫不妥协。大海柔和而美丽。月亮闪耀，苍白而近在咫尺。望着地平线，我感到深海在向我召唤。于是我开始划水，游向远处那崇高的幽蓝。

海峡上，风势开始减弱。银色的波涛翻涌着，闪耀着炽烈的银色火焰。我开始随波逐流，因为期待已久的大雪开始飘落。密密的雪花在空中翻飞，这画面令人陶醉。一个轻柔的吻拂过我的脸颊。"谢谢你。"我对天空低语。

我的肺开始喘息，肉开始颤抖，而我只觉得平静。你会超越这一切，打破那坚硬的屏障，回归纯粹的本能。我任由身体滑入水底，让海水紧紧环抱着我。水流动得如此静谧，我能感觉到它在叹气，在呼吸。它的气息离我如此之近，轻拂着我的嘴唇。随着它轻柔地褪下我的皮肤，我自己也在叹息。

在某个时刻，生命会闪动跳跃，如同一次剧烈、颤抖而嗡嗡作响的呼吸。它让人想起那些严酷而幽暗的水域。它对我喃喃低语：再继续下去，我就会永远无法呼吸，也无法再爱。也无从知道风拂过我脸颊的滋味。无法感受阳光和黑暗在我眼中闪耀。那声音渗透我的意识，呢喃着我的名字。

这呼吸用另一个声音呼唤，如同湍急的河流，又如天空下摇曳的青草。它像清澈的琥珀色眼睛在寻找我的目光，又像漆黑的马蹄在敲打冬日的大地。它在我内心点燃引航的灯火，驱散了黑暗。一个更狂野的声音在用爱呼唤我的名字。

它促使我开始挣扎。我已经在水里泡了太久。我身上的每一根纤维都因寒冷而麻木，同时又被剧烈的疼痛灼伤。我的头脑告诉我，睡吧，不要挣扎。但我依然选择奋力抗争。我抗争，是因为强烈的求生欲在我心中跳动。总有一个时刻，你不得不做出承诺。这不是做选择的时候，而是面对真实的时候。我继续游泳，因为突然间，我意识到自己并不想死。因为我还有爱可以给予。因为我明白，我的呼吸就是我的源泉，也是我最珍贵的礼物。

任何时候都不晚。生命可以在一次美丽的喘息中永远改变。没有任何预兆，但你立刻就会知道。在半明半暗的光线中，大海正在呼吸。它起起伏伏，发出澎湃的低语和涌动的声浪，让我猛醒，让我体内充满汹涌的灵感。突然间，每一次呼吸都变成了一颗珍贵的宝石。我回头游向岸边。为了我心中全部的爱。为了莫德，为了伊斯拉，也为了一个承诺：为了我将会认识的一切，为了我将会爱上的一切。

海浪带着我向前，每划一下水，我都告诉自己："一次呼吸就是一次生命。"我的手臂开始失去知觉。它们抽搐着，动作僵硬而粗糙，游泳也变得无用而笨拙。但大海是宽容的。只要你肯呼吸，它就会将你托起。针刺般白热的疼痛穿透我的四肢。长时间暴露在寒冷中，会切断四肢的血液循环。我对这疼痛心存感激。它抽打着我的皮肤，激发出它那狂野而本能的生命力。

我一口接一口地呼吸，手指从水中划过。我的喉咙生疼，我的肺在喘息。我一直睁着眼，眨巴着咸咸的海水，紧盯着小岛的暗影，突然间，它成了我唯一想去的地方，即使在那一切之后仍是如此。在我头顶，一轮蓝月亮闪耀光芒，那样苍白而切近。鸟群黑色的剪影从天上一道被月光照亮的裂缝中涌出。我的心也有同样狂野的求生意志，从我疼痛的肺部挤出每一口来之不易的呼吸。

等我终于拖着身子爬到岸上，我浑身止不住地颤抖。我的下巴因为牙齿打战而咔咔作响。我几近谵妄，但内心却被塑造成了另一番模样。我的皮肤生疼，被奇迹与那簇寒冷闪耀的爱之火焰抽打得皮开肉绽。

盐能消融最硬的坚冰。泪水能释放内心冰封的声音。我的眼睛闪闪发亮，热泪刺痛了我的心。一开始我还会去擦。后来，我停了下来。我任由它们流淌，因为它们是温热的，而我冻得发青。我任由它们流淌，因为它们来自于我。我感受着内心的波涛起伏，许下诺言，承诺会永远追随我的呼吸，无论它去到哪里。我转向大海，轻声说："我是一座岛。而你已经把我送回了家。"

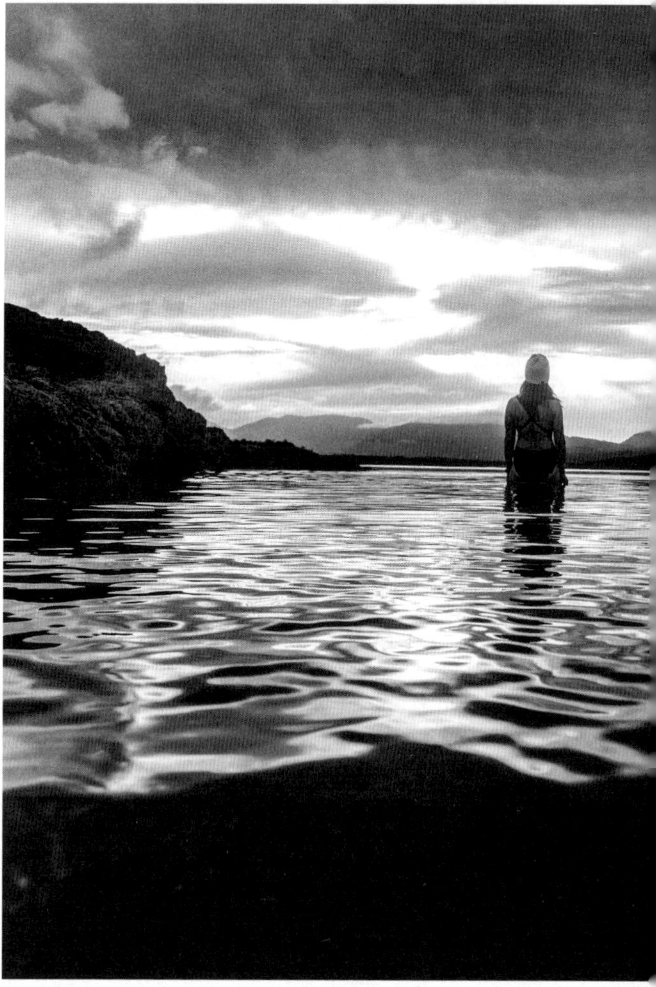

第三幕

1
水

天上下着雨。水柱倾泻而下,在海浪上带起团团水雾。在打湿我头发的雨中,我扬起脸。用嘴去接新鲜的雨滴比想象中困难。经过盐分的冲刷,雨水显得更加清新甘甜,令人振奋。我的嘴被那些冰冷的雨滴灼伤,麻木而肿胀。我把目光投向远方,眺望潮汐之上泛着涟漪的狂风,还有翻涌的灰色海浪。每一天,我都把几小时迷惘的时光投入大海。每一天,大海都重新激发出我的力量,点燃我内心的坚韧,让我感激自己依然拥有温暖的呼吸和跳动的心脏。那个日子已经过去一年零一天了,那天我筋疲力尽地拖着疲乏的身躯游出很远,从海峡中回到这里,而我原本不打算回来。这一年是艰难而美好的一年。

我非常兴奋,因为我正游向海鸥栖息的岩石,海豹们就从那里滑进深水，又浮上水面。每一天，它们光溜溜的脑袋和水汪汪的大眼睛都吸引着我，促使我决心再往前多游一点。我明白再拉长一点距离、游到岩礁附近加入它们的行列，对我的耐力是一种考验。这是我在冬季尝试游出的最远距离。几个月来，我一直梦想着能游过那片水下沙滩和那些渔网，进入深水区，那里有潮汐交汇激荡，把泡沫溅在礁石长满藤壶的脊背上。那里是鸬鹚和斑鸠这类更野性难驯、目光更锐利的鸟儿栖息的地方，它们在大西洋强劲的水流中泅浮之后，会在这里休憩。它们的嘶鸣与落单的鹬鸟或杓鹬啾啾的叫声交织在一起，后者被同伴撇在这里，被迫在这片空旷的海岸上过冬。

"你可以的。"我在刺骨的寒风中鞭策自己，头发被吹得打在脸上。随后我快速深呼吸几下，拍打着双臂，让体内的血液流动起来。站在水边的时候不能紧张。我平静地把注意力放在呼吸上，意识到自己已经为迎接挑战做足了准备。

虽然这段距离来回只有半英里，但不穿潜水服在严寒中游泳，人必须格外有耐力才行。衡量距离的不仅是时间和里程这些外在标准，还有一种更细微的内在标准，要求你深刻理解身体如何平衡身体机能与情绪。

赫布里底群岛海域一年四季都不适合游泳，但今天更是冷得让人筋疲力尽。我把果酱温度计浸入水中，发现水温勉强达到七摄氏度。我知道，我必须在整个往返过程中努力集中精力，抓紧内心的温暖和力量，否则就会有体温过低的危险。为此，也为了自己的舒适，我带了一壶滚烫的热茶，以便在游泳前取暖。茶水可以提高我的体温，为我多提供几分钟保护。我大口大口地喝茶，这是我能想到的最接近吞火的感觉。喝完之后，我容光焕发，整装待发。我扬起脸，迎向瓢泼大雨，心想：今天什么也别想阻挡我。

我每天都在为此进行训练，增强核心力量和耐力，想延长自己在水中停留的时间，每天都迫使自己比前一天多坚持几分钟。

大多数时候我都是裸泳，但在冬天，我会穿上氯丁橡胶袜子，戴上一双三毫米手套，在长距离游泳时保护四肢。这些简单的防护措施还能让我从尖锐的岩石上爬进爬出，直接进入深水区，而不是从岸边涉水穿过浅滩，还冒着狂风。我喜欢海水和种种天然元素碰到皮肤的感觉，但这并非没有风险。

在不穿潜水服的情况下，我练了一段时间才把待在水里的时间提高到二十分钟。如果能保持匀速前进，我游完半英里要花二十五分钟。肾上腺素使我体温上升，但室外温度只有两摄氏度，寒冬那刺骨的感觉依然十分强烈。今天的一切都经过精心安排。考虑到气温骤降，我决定中断游泳，在礁岩上生火取暖。我准备了一个潜水员专用防水袋，里面装有火镰、干柴、一小块油布、一件带羊毛内衬的拉链连体防水衣、一顶保暖帽和第二只装满热咖啡的保温瓶。在水中，额外的重负会减缓我的速度，但我已经为此进行了训练。

眼下条件刚好，潮水在上涨，所以尽管去程会很费劲，但回程肯定会轻松一些，而那时我一般已经开始累了。想到马上就会有热气腾腾的咖啡和噼啪作响的炉火，我就兴奋得像个孩子，迫不及待要立刻出发。波浪即使没有完全吸收海上的风雨，至少也缓解了它的吹打，看到冰雪已经开始解冻，我松了口气。这意味着今天我可以在水里难得地多待几分钟，我明白这跟我体内仅剩的储备一样，正是我需要的。听着雪水从悬崖上奔流而下，隆隆地回归它最初的源头，我的心也为之一振。

我以前并不喜欢冰冷的海水，但在这里，我渐渐爱上了它冰冷而震撼的怀抱。每天，无论天气如何，我总会早早起床，出发到海岸边去。我不断告诉自己这么做并不奇怪，但有时我也会怀疑。我告诉自己这不是一种强迫性行为，只是一种召唤，令人难以抗拒。无论有没有暴风雨、会不会出现赫布里底群岛特有的恶劣天气，我从没有一天懈怠。我在雪中游泳，在冻雨中冒着遮挡视线的密集冰粒游泳，在明媚的阳光下游泳，在琥珀色的浓雾中游泳，还有一次，寒风吹拂，气温降至零下十六摄氏度，海水的边缘冻结，发出噼啪的声响。过了一段时间，我开始觉得这或许不仅仅是一种诱惑，更是一种成瘾。

我知道自己不是唯一产生这个疑问的人。任何在冬天与大海为伴的人，都陷于一种古怪的境地，会咬紧牙关寻找出路。一段时间之后，我不再自欺欺人。事实上，在那么低的温度下，你是无法区分痛苦和快感的。冬泳会把你带到这两者的边缘。最后，你会很难确定自己的动机，也很难知道自己到底在寻求什么。

曾经，我告诉自己："我不久就会停下来的。"但最终，我意识到自己并不想停下。冬泳让我在灰蒙蒙的早晨，在铅灰色的地平线呈一马平川时起床、出门。它帮我确立了坚实的边界。最重要的是，大海还教我学会了信任。它让我学会承诺，不仅对自己的呼吸承诺，更对某种更加浩瀚的事物承诺。我深知只要能在冰天雪地中赤裸地屹立，投身波涛之中，继续向前游去，我就赢得了胜利。

当我回到岸上，脚踩坚实的礁石，我会感觉比之前更有勇气。勇气是你面对困境时最需要的特质。冬泳之后，我会感觉生活中其余的一切即使不是轻而易举，至少也是能做到的。我觉得冬泳也是开始一天的绝佳方式。它考验你的极限，增强你的耐性，放松你的身心，强化你体内那条最核心的纤维，让它在你的整个存在中震颤，如同你体内一根紧绷的线。血液在我身体里流动，仿佛是御寒的屏障；呼吸为每个细胞注入活力。

在我迈向前方，双脚陷入湿润的细沙时，有那么一瞬间，我抛却了一些东西。我看着海水灌入我的脚印，把这些裸露的印记冲刷得不留痕迹，这让我的心像空气一样轻盈。踏入水中，会带来巨大的释放与宽恕。我耸耸肩膀甩掉外衣，也甩掉所有的烦恼和忧虑，以及生活中的琐事。冬泳考验你的决心和毅力。它要求你用尽最后一分力气，之后还会索要更多。你会发现你给予的能力超出自己所有的想象。

大海巧妙地塑造你，赋予你新的轮廓，让你能抵御生活的冲击。不穿靴子、不戴手套，你会更敏锐地感受到自己柔软的边界，还有自己的优雅与轻盈，所以即使在最冷那几个月，我也愿意抽出几天赤身裸体地游上几趟。当我赤裸地站在水边,一种更勇敢的意识会涌上心头,在我心中燃起一簇钢蓝色的不灭火焰。它能让你克服自己的恐惧或抵触,重新调整内心的罗盘。无论是什么在驱使着我,我都能确信那是一股向善的力量。回顾过去这几个月时光,我才恍然发现,自己已经回到了正轨。

在我身后,一只秃鹰蜷缩在山楂树的树梢,一双金色的眼睛凝神注视着我。"咱俩一样。"我笑着说,注意到我俩都缩着脖子,耸着肩。秃鹰的出现告诉我,雨就快停了,乌云也即将散去。想到阳光将会多么灿烂,我顿时情绪高涨。海鸥在空中迎风飞翔,进一步确认乌云就要消散。要是大雨将至,它们就会在海角里休憩,或是在田野上挤作一团。

我的双脚被冰冷的石头硌得缩起,但我稳住呼吸,集中精神。克服每种感觉都是一次机会和让步,而不是战斗。我已经学会信任这些猛烈的浪潮带来的一切。如今我独自一人,但我并不孤单。我对自己更加温柔。孤独像大海一样吸引着你,但经过这么多年,我跟孤独的关系发生了改变。在伦敦,独处是休息或放松的代名词,是一次暂停,一种重要的减压方式。那会儿,独处对我是一种难得的享受。而如今,独处成了我生活的常态,我时时刻刻都在独处。我必须防止它变成孤独,后者会在不觉中渗入心灵。

一阵风拂过,水面泛起涟漪。鸬鹚低空飞行,黑箭头般的身体贴着水面滑翔,仅比大海扬起的面庞高出几英寸。我飞快地搓着哆哆嗦嗦的手取暖,莫德身上湿漉漉,紧贴在我身上,然后撒腿就跑,兴奋地追咬着海浪。这是我们的惯例。我们每天都会前往不同的水域。互不干涉,各自做自己想做的事。每一天,我们都会制定并打破自己的规则。每个人都有自己的禁忌、恐惧或难以面对的生活领域。要向前迈进,就必须迎难而上,敢于面对。每次迎接挑战,人都有机会重新开始。

我的脚趾就像覆满藤壶的岩石上苍白的贝壳。一只只小甲虫簇拥着它们,像湿漉漉、亮闪闪的花朵。我看着潮水卷起浪花。在我身后,一只又湿又滑的海獭嗖地滑下岩石。尽管我的身体不舍得放弃自身的温暖——这无可厚非——但我并不去想接下来会发生什么。做到这一点需要努力,但有价值的事莫不如此。要是裹足不前,要是顾忌寒冷,我就不会下水。踏上岩石密布的浅滩时,我会倒吸一口气,但我明白不能停下。我迈开双腿,涉水前行。当投身波涛,我的呼吸会变成急促的喘息,我的双臂节奏规律地划水,每划一下,我的脸颊就会火辣辣地疼。我在寒冷中睁大被盐分刺痛的双眼,心脏加速跳动。

我从不怕水。我三岁就学会了游泳。多年后,在伦敦,我常在下班后摸黑去露天公共泳池游泳。我总在泳池快关门时才进去,以此消除一天的疲劳。泳池的设施一点也不花哨。很基本,很实用,但非常干净,还有两个全尺寸泳池可供选择。我会先买一张门票,然后把票塞进旋转栅门,推动银色的金属杆,左转经过饮料自动售货机和口香糖机,下楼来到更衣室。我懒得到隔间里去,所以会直接脱掉衣服,把带皮筋的衣柜钥匙缠在我脚踝上,赤脚蹚过散发着浓烈氯味的浴足池,尽量避免在冰冷的瓷砖上滑倒。

每次踏出门外,踏入夜晚的空气,我总会大口喘息。在我周遭,伦敦生活的种种悸动与轰鸣本身是美妙的,车流正从高墙背后隆隆驶过。而站在高墙之内,凝望美丽幽暗而平静的水面,人会感觉不可思议。我会放下毛巾,用脚尖试水。我深吸几口气,集中精神,看水蒸气在寒冷的空气中升腾。然后,某种召唤会促使你用脚趾抓紧泳池边缘,双腿紧绷,身体一跃而起,如同一道没封口的长弧。然后是片刻的寂静。接着是水面被打破的声音,我会短暂地瞥见倾斜的瓷砖地板,看见眼前起伏的水面泛起长长的涟漪。每一次缓缓呼气,我都感觉压力减轻了些许。这是属于我自己的美丽的蓝色减压舱。我不停地绕圈,每游一段就翻个筋斗,慢慢切换成仰泳的姿势。加热的池水冒出的蒸汽,抵消了我呼出的白雾中的寒冷。在首都的中心地带顶着夜空游泳,这体验实在不可思议,但有时,即使是如此开阔的景象也会令人压抑。

如今回望过去,我简直不敢相信这么多年来,我在这座岛上竟一直没下过水。由于寒冷,我很少在海或湖里游泳。天热的时候,我倒很愿意下水一游,但即便在夏天,我其实也忍不了几分钟。这么想的不止我一个。这里的岛民很少下水游泳。海水冰冷,潮汐强劲,水流从广阔的大西洋不断涌来。如果你不熟悉海况,下水会非常危险。

但现在,我很高兴能亲近这片海岸。每当我觉得小岛过于狭窄或小得无法容身,我就翻山越岭,踏入波涛。这让我踏入了未知的地带,不再局限于一车道公路的南北两端和岛上两极分化的争论。有时我在想,如果岛上还有一条环岛公路,生活会不会是另一番景象。风景以种种方式作用于人的内心。也许一条更迂回的中间路线已经悄然根植于这里的文化。我曾经羡慕鸟儿,羡慕它们可以在任何地方起落,无论身下是海浪还是泥土。而现在,我也拥有了无限的自由。它帮我用清新流动的线条重新划定自己的边界。

岩礁上有一处地点，是三个海湾的潮汐汇聚的地方，海水会从不同方向涌入或流经这里。一开始这也许会令人不安，但我曾在夏季尝试涉足这片水域。这里没有撕裂潮或激流。从这里回望小岛，岛上的岩石就像巨大的座头鲸群。寒风凛冽，吹拂着我赤裸的后颈上纤细的绒毛。我身上最容易受寒意侵袭的部位就是这里，还有我裸露的肩头。冬天，我本能地寻找水流相对湍急的水域。这能让我全神贯注，肾上腺素飙升。再说，要是气温骤降，在平静的水面游泳会更困难。那会让人昏昏欲睡，需要更多精力、努力和耐力。我总是把头浸入水中。这样有助于调节体温。

我保持呼吸，双手在水中划动，肺喘息似的排出空气，皮肤泛白。在这里，当海浪开始汹涌起伏，海水会像一束细丝，冲刷着我的皮肤。我感觉温暖，感觉受到了保护，避开了风的尖牙利齿。游到半途，海水骤然变深。我正处在潮汐交汇的地带。一股巨大的浪潮从水底涌起。海水翻腾，我被托起并被推向前方，仿佛伏在鲸鱼喘息的脊背上。被拥抱和支撑的感觉令人振奋。海水涌入这道海湾，不费吹灰之力就把我带上了岩礁。在往外游的最后几分钟，我像鸟儿一样翱翔。

岩礁上，海鸥正在斗嘴、打闹、迎风展翅。这片水域鱼儿成群，银影闪动。远处，一群鹅低声呢喃，静静休憩。在水中，鸟儿不再怕人。我们带着好奇滑过彼此身旁。我感觉自己被大海和天空拥抱，与这两者都紧密相连。

我拖着身子爬上岩石，点起毕剥作响的火堆。我把一块小油布铺在地上，好让不多的木柴保持干燥。在这么低的气温下，毛巾会擦痛灼伤皮肤，我来不及擦干身体，索性直接穿上带羊毛内衬的防水外套，戴上帽子。这会简单得多。我一边大口喝着热腾腾的咖啡，一边不停走动，感觉体内充满温暖。在我出发的岸边，我放了一只结实的背包，里面装满基本用品，能帮我在游泳后恢复体力。一只搪瓷杯、一壶热汤、一只水壶和一些茶叶、一块巧克力、引火物和火种，还有好几件干衣服。你得学会有规律地行事，这样经过无数次练习，你就无须再去思考。你的肌肉记忆自然会按部就班地执行一切。这很重要，因为寒冷会让你行动迟缓。

如今，我珍爱生命，不冒任何风险。我从经验中习得了自我保护的技巧。曾经有段时间，我没这么小心。我的膝盖被岩石划出了一道道交错的细小白色划痕。现在我懂得如何识别体温过低。寒冷和体温过低之间只有一线之隔，而当体温过低真正构成威胁时，你自己往往已经很难识别。关于这一点，我自己的身体就是最好的例证。

我有个纪念品，是右手食指的指节上的一小块冻伤。等我老了，它会让我想起这段美好的时光。它并不起眼，不过是指关节上一小块光滑的区域，没有皱纹或任何痕迹，像疤痕组织或烧伤一样。在我刚从水里上岸的时候，它发红破损。当时我正在零下十六摄氏度的严寒中游泳，手套破了，手指暴露在冰冷刺骨的空气中。四肢失去血液循环的速度很快，你甚至来不及察觉。除了头部有两顶毛线帽保护，我身上别的部位都被海水覆盖。海水在我周围凝结成冰，嘶嘶地轻声低语。海水是那么美丽，美到让我在明知不应该的情况下还多待了十来分钟。但我并不后悔，因为那是一番绚丽、晶莹的奇景，令人流连忘返——这次难能可贵的经历将永远烙印在我的心灵与肉体之中。有好几周，我的指关节都火辣辣地疼，而且奇痒难耐，皮肤里像长了蛀虫似的，特别难受，让我不忍触碰。而如今，它已经成了我的护身法宝。那一天，大海亲吻了我，轻咬我的手，将它银色的毒液注入我的血管。透过这烙印，我感到大海将始终与我同在。

近来，我总是翻山越岭跑到海边，在那里生火取暖。游泳前，我会喝下热茶或热汤。上岸后，我会用温水而不是热水冲澡，保持身体核心部位的热量。任由温暖流向四肢十分危险，因为这会剥夺核心器官和组织的供血。在极度寒冷或接近体失温的时候，即使你的体温正在缓慢回升，但大量低温的血液也会给心脏造成致命的冲击。

每一天，在出水上岸、擦干身体并穿上保暖衣之后，我总会用颤抖的双臂搂住莫德湿漉漉的身体，为我们俩取暖。我把一只小锡壶放在燃烧的木柴上，聆听海浪怒吼、树木呼啸。沸腾的蒸汽开始冒泡、歌唱。我用颤抖的手指紧紧抱住一杯热茶。凝视着岩石上毕剥作响的火焰，我时常会想：我们每个人究竟是如何走到今天的？如此孤独，却又为这美好的一刻深深陶醉的感觉有些陌生。跟人在一起时，我从没像在荒野中这样感觉自己如此完整，如此紧密地与万物相连。

独自挣扎而无人依靠的感觉的确令人恐惧，但我感到自己已经接受了摆在面前的挑战，正因为有它们，我才成了今天的我。我现在明白，疲劳过度意味着长时间的挣扎屈服于势不可挡的无情攻击，如同岩石的表面在侵蚀之下被逐渐磨平。在这个过程中，你的轮廓会被雕琢成另一种形状，内心也会发生改变。有些变化是你乐见的，另一些却会让你怀念从前的自己。

在礁岩上,光线和潮汐正在变幻。我回到水中,抱住一块岩石喘气。远处,海豹在水下轻巧地滑行,高抬着黑黑的脑袋,眨巴着黑黑的眼睛,瞳仁中倒映着天空,水从它们带斑纹的冰冷皮肤上流过。我们默默地面面相觑,直到一只海豹好奇地发出"咕噜"一声,像唱歌似的,比一般的叫声动听。见它潜入更深的海域,我深吸一口气,悄然扎入水底,跟随着它进入水下那个幽暗而绿叶繁茂的世界。在航道更远处,丰饶的觅食地就在前方等待。我确信另一些看不见的小小世界也在呼吸;对一只跳动的微小生物而言,这里有太多世界可以栖居。如今,大海对我已不再是一种客观事物。它有了名字,是我喜爱的一个亲密的存在。当海水向我涌来,我向它的美丽和涌动的可能性敞开心扉。我发现远离日常的人际交往,生活就不再那么复杂。它那无穷无尽的单调节奏,让我能与自己的本能与体内那个更原始的声音紧紧相连,也让我更贴近天空、太阳、风和月亮。

蜕变是新生、是救赎,蜕变总伴随着挣扎。要想迎来改变、开创全新的生活，你必须允许生活中所有的痛苦用它们粗粝的边缘摩擦你的心。有些时候，我觉得自己就像牡蛎的外壳，从沙砾中被由内而外地创造出来。每一天，海水的冲刷都将我抚平。而海浪每次退去，我又会呈现出前所未知而略有不同的面貌。当你超越了恐惧，它就会把你带入更广阔的天地。这不是每个人都能做到的。我不再是过去的我，但我仍在不断演变。

"一切才刚刚开始，"我对着大海呢喃，"咱俩来日方长。"说完，我把目光投向远方，凝视着潮水中滑行的海豹。我很想知道，自己还会游出多远。

2
火

坚硬的永久冻土占据了岛屿。每天清晨我都摸黑起床，穿着羊毛短袜和厚厚的保暖衣踱到厨房。在厨房桌上，一只空烧瓶等待着我，此外还有几样必备品——一些火柴、一块火镰、一把干柴、一份装在平底锅里的简单早餐，还有一只小小的锡壶，它们能让我由内而外地保暖。

我知道游完泳回来，继续运动非常重要。今天，我叠好两只大麻袋，它们曾是邮袋，现在依然坚挺耐用，然后我扛起一块厚重的格子呢地毯，拿起一只破旧的马鞍，与此同时，莫德伸出脚掌踏出家门，我的靴子也紧随其后，嘎吱作响地踏入灿烂的冰雪世界。在门口，我停下来高声呼唤，声音回荡在小农场上。在短暂的寂静之后，我听见一声嘶鸣。动物的蹄声有节奏地敲击着冰封的土地，我的高地母马出现在我面前，鼻孔大张，呼噜噜地喘着粗气。意在让你领略她的野性之美。

福拉隐没在暗影之中，但身上冰霜闪烁，她轻推毯子和马鞍，长长的睫毛缓缓地眨动。她的鬃毛冻得僵硬，弓起脖子时背上会噼啪作响，满是坚硬的冰丝。"准备好了吗？"我在她耳边呢喃，她甩甩头，转了一圈，高高地甩起尾巴。我在想，假如我们一直都以这种方式行进，在每个清晨套上马鞍去我们该去的地方，那会是怎样一番情形。我用干裂的双手轻揉她厚厚的皮毛，我俩都呵出白气。抖动的冰碴儿在我们身上洒下白亮的光辉。太阳开始上升，金色的光芒照亮我们的轮廓，这一天美不胜收，如此活力充沛，如此苍凉质朴。放眼望去，我发现这片土地为我提供了一切，让我不仅能生存下去，还能过得很好。在旭日火红的光环映衬下，散落在地平线边缘的花岗岩峭壁显得格外渺小。银色的海面宛如闪光的镜子。

不可思议的是，天空竟有如此强大的力量，能激起我们内心深藏的原始本能，唤起我们古老的冲动和承袭自祖先的记忆，唤醒某种更深刻的精神。有那么一瞬间，我恍然觉得自己曾来过这里，没有什么会再让我惊讶。"我熟悉这片土地。"我的心喃喃低语，时间突然显得如此短暂，同时又如此漫长。

在一年中的这个时候，你会观察到季节的更迭、地轴的移动，而你自己意识中的某种东西也在觉醒。大地依然冰雪覆盖，但你能感觉到土壤在黑暗中微微搅动，地底所有的生命都在抽出嫩芽，像在往上爬似的，想冲破地壳，用新生命的温暖粉碎这令人窒息的寒冷。

空气冰冷，冻红了我的鼻尖和指尖。我迅速收紧马鞍和腰带。感受皮革滑过每只扣环，像黄油一样柔软，会带给人莫大的满足。是我亲手在它纤薄的表皮上打的蜡，足足花了好几个小时。检查完自己的手工活儿，我微微一笑。"你觉得怎么样？"我问福拉，她正好奇地盯着自己背上的粗麻袋，它们被挂在她背部的固定装置上。装置很简陋，但很有效。福拉扬起前蹄，用力去刨坚实的土地，我摸摸她，说："走吧，姑娘。"她一路向前，用鼻孔呼出蓝色的云朵。莫德跟在后面，如影随形。我们要去树林里捡拾柴火和被风吹落的果实，还有成堆的干荆豆和金雀花。

岛上的冬天十分漫长。太阳下午三点落山，上午九点过后才升起，每天的生活都像在物资不足的条件下翻越高山。你不能对冬季掉以轻心。为过冬做好身心两方面的准备非常重要。在岛上，冬季被称为"少阳时节",光线消沉而苍白。天气能左右你的情绪。我喜欢那些寒光闪烁的日子,大地冻结,密集的雪花在山间飘落。这是属于寂静和收敛的时节,大地安静下来,汲取养分。但尽管如此美丽,这漫长而幽暗的几个月依然会让人感觉一眼望不到头。

每年有六个月时间,从上年十月到来年三月,大海都会让生活更加封闭。海潮猛烈地拍打这座岛屿。在寂静的夜晚,日历上的宵禁意味着最后一班开往陆地的渡船会在下午六点出发。每一年,暴风雨都把我们跟陆地隔开。我第一次来这座岛上时很不适应这种与世隔绝。黑暗会不断回响,而在远离城市喧嚣的地带,黑暗总会愈发浓重。那时我尚未适应风暴,也不适应海风长时间地肆虐,导致渡船取消、电力中断、电话断线。在最初的那些日子里,恶劣的天气持续得越久,我就越感到它令我心情低落,意志消沉。寒冷不仅会伤害我们的身体,也会损伤我们情绪上的韧性与平衡。除了促使你采取预防措施,比如囤积必需品和燃料,还有更高效地安排时间和完成家务,它还会让你反思自己的脆弱,反思自己所处的位置,不仅是在这座小岛上的位置,更是作为一个人、一个渴望跟宇宙间其他生命接触的人的位置。没有什么比一场风暴更能让你意识到自己是何等不堪一击,促使你磨炼自己的韧性。

回想起我在岛上度过的第一个圣诞节，与拉布共度的那些年仿佛已是前尘往事。那时我们是多么年轻而天真，那么孩子气，满心期待着我们在岛上的第一个节日，仿佛我们真正属于这座岛屿，甚至甘愿在远离家人的地方度过圣诞。尽管几乎一无所有，但我们拥有彼此，所以也就别无所求。现在看来，那些日子就像来自另一个世界的遥远回音。

我在拉布走后独自过的第一年冬天，是我记忆中最寒冷、最严酷的一个冬天。正是在那年冬天，我暖气槽里的燃油耗尽了，而油罐车还有六周才到。但这其实并没什么影响，因为我反正也没钱买油，所以那年，家里一直冷到春天。有时候你只能想办法熬过去。我裹着厚厚的衣服和毯子，靠喝汤过活，睡觉时还穿着几件大衣、戴着几顶帽子。煤用完了，我就烧从树林里捡来的木柴。我会带上一根绳子，把它们绑成大大一捆。我的手骨折了，提柴火太疼，所以我就把绳子系在腰间，拖着它慢慢地走回小农场高处。

对我而言，那时的生活就是如此：沉重、累赘而难以应付。但我明白只要坚持下去，负担就会减轻，你的技能和毅力也会随着时间的推移而增强。那些艰难的岁月已经过去，我不希望再回到从前。但那是一段非凡而宝贵的时光。我偶尔也会怀念它们，怀念那种原始而简单的锋芒，那种严酷的美。有时，最艰难的岁月会赋予我们一种无法从别处获取的力量。生命中总有黑暗的时刻，但它会让光明来得更加灿烂。

今年，我毫不费力就填满了宁静的冬日时光。我弄好灯笼，以备停电之需。火柴在黑暗中轻轻擦亮，蜡烛燃起，石蜡灯芯闪烁着明亮的光焰。我把经营小农场的工作拆分成一连串易于完成的小活儿，这样日常工作就会好做很多，人就不必对着一份庞大的清单无所适从。每天早上，我都会给自己订立三个目标，必须在一天结束前完成，此外还有一些日常杂务，像收集火种、巡视小农场、清理粪便、清点牲畜之类。果树、植物、蔬菜和香草全年都需要照料和维护。在一个个漫漫长夜，我取出蜂蜡，给福拉马具上龟裂的皮革上油。莫德和伊斯拉在火炉旁打盹，双腿在睡梦中抽搐。今年有只母鸡住在房子里，靠着椅背睡觉。我大声朗读。我洗牌、玩牌。我缝补衣服。我写诗。烛光在白纸上洒下柔和的光晕。我凝视着摇曳的烛火。

在黑暗中，火光会吸引你的目光。火的热量与光焰造成的感官刺激，是对生命的强烈呼唤。它能点燃勇气或希望的火花。夜晚在火边休息，你会感觉自己安全无虞,远离了火光之外的一切。你知道狼群仍未散去,但只要火还在燃烧,就没有什么能伤害到你。

我很感激福拉帮我拾柴,让我的炉火能在冬夜里熊熊燃烧。要将干柴装入那只临时的马鞍袋需要一些技巧。分配重量至关重要。我们每天都要跑上好几趟,从树林一直走到湖边的山上。金雀花开满对面的山坡,在光秃秃的山岭上铺出一条金色的小径,象征着希望。这种植物适应能力极强,为了确保独立生长、自给自足,它会从母株上抛出用于播种的花朵。金雀花的刺太过锋利,不方便装进麻袋,所以我把亮金色的花朵摘下来吮吸。它有阳光、苦杏仁和蜂蜜的味道。之后,我会在山上用水壶烧水,把一些花放在我可口的茶里。

我在山上生火。我正在练习生不同类型的火,还打算在户外醒着过一整夜,沐浴星光。打燃第一颗火星可能会有些棘手,尤其在天气潮湿的时候,所以我事先做好了准备。我口袋里装满干煤球、苔藓、地衣、桦树皮、树枝、干草和稻草。如果用刀片把木头削成薄片,它就会卷曲成充满弹性的曲线,而且香气馥郁，有股香草精与新鲜树叶混合的味道。我把内层的树皮刮掉，这样剩下的部分就能被削成细小的碎屑，更容易点燃。桦木遇热会向内卷曲，火焰很容易熄灭，所以我把它抚平，像扇子一样折起来，边缘对边缘，好让火焰多燃烧一会儿。要是莫德正好在掉毛，她厚厚的毛发就会像羊毛一样，轻轻一拽就落在你手里。我把这些毛发拢到一起，放在掌心搓成一个小球，稍稍敲几下火石就能迸出火星、噼啪点燃，即使在潮湿的天气下也是如此。

生火是一项重要技能，也是个能让你感觉自己任何事都能胜任、为一切做好了准备的可靠方法。我生火越来越得心应手，还尝试生不同类型的火。同时，我也在练习搭建避难所。这些练习都能帮我学会随机应变，更适应周围的环境并灵活应对。它们让我变得更心灵手巧，思维也更加开放，不但增强了我的体力和精神承受力，更让我更信任身边的世界，也更加笃定而自信。如果你能在自己所处的环境中过得舒适惬意，那你无论身在何处都可以相信，不管发生什么，你都会安然无恙。

每到清晨，我都会点起一支蜡烛，传达自己对这一天的希望和计划。这让我意识到自己的沉默，并促使我用声音和行动去将它打破。我转着圈，扭动身体，抬起和转动手臂。看见并感到自己的身体在不受限制地移动，尝试种种表情与动作，我感觉妙不可言。这巩固了我不久前才诉诸语言的打算。我越来越大胆地尝试种种使自己强大的方法，每天都习惯性地围绕劳与逸缔造自己的传统。

每个夜晚，我都会顶着月光在黑暗中漫步，竭力让眼睛适应黑暗，这能迫使我走出舒适区。走在小农场外漆黑的山丘和田野上，我会刻意远离岛上寥落闪烁的灯光。这能帮我熟悉夜间的岛屿，让我感到自己无论走到哪里都自足而安全。每走到一处喜欢的地方，我都会停下脚步。我不带手电或别的电池灯光，而更偏爱自然光源，比如灯笼，它会散发柔和的光芒，让我能辨别形状和阴影。这种光也不容易吓跑小型野生动物。我会在黑暗中聆听猫头鹰和大雁的鸣叫。而我自己则像鹿一样安静。

一天，我把旧棉布和棉絮紧紧缠在粗壮的树枝上，泼上石蜡，再用酒精轻轻喷洒。当天夜里，我把它们点燃，手持燃烧的火把沿着小农场的行进路线和外围巡视。高举原始的火把会给人一种古朴的感觉。它璀璨的光芒有种美好的时空倒错之感。它让我的双眼始终追随着光，让我的心拥抱黑暗。

我穿过小农场，在领地上点起火焰。"这是我的家",我在风中高呼。火烧尽了我的恐惧。有件事我必须面对,我明白时候到了。我现在知道自己该怎么做了。

第二天早上九点,我敲响一扇门。我的心在胸腔里狂跳。我坚定地告诉自己,要让心中的火焰一直燃烧。我并不想做这件事。但我知道自己必须去做。

"咱们谈谈吧。"门打开后,我轻声说。

对方沉吟片刻。

"没什么可谈的。"终于,一个粗哑的声音拒绝了我。

"我也希望真没什么可谈,但我们都清楚,这不是事实。"

接着,我喊出了他的名字。他细细打量我,眼中流露出诧异的神色。但他没有与我对视,这让我看出了他的尴尬。我宁愿自己是看错了。尴尬十分危险。它离傲慢只有一步之遥。筑起高墙、设置屏障,可以抑制你内心的火焰。我明白,除非立刻拆除这些围墙,否则我心中的火苗就会被扑灭。我把手轻轻放在他胳膊上。

"拜托了,"我说,"这一切必须停止。"

接着,我看到恐惧闯入他眼中。"见鬼去吧。我跟你没什么可说的。"

"除非我们握手,否则我是不会走的。"我平静地说,"我并不了解你。我一个人生活。没有人能帮我做这件事。要是某个人、某个男人这样跟你女儿作对,你会作何感想?你肯定希望争端早日结束。"

他斜着眼看我。然后慢慢揉揉脸颊。

我稳住自己心神。这只是其中一家而已。我还有别的门要敲。但要掀起改变的浪潮,只敲一扇门就够了。

"除非我们坐下来喝杯茶聊聊,否则我是不会走的。"我重复道。

我等待着。浑身颤抖。情况随时可能急转直下。我想逃跑,觉得除了这里,要我去哪儿都行。

"拜托了。"我说。

接着,奇迹发生了。他耸耸肩。门开了,他后撤一步让我进去。"好吧,你要是不走,那最好还是进来,"他说,"我不想闹得太难看。"

"谢谢你。"

我跟上他,腿还在颤抖。

火只有经过燃烧才会熄灭。仇恨就像一团火焰,先是阴燃，随后就自燃起来。被它盯上非常可怕。它的热量会把人灼伤。多年来，我一直设法避开此人和与他过从甚密的人，但在这么小的地方，这很难做到。有时，你们不得不狭路相逢。每当你遭遇仇恨却不去面对，你的一举一动就会愈发忸怩。仇恨会在坚硬的高墙，还有隔绝与分歧中生长壮大；在恐惧与畏缩中筑巢。它惧怕近距离的触碰。一旦你用常识去浇灭它的火焰，它的热量就会消散。我告诉自己要抓住这一刻，继续往下说，什么也别怕。我相信心中那团耀眼的真理之火。

"你自以为比我了不起。"他对我说，还是这句话，跟他扑向我、想把我打翻在地的那晚一样。我没提那天的事。我清楚最好别提，否则谈话就会到此为止。

"我知道了，但请你帮帮我好吗。你一直这么说，但我并不明白原因是什么。请你告诉我，我哪里得罪了你？"

"你的公羊毁了那场展销会，"他愤怒地提高了音量，"你是个骗子，号称自己得了你实际没得的奖。"

"但是评委给我颁了奖。分数又不是我编造的。"

"但你不能领走头奖。"他咆哮道，"你偷走了那个奖，你这个自私的婊子。"

"可是我有证书。"我说着,把手机上的照片拿给他看。

他盯着屏幕看了一会儿,目光又回到我身上。"这你是怎么弄到的?"他眼中闪烁着憎恶。

"那天大家都喝了不少威士忌,"我提醒他,"也许在这个过程中,有些事情就被抛在脑后了。"

"你就是个自私的婊子!随你怎么说,但你根本没有得奖。"他抱起胳膊,"你总有话说,不是吗?所以你在这儿总能得到自己想要的东西。"

我的心在颤抖。我咽了一口唾沫。我的手心渗出汗珠。"请听我说完。那天我只是出现在那儿,带着我的牲畜参加那场活动,带着饱满的精神投身其中。我不是非去不可,但我还是去了,因为我想摆出积极的姿态,想参与进去。"

"你就是想赢。"他愤怒地说。

"是又怎么样?"我反驳道,"你也想啊,每个参加比赛的人都想赢。为了养好我的公羊,我付出了很多努力。我参加比赛是为了向自己证明我把它养得很好。这你不知道吧,嗯?你不知道我受了伤、被掀翻在地吧?"

他没有吭声。

"现在它死了,这对你有什么好处?"他最后说。

我直视着他的眼睛。"没错，它是死了。我真希望自己从没让它参赛。"

我们四目相对。我感到既寒冷又恶心，四壁一点点向我合拢，但我迫使自己紧盯着他。

"咱们冰释前嫌吧，"我说，"不存在什么赢家和输家。在这间屋里如此，在这座岛上亦然。我住在这里，而且已经住了十四年之久。你或许不喜欢我，或许我们之间永远会有分歧，但我们可以试着尊重彼此。我像所有人一样有权待在这里。我没有家人，也没人做我的后盾。我跟你也许不是朋友，但我们至少可以体面一点，把这一切——把仇恨和所有是非——永远埋葬。"

他把头扭到一旁，摇了摇头。"哎哟哟。"

我等待着。我告诉自己不要放弃——不要现在放弃，你已经快成功了。接着，我做出了那个动作。我伸出了一只手。

"来吧，"我提议，"咱们休战。握住我的手，咱们握手言和。"

我俩都看着我的手，眼中充满疑惑。他没有握我的手，于是我就让它悬在我俩之间，时间一分一秒地过去，我的心怦怦直跳。这感觉令人煎熬。我开始怀疑自己是不是退让了太多。突然间，我意识到，这次交谈的主动权现在全部在他手上。如果他摇头说不,我会一筹莫展。

我站在那里,伸手做出和平的姿态,努力不去回想往日的岁月。我尽量不去想多年前我初到小农场时,两个醉醺醺的男人从拖拉机上下来,院子里爆发了一场斗殴。我尽量不去想那双带着敌意凝视我的眼睛。我很害怕,但我坚定地站在那里。十四年来,我一直避免跟这个男人和另一些人进行这次谈话。我必须坚持到底。我集中精力,想尽可能把身上所有的积极能量都汇聚到这个房间。我想象自己用全部的精力与专注点起一个火堆。我对那簇微弱的火焰轻轻吹气。

"拜托你了,"我说,"能跟我达成共识吗?咱们该结束这场争斗了。"

又过了一分钟。他摇摇头,直勾勾地盯着我。"好吧,行。"他说,终于握了握我的手。我顿时如释重负,几乎有些反胃。我的心怦怦狂跳,为某种难以名状的东西而欢欣鼓舞。这与登上山巅的感觉不无相似:你浑身精疲力竭,精神却突然被一种前所未有的欣喜激活。

这是一次艰难的清算,目前看来,我已无须再说什么。我心里并不确定这次休战能否持久。怒火也许会熄灭,但前提是它必须被友谊或类似的东西取代。我离开时,我们简短地握了握手。这即使不是承诺,至少也能让人看到希望。我告诉自己,这是一个开始。

回到家,我浑身颤抖。我煮了些浓咖啡,就在我站在那儿咕嘟咕嘟地喝咖啡时,一个清晰的念头突然闯入我脑海,让我立刻放下了杯子。是时候将过去付之一炬了,我想。今年,我不想等到产羔结束再举行我例行的篝火仪式。我感觉自己迫切需要立刻清理房子,扔掉多余的东西。我拉开抽屉,把里面的东西一股脑儿倒在书桌上。里面装满我写给拉布的信,满纸都是希望、伤害、爱与背叛。我读了几个字,又继续读了几页。然后我把它们装进一只盒子。

我毫不留情,扫荡了整栋房子。只要是让我悲伤、愤怒或沉重的东西,我统统都扔到屋外。很快,杂物就堆成了小山,有旧家具、衣物、一盒盒小玩意儿、一摞摞泛黄的账单和文件。我不再需要你们了,我想。过去的重担突然变得如此触手可及,让我有种奇怪的感觉。在这片真空之中,小屋变得更加轻盈、空旷。

整理完毕,我点燃鼠尾草,走过每个房间,举着烟雾袅袅的香草火把熏染或净化空间。在门外的草地上,我把杂物统统装上卡车,打开小农场的大门,驱车穿过田野,沿着草地上陡峭的小径穿行在裸露的岩石和巨石之间,一路开上山顶。今晚,我将用噼啪作响的金雀花、灌木和木柴生起自己的篝火,让它在湖畔的山坡上熊熊燃烧。我会坐在火堆旁,守着我最心爱的白蜡树,直到它的余烬闪耀在第二天的黎明。

这是个美丽的夜晚,夜空晴朗,一弯新月高挂山间。我划燃火柴时,金雀花毕剥作响声,吐出火舌。我蹲下来,捧起双手,吹动那簇白色的火焰。金雀花的刺毛被点燃,火焰轰然蹿起。我大把大把地抱来灌木、破家具、信件和照片,堆在火上。随着风势渐起,篝火被点燃。烈焰迸发出灼人的热量。

火焰一点点熄灭后,我在篝火中央嵌套了五根粗木,摆成五角星形,生起一个燃烧相对缓慢的火堆,炖了一锅肉。等到夜幕降临、天色渐暗,我会再摆两根较长的木柴,在每根木柴上都挖一道贯穿全长的凹槽,里面填满干木屑和松脆的地衣,然后把一根叠在另一根上面,两端搁在大石头上,让它们悬空。这样的木柴可以烧一整夜。这种取暖的方式妙不可言,不用不断往火里添柴。在我身后，福拉在黑暗中隐隐发光，在草地上吃草。

午夜时分，我打开一只小木匣。里面装了两张小纸片。我轻声念诵那两个名字。我大声读出很久以前的梦。我亲吻那些贝壳。我闭上眼睛，想象小小的手举起来伸向我，想象那些熟睡的小眼睛。"再见了，"我暗自低语，"我们今生无缘。"我站起来，轻轻地把匣子捧向天空。我看着它坠入火海，看着那些梦想被火舌吞噬。与她们道别让我心痛，但也莫名地令人解脱。我与她们同在，她们明亮的金色火焰就在我眼中闪烁。

日出时，我的毯子上已落满白霜。篝火只剩阴燃的余烬。我扑灭火堆，把余烬装进一只挤奶的旧桶。我带着这些炙热的灰烬行走，把它们的闪烁的生命撒播到小农场各处。每当有火星亮起，在闪耀的冰霜上冒出青烟，我都会低声许愿。秃鹫在高山上啼鸣。它们的叫声在风中回荡。这是阳光的声音，也是春天最原初的承诺。我呵出一团团白气。我高举双臂，迎风展开歌喉。在召唤羊群过来进食的时候，我满心轻盈。我望着太阳从东方升起，而与此同时，耀眼的晨星也高挂苍穹。

3
至亲

我蹑手蹑脚地走到门口,开始踌躇不前。"下楼。"我低声吩咐莫德,她正兴高采烈地走在我前头。她用明亮的眼睛恳求着我,但我摇了摇头。她的爪子飞快地滑下木制楼梯。我听见她停在最低那级台阶上,看到她回过身来。她望着我,等待着,眼中满是疑问。这对我们俩而言都很不寻常:家里还有别人。我把手放在门把手上,轻轻推开门。我一般不睡这间卧室。那是我和拉布以前睡觉的地方。它是我最喜欢的房间,位于小屋最古老的部分。有时,我会站在那扇窗前欣赏花园和大海。在这里,人会感到小农场近在眼前,就好像这里的墙壁比别处的要薄似的。在那片低矮的屋檐下,你能听见每一句呢喃。

室内陈设简陋。那只带珍珠母小花的旧柜子是某个不留名的人送我们的乔迁礼物,在牡丹花墙的映衬下显得格外幽暗。一位老妇人躺在床上熟睡。她张着嘴,长长的白发在枕头上铺散开来。她是我的母亲,比我记忆中的还要苍老,还要脆弱。她已年近八十,但睡着之后看上去还像个孩子。我轻轻替她掖好被子,目光在她脸上游走。很难相信她人在这里。这次探望着实不同寻常。她上次到小农场来还是八年多以前,那时父亲还在。我屏住呼吸,希望时间能放慢脚步。突然,她醒了。我不想吓着她,于是蹑手蹑脚地回到楼下。

餐桌上摆放着杯盘、奶壶和糖罐。我热了一壶茶,又记起母亲不爱喝茶,于是把茶壶收了起来。她只喝咖啡。最浓的黑咖啡,像石蜡一样浓稠。她以前经常开玩笑说:"这是我父亲的军队特调。"

我们只能团聚几天时间。我尽力把这段时光变得难忘而充满意义。我想用细微的回忆填满每个瞬间,连缀起这段日子,让它永不散落。爱竟能如此深沉又如此脆弱,这真是匪夷所思。它就像一根丝线,内部隐藏着磨损的纤维。上一秒你还把它握在手里,下一秒它就只剩下两根断裂的线头。我仍在努力理解我跟母亲之间的这条线。我这一生都在竭力剖析它意味着什么。多年来,我一直在尽可能地拉近我们的距离,但每次不是她松手就是丝线断了。而它每次断开，我都会把它重新接好。"拿着，"我会说，"这头是你的。"同时把线头递到她手中。

趁现在还来得及，我有许多问题想问她。多到我不知从何问起。人只有在为时已晚时才会意识到时不再来。而要是记忆还有自己的想法，人就更难揭开生活的面纱。

近来，我注意到记忆既是选择性的，也很健忘。它小心翼翼地选择要隐藏什么。有时，我在想，我们是否只会记住对自己重要的事。我们重视的东西很可能与别人不同。我母亲甚至不知道我是谁。她每次醒来，我都会重新告诉她一遍。"你好，妈妈。"我会这样开场。然后说自己的名字。这能让她在一天开始的时候知道自己是跟谁在一起，并记起自己身在何处，假如觉得这张床有些陌生的话。但即使我重复了自己的名字，她也还是常常在几分钟后忘记我是谁。我们度过的每一天都跟前一天不同，但这件事始终没有改变。后来，她每次说出"不好意思，我不知道你是谁"，我们就会重新开始，有时我在想，她知道我的身份这件事，会不会对我比对她更重要。但这其实无关紧要，因为我从她脸上看出她已经在想另一件事或另一个人，我已经错失了时机。

我这辈子从没听母亲说过"我爱你"。我知道我们之间有爱存在,但我渴望听她说出这句话。小时候,我每晚睡前都会在嘴里念叨这句话。我患有严重的口吃,一面临压力就会发作,而这在家里是常有的事。我觉得这毛病出现在我六岁那年,而且我只在说出 I、L 和 Y 这三个字母[1]时结巴。"我爱你"是一句宣言,但在我心中,它更像一个问题。每当我把它视作问题,却找不到答案,它就让人更加难以启齿。

现在,望着母亲,我意识到事情的悲哀之处在于,"我爱你"不可能是一个问题。如果你只在自己的强烈要求下才听到这几个字,它们的意义就会被削弱。爱是一份馈赠。你不能向人索要。它必须是自愿给予的。

安排母亲在这里的起居并不容易。为了实现这一切,我竭尽所能。在家里,在我长大的宅子里,母亲有一个精心安排的作息表和全天候的护理人员。多年前,母亲就认定她更愿意待在我们从小长大的家里,而不是跟她的任何一个亲属住在一起。我们每个人都在自己附近安排了住处,好让她来住,但她都拒绝了。她坚持说:"我要留在这里。"于是讨论到此为

---

[1] 英语中的"我爱你"(I love you)包含这三个字母。

止。我一直理解并尊重她的决定，但她的决定让生活变得无比复杂，而在她病情恶化之后，我们一家也更难应对。然而，从更细微的角度，我明白这是唯一的办法，因为她已经在那所房子里生活了五十多年。那是她的家。这就意味着，即使她的大脑不是每次都能确定每天的细节，但她的身体却知道自己身在哪里、该去哪里。我想我能体会这种感觉。这就好比在黑暗中寻找标记，在停电时用手指轻敲墙壁。现在，在黑暗中，我的身体能像读懂看不见的盲文一样读懂小农场的物理空间，我的双脚自然知道它们要去哪里。

我妹妹非常担心。"顶多五天，否则她会受不了的。"

"但我想让她在这儿待上两周。"我说。我们开始争执、商议，我们很少说话，所以沟通起来难上加难。

最后，我们各让一步，同意让母亲来住一个星期。我很兴奋，也很紧张。除了患病，我母亲还几近失明。这意味着我们在这一周之内必须形影不离，我必须提供全天候的照护。而我不仅对此甘之如饴，还深知唯有如此，我才能获得平静。

我的房子不太常规。有不少台阶和暗角。所以我必须时刻陪在她身边，免得她摔倒。房子里还有好几处没完工的地方。这里没有新式厨房或房屋中常见的橱柜、器皿和家具，但它很实在，尽管线条有些粗糙。"我会安排好的，"我说，"我会尽力而为。"我母亲需要人帮她穿衣、每日定期清理、洗漱、准备食物并提醒她进食，除此之外，她还有无数细微之处需要照顾。

在细线断裂前，我能给她的机会有限。当你得了阿尔茨海默病，你就会对生活中缺失的片段感到警觉和恐慌。你可能一整天都在寻找自以为丢失的物件。你会睁大眼睛，搜寻一切可用的东西去填补那个空洞。然而这只会让你忘记自己在寻找什么，以及你为什么找它。"来，拿着这个。"看到她用手指在手提包里摸来摸去，我说。我很想把这个包从她身边拿走，但它就类似于孩子的安全毯。知道它就在身边，母亲会感到安全。有时，她会忘记它就在近旁，所以我必须提醒她注意。一只手提包竟像有生命似的，仿佛是个坐在你身边吐纳气息的活人，这真是咄咄怪事。

我一有机会就会塞给她一些东西握在手里。轻轻地，我用手握住她的手。"你看，这个是不是很柔软？"我说。然后她会放松下来，微笑着说："是啊，真的很柔软。"她会用手仔细摸摸那东西，然后惊奇地看着我。我们会一起抚摸着它，无论它是什么。可以是一只泰迪熊、一件心爱的羊毛衫,或是一顶舒适的毛线帽。那一刻,我们坐在火炉前,两颗心紧紧相连。我对此充满感激。因为归根结底,我们能在生活中给予彼此的只有同情。因为归根结底,表达爱、感受爱的方式有无数种。

照顾一个人并不容易,但这当中的每一分钟都弥足珍贵。洗脸和刷牙都困难重重。我真希望自己能对她说出:"我没经历过你所经历的,但我觉得我能理解你。"我依然记得那段连最微不足道的琐事都难以自理的日子。曾有一段时间,我经历了那么多惊人的失去,又生活在敌对的环境之中,承受了太多痛苦与艰辛,心理健康出现了严重问题,连排序、阅读、说话都力不从心。我记忆衰退,小事大事都忘得一干二净。我对自己毫无信心。我的某些部分褴褛而破损,碎裂成尖锐的玻璃碎片。现在我意识到,生活琐事不仅令人生畏,还会让人摸不着头脑。我很想告诉她:"没关系。我们能跨过这道坎。"但我明显只能拣要紧的话说。所以,我告诉她:"我爱你。我就在这里。"

阿尔茨海默病会让你惜字如金,让你体会到语言的珍贵。我不想为从未尝试而后悔。我明白,在她跟我一起住在小农场期间,我每天夜里都必须让她安心。我跟她说话,握着她的手,帮她掖好被子,关上灯。这就像照顾一个幼小的孩子。这满足了我内心的需求，我一直在等待做出这些爱的举动。为一件如此简单的事而极度幸福，幸福到几近落泪，这实在令人匪夷所思。跟母亲在一起，让我能以一向渴望的方式关爱另一个人。那些细微的接触铸就的记忆，会让人终生难忘。

我必须提前预判她会需要什么。她来的第一天晚上，我没给她盖好被子，结果她整晚都没盖被子，就那么躺在床上。早上见她躺在那儿瑟瑟发抖、冻得要命，我后怕极了。她不知道自己需要睡在羽绒被、毯子和被单底下。房子的石墙很厚，但比她住惯的地方要冷得多。我继续生火，加满木柴和煤炭。炉子的轰鸣声就像龙在低吟。沙发和扶手椅上堆着厚厚一叠毯子和毛毯。我把它们拉到离炉火更近的地方。我只有伸手摸摸她的手才知道她是冷是热。这也能帮助我判断她什么时候需要吃喝。血糖降低时，人就会失去热量。因此，我每隔几分钟就会握住她的手。这是我们之间的纽带。能以这个理由不断去握她的手，我感到幸福。现在她病了，所以不再抽回她的手。也不会不好意思地躲开。有时我在想，她是否还记得自己以前会那么做。但这已经不重要了。这个想法令我伤感，但同时也让我庆幸我们现在能有这份身体上的亲近。

意识到自己其实无需任何理由就可以触摸她的那一刻，我茅塞顿开。她是我母亲，我爱她，而手是用来握的。

我开始对母亲有了从前不曾有过的了解，逐渐看到了她从未向我展示的一面。她与我记忆中的母亲大相径庭。这让我既悲伤又喜悦。同时也很困惑。我心怀内疚，因为是疾病把母亲带到我面前，以她长期缺失的方式。阿尔茨海默病就是如此。它能利用过去断裂的线索构筑一个独特的当下。那图案与经纬往往迥异于我们熟知的现实。

每个人患病的体验都是不一样的。失忆是一种折磨，但尽管让人心痛，它却能让我跟她比过去更亲密地交谈。它以一种我从没想过的方式让她获得了自由，允许她打破常规。一天早上，我们正在洗漱，我把一只杯子掉在地上。自从手骨骨折后，我的手就不再那么灵巧，总掉东西。我每天都在练习，想增强它们的力量，以胜任那些我曾视作理所当然的任务，但我明白它们再也不会恢复到以前那样了。一些简单的动作依然困难重重，像抓握餐具、系纽扣、翻书或掀开盖子。

我眼睁睁看着瓷杯在地板上摔成碎片。我反应平淡。我的大多数瓷器都有缺口，要么就以摔成碎片告终，要么被用来放置户外的盆栽，发挥排水功能。母亲却有了反应。她笑了。"他妈的!"她大喊。然后又笑起来，一遍又一遍地唱着这个词，开始跳舞。她在厨房里旋转，我突然也跟着她笑起来，跳起了舞。这是个美好的瞬间。之后，我们擦干眼泪，我感到无比幸福。我紧紧地抱住母亲。

最近这几天，时间变得混乱不堪。我脱离了例行的工作，它们通常会为我的生活奠定轻松的节奏。但这并不要紧。能不受打扰地跟母亲共度一段时光，是一份无价的礼物。

把母亲接来还在另一些更细微、更不易察觉的方面给我带来了意想不到的好处。她的存在，让我与社区的其他成员有了共同之处。他们意识到我也有家庭纽带，也有亲人要支持，而这一点似乎至关重要。这让我不再那么特立独行。我感到自己正被人用另一种眼光审视，而在我们出门或去商店购物的时候，通过那些出于兴趣或仅仅是好奇的简短寒暄，这可以让关系略微改善或开始破冰。"这是你母亲吗?"这个问题是个令人乐见的谈话邀约，无论你们的交谈多么简短。她显然是病人，而我显然在照顾她。仅仅是被人远远看见我拉着她的手缓缓前进，都能让人把我置于他们熟悉的情境之中。我能感觉到自己正在被重新评价。我意识到对其他人而言，与家人的联系是多么重要。也意识到他们的重新评价对我是多么重要。

我们共度的最后一晚，我和母亲照例坐在一起。身上裹着毯子。屋里并不暖和，但炉火已经点燃，灶上正煮着热气腾腾的晚饭。我翻出一箱照片。一堆陈旧、褪色、边角泛白的冲印照片。我把照片递给她，让她拿在手里，在听我描述时看着它们。我每递过去一张小小的方形纸片，母亲的眼睛都会一亮。有几分钟，她仿佛沉浸在过去的回忆之中。我望着这些陌生的画面，它们是我童年的家庭影像。照片上，我们都警惕地站在那里，分得很开，每个人占据着自己的位置，直愣愣地盯着镜头。那一张张苍白的面孔和圆睁的眼睛看上去是那么恐惧，那么沉默。我知道哥哥想向我靠近，但他非常谨慎，非常警觉。他会目不转睛地盯着门口，因为每当麻烦出现，即使你妹妹被打倒在地，你也得拔腿就跑。回溯那些时光令我悲喜交加。那是我的童年。那时你只能接受，相信生活本就是如此。

我问妈妈："你现在是什么感受？请你告诉我吧。这样我才能帮你。我想尽量去理解。"

她想了想，说："就像生活在一个跟任何人、任何事都没有联系的世界。感觉特别孤独。身边就像一个人也没有似的。"

我必须弄清自己的童年为什么如此不幸和艰难，为什么缺少那么重要的纽带。我不明白为什么已经过去这么多年，这件事依然令我难以释怀。但它的确如此。我在想，这也许是因为无论事情过去了多久，无论你是什么年龄，在内心的某个角落，你永远都是曾经的那个孩子，那个我依然腼腆地向母亲伸出双手，张开双臂，等待她的认可和爱的孩子。爱与认可永远密不可分。想到她现在不会再转身就走了，我心中宽慰。

孩提时代，每当无人抚慰，我就会向那棵我最爱的树求助。它强壮、高大而可靠，它向我伸出枝条，让我感觉卧室窗外有个张开的怀抱在等待着。无论清醒还是睡着，我都能感觉到它在守护着我。它透过我的眼睛看到了我的童年。每天夜里，我都会用双臂环抱着它，把嘴唇贴在树皮上，向它倾诉我的秘密和哀伤。知道自己有个听众对我很有帮助。它是我每天睁眼看见的第一样东西。这听上去或许有些匪夷所思，但我相信这个美好的存在一直在关照着我。它以大人没做到的方式帮助了我。它让年幼的我体会到大自然是何等重要。如果你没人可以依靠，你就会知道，它不仅帮你把痛苦深埋心底，还能让你仰望天空，从宁静而鲜活的事物中找到安慰。

我明白我不可能向母亲提出每个我想知道答案的问题。但有一个问题，不问我会永远后悔。我曾无数次幻想过这个场景。我凑近她坐下。我深吸一口气。我不知道她会不会承认。我不知道她是否还记得。你很难问自己的母亲为什么对你所受的伤害熟视无睹。

"我不知道。"她这样回答，瞪大眼睛盯着我。

"你怎么会不知道呢？"

"我从没亲眼看见过。我从没想过他会伤害你。"

我的脸顿时涨得通红。这实在令人困惑。实际上，我能理解她的记忆如何构建了一套她能接受的情节，因为我也从自己脑中抹去了那些画面和声音。

我们静静坐着，我听见自己说："算了。都已经过去了。"我眼中噙满泪水。在那短短几秒，她思维无比清晰。我们凝望彼此的眼睛。我知道她看见了我，我也看见了她，我们都看见了对方真实的模样。

我很想问她："第一次看到怀中的我那一刻，你在想些什么？"我母亲曾告诉我她没有为我的到来做好准备，怪我不该来到这个世界。我对这些话记忆犹新，但我心里知道，我怀疑的并不是她的爱，而是她表达爱的意愿或能力。若是向她提出这个问题，我就是白费机会，只能让她用我更容易理解的方式说出她眼中的事实。

接着，我在想要不要问问她跟我父亲的关系。但我没问出口，因为我意识到自己并不想知道答案。她对父亲的爱不属于我。

我也想问她："你这辈子幸福吗？"这样我就能理解她对世界抱有怎样的看法。但她一向注重隐私，我不想剥夺她这个天性，贬损她的尊严。

最难的是那个我无法启齿的问题。它涵盖了所有别的问题。"妈妈，你真的爱过我吗？要是我出了什么事，你会不会出手阻止，只因为若非如此你就会心碎？"

最终，我意识到如果这就是我跟母亲仅剩的时光，那自己什么也无须多问。因为在我内心深处，该知道的我都已知道。母亲每次短暂的清醒都弥足珍贵，不该用言语去浪费。所以，我只是抱着她而已。

4
土地

我重重地倚向大门，青草划伤了我赤裸的双腿。门闩抬起时，我的手带得插销不停摆动。我回头张望，目光越过被太阳晒烫的肩头，汗水流进我的眼睛。阳光从水平方向找过来，照得清朗的空气带着干燥而饱满的热量闪烁。现在正是盛夏，全年最难熬的年中季节，被太阳烤干的大地喘息着，干裂的表层渴望着水分的滋养。过去几周，清浅的泉水逐渐干涸。岩石旁的小草被烤得焦黑。连银灰色的树叶也变得无精打采。我起了个大早，准备趁相对凉爽的黎明把母羊赶到一起剪毛。但热度已经开始攀升。

我赶着母羊沿小农场西侧的步道旁那道低矮的石墙默默前行，树木能为它们遮蔽一点阳光。空气中充斥着它们的喘息声，它们的侧腹起伏着，扩张的鼻孔粉嫩粉嫩的，不断地翕动。在它们的脚边，莫德发出阵阵急促的喘息，舌头耷拉在嘴巴一侧。我得从这些沉重而汗流浃背的绵羊身上剪下四十六副羊毛。此刻，羊毛脂刺鼻的气味已经扑鼻而来，一阵温暖的西罗科风拂过小农场，送来尘土、新鲜粪便和腥臊的尿液浓重的气味。我举起一瓶水当头浇下，泼洒在灼热的脸上。

畜棚太小，无法容纳我修剪这么多绵羊。我一直都在围栏里完成这项工作，这个习惯意味着我从没考虑过别的做法。但对我而言，要把沉重的机械绑在临时搭建的框架上并确保供电是个不小的挑战，我必须找人帮忙。栅栏四周都是高大的林木，但鉴于上方没有悬挑，我只有借助那种巨大的长梯才能搭起稳固的框架，还得把它们从草棚里拖出来。最终搭好的框架看上去摇摇欲坠，却也因为规模庞大而相当壮观。准备就绪之后，我爬上二十英尺[1]高的梯子，把电缆固定在树上，这样就能安全地接通电源。

在我的头顶，这个简陋的方框把晴朗的天空衬得格外美丽。它乍看上去也许不太稳固，但我已经用捆绳把它牢牢绑紧，打上双结。剪羊毛时，你得做好万

---

[1] 约6米。

全准备。没人会在呼啸的马达启动后拿着锋利的剃刀四处乱挥：每一刀都必须万无一失。剪毛机的电缆从树上垂下，通过一条黑色的电线与电源相连，电线弯弯扭扭地通向畜棚里的保险丝盒。发动机陈旧而笨重，但一下就顺利启动了。

终于，我向站在下面的年轻农夫竖起拇指。"准备就绪。"我喊道。他点点头，在脚下沉重的袋子里翻找。他小心翼翼地把油倒在磨快的剃刀和梳子上。我很感谢他能来帮忙。我很想自己动手剪羊毛，但这是一项对技能要求很高的工作。我没受过专业训练，无法胜任。有时，你必须认清自己能做什么、不能做什么。我有许多年都很难做到这一点，因为我总觉得自己什么都应该包揽。卸下包袱之后，我松了口气，能像耕作这片土地的农人们一直以来所做的那样，向他人求助，并在必要的时间地点提供和接受同等的帮助，也让我如释重负。这些互助交流通常发生在亲属或另一些往来密切的人之间，但我总是给帮我忙的人付钱。这既便于求助，又能划定明确的界限。正可谓篱笆扎得牢，邻居处得好。

今天帮我剪羊毛的农夫一直在大陆上工作，给岛上带来了一些令人耳目一新的开放思想。他勤劳、可靠，对一上午给几百只绵羊剪毛轻车熟路。他性格随和、眼界开阔，让我今年得以更轻松地安排剪羊毛的工作。

平台组装好之后，就只剩测试机械了。我看着那双有力的手熟练地摆好梳子护板的位置，让它们滑入剃刀前的机头。闪闪发光的刀片干净而锋利，悬挂在剪毛工头顶的机器上。他一边擦拭刀刃，一边把手伸进一只口袋，把一个容器扔到地上。"这是焦油，用来喷洒细小的伤口。"他解释道。我自己已经在桶里备好了焦油喷雾剂，但他的细心还是打动了我。无论剪毛工有多娴熟，锋利的刀片偶尔还是会割伤绵羊柔软的皮肤。焦油喷雾剂可以遮盖流血的伤口，防止丽蝇吸血、把白色的卵产在皮开肉绽的地方。

我抓住一只母羊的下巴，把它引到中间的围栏里。"准备好了吗？"我问。农夫点点头，轻轻控制住母羊，灵巧地转动它的脖子，顺势压低它的臀部，让它坐在橡胶剪毛垫上。"好了，姑娘。"他对母羊耳语，"咱们来给你卸下身上的重担。"我看着他安抚它，温柔地抚摸它的脸。

"怎么啦？"看到我面露惊讶，他哈哈大笑，"你要是对它们好，它们是能感觉到的。那样它们就会很乖。"看到羊群对他温和的操作做出了反应，我大受鼓舞。这座岛正在悄然转变，这便是其中几个可喜的迹象之一。"拉!"他喊道。我拉动电线,发动机立即开始呼啸,发出低沉的咕噜声。然后我放松下来,目不转睛地盯着厚厚的羊毛像流水一样从皮肤上倾泻而下。我把全部注意力都倾注在这项重要的仪式——从会呼吸的动物身上剥下皮毛——当中。看着羊毛滚落到剪毛垫上,我感到所有的岁月仿佛都在消逝。

剪羊毛的日子一直是农事日历上令人期待的一天。在酷热的天气里,尤其是今年,母羊们裹着羊毛会非常难受。我每天都要在小农场上跑上四趟,检查是否有侧翻或"四脚朝天"——仰躺在地——的母羊,跑得两条腿都又累又疼。数羊可不仅仅是孩子们入睡的方法。我仔细数我的羊,确保一只都不少。

看到厚厚的绒毛被剪下,母羊们也免于中暑,我心里高兴。这让我们摆脱了沉重的感觉,也意味着在出售羔羊之前,我们可以歇息一阵了。我没有公羊,但意想不到的是,我竟然还有六只小羔羊。虽然大门并没打开,围栏也没遭到破坏,但别家的公羊不知怎么闯进了小农场。我什么也没说,只是让小羔羊融入羊群。我不再把它们当肉羊来卖。我早就转换了轨道。如今,我剪羊毛是为了制作手工艺品。有人批评我不产羔是白白浪费庄园的资源,我觉得这种说法跟那几只羔羊同时出现,并不完全是巧合,但我用行动而不是空谈来表明立场。变化需要时间才会得到接纳,但我相信它一定会有被接受的那天。

剪羊毛是一种古老的舞蹈。考验着耐力、技巧和决心。母羊背靠着剪毛工,后者小心地用腿和胳膊支撑着它,把它的四条腿抬离地面。从腹部剪下的浓密而柔软卷毛会比主绒短而厚重,这部分我们不要。剪掉腹部和臀部之后,羊头被向后扳起,剪毛机会从胸骨到颈部平稳地向上打圈。接着,剪毛工会轻快地一抖,抬起它的前蹄,架在自己肘部。剪毛刀深深插入它腋下柔软皮肤上的绒毛。我屏住呼吸,随时准备用上焦油喷雾剂,不过这只母羊被顺利翻到了背面,没出任何意外。剪毛工熟练而有条不紊。他用剪毛刀从后腰一路剪到头部,汗水从他的额头滴落。羊毛闻上去很香。这是一种丰富、浓郁而成熟的香气。我把鼻子埋在羊毛里,想着它经历过多少次严霜。

抛羊毛也要讲究技巧。整副羊毛被抛到一旁时,我会把它抬起来,干净的一面朝下,尽量不撕裂它柔软无瑕的边缘,同时快速清理上面的污垢和粪便。我的双手深深探进毛绒,用手指抠掉粪污——沾染粪便、缠结成块的羊毛——同时从主绒上去除别的瑕疵。我剔除汗毛和其他不太理想的部分,那上面一般都沾着草刺、种子、干树叶和小树枝。这一小堆脏羊毛之后可以用来包裹草莓植株，覆盖菜畦，甚至填塞在小屋墙上的缝隙里以阻挡寒风。

整理好主绒的边缘，我会把它两边朝内向中间折起。然后，我会将羊毛从臀部一直卷到颈部，仔细分开颈部的羊绒，塞进羊毛里，最后把毛卷捆扎起来。卷好羊毛后，我会把一根光滑的棍子浸入蓝色的树脂，在刚剃光的母羊身上画下小农场的标记。我只需在母羊的右肩和背脊骨之间留下印记，母羊的归属便一目了然，这样你就不用抓着它检查耳标和群标了。这有时还能起到震慑作用，免得有人把落单的羊纳入自家的羊群。我听说过为争夺羊群而大打出手的故事，还听说曾有一整群羊从山上消失，却出现在六英里[1]之外的公路上。如今，岛上一片宁静，羊群也不再四处游荡。农业不再是岛上的支柱产业，也不再像过去那样主宰着整个社区。人口逐渐增多，人口结构也在发生变化，过去常为争夺一块土地而发生的争斗，已经成为历史。

剪好的羊毛又厚又大。一般而言，羊毛会直接被装进一只大袋子用卡车运走，羊毛委员会只会付一点点钱。岛上有句老话，羊背上的毛还没剪掉，就已经

---

[1] 约 9.7 千米。

是羊毛委员会的了。今年，我决定不把羊毛全卖给羊毛委员会。那样只能勉强收回剪毛的费用。相反，我把三分之二的羊毛单独打包，遮盖起来。这些都是最好的羊毛。我会再用手指仔细梳理一遍，用干净的雨水清洗。然后我会把它们平摊在户外，自然风干。

我会精心梳理羊毛，扯掉短毛，轻柔地把它梳顺，直到它变得细腻光滑。我会先把它卷成球状，再搓成一股一股。到了冬天，我会和大家一起纺羊毛。在纺车上纺纱很有放松效果，脚踏板会有节奏地咔嗒作响。我会用拿一些羊毛做柔软的罩子、盖毯和地毯。我正在一点点学习这些传统工艺。有时，我还会跟手工艺人做个简单的交换，让他们到小屋里来住，把手艺传授给我。这是个结识他人的好办法，也为我打开了一扇大门，让我能以另一种方式开始一年的农事，我的生活中处处是柔声细语、爽朗的欢笑、鲜艳的毛线和数不尽的故事。

当熹微的晨光低低地浮现，用光和热驱散雾气，化作一团明亮的光辉，逐渐汇成太阳拖着尾迹的微弱弧形，我从山楂树和黑荆棘上摘下细小的新叶，它们簇拥着紧紧闭合的花蕾。它们的倒刺牵扯着我的衣袖。务农对工作服的损耗大得惊人。缝纫是每天必做的家务，但除此之外，它还有更多意义。它也是一种冥想。我不擅长缝纫，但我觉得缝纫能让我放松。它是生活的隐喻：随着针线在布料中流畅地穿行，每种针法都能让你悟出不同的道理。例如，你会学到，采用顺线法时最好反着缝，好固定松散的线行。这可以防止线头散开，让每针都能承受住日常的冲击。这样一来，每一针都会起到作用，你的努力也不会白费。

如今，随着新一代人成长起来、大批国际志愿者拥入小农场和大农场工作、旅游业悄然兴起，小岛正在发生转变。它开始呈现出不同的面貌。如今，在岛上没有亲人不再像以前那么重要。我过得自由自在，无须征得别人同意，只依照自己的心意生活。我正在创造自己的传统，缔结坚定、可信、可靠的友谊。

回想初到小农场那些年，我真不知道我们是怎么熬过来的。那段时光在很多方面都非常自由，却煎熬着我们的情感，摧折着我们的身体。我们有那么多东西要学，有那么多东西都看不见也无从把握。在那些艰苦的日子里，我固然付出了艰辛的努力，却也习得了重要的技能，对在这里生根发芽所需的坚韧有了一点概念。而我独自度过的那段岁月，则向我揭示了自己生命中全部宝贵的东西。

感受季节更迭、双手皲裂、脸颊日渐粗糙，这些体验对我都有裨益。我仍在学习。在大自然中，不存在非黑即白的界限。这就是我会在寻求与人建立联系之前先投身荒野的原因。大自然给我带来了无与伦比的平静。

现在，我并不担心每一天会发生什么。艰难困苦或是丰衣足食，我都坦然面对。杞人忧天是一种消耗。它会耗费并削弱你的视野和力量。我努力保持开放的心态和适应的能力。这样你就能平稳地度过每一个日子，如果你的生活贴近土壤的话。这会让你本能地、主动地与大自然合作。只要你顺应自己原始的本能，每一天都会是它该有的样子。

我正在练习，想让自己像大地一样。冷了，我就点火。痛了，我就深深吸气，任眼泪滑落。害怕的时候，我就走近那令我恐惧的东西。孤独的时候，我就走出家门，去野外寻找慰藉与陪伴。

剪完羊毛，我踢掉靴子，脱掉袜子。阳光洒在我脚上。我躺在草地上，看白云飘过山尖。

有时，我会幻想将来要是老到无法工作，我就把这片土地送给一个有孩子的年轻家庭。我梦想在充满信任的亲密情谊中与人分享这片土地的美。我的双手一直在为未来奠定基础，播下种子、橡子，种下桦树的羽毛和梧桐的翅膀。我一直在为下一代栽种树木：好让野生动物找到栖身之所。现在，我意识到只要你知道该去哪里寻找庇护、灵感和保护，这片土地就是个美丽而宽容的地方。

5
天空

现在是午前时分。老畜棚的瓦楞铁皮屋顶在阵阵东北风中摇摇欲坠，这在夏末并不多见。院子里的尘土被卷到空中，随风打转；沉重的空气中弥漫着雨水浓郁的气息。但除了蒙上了一层子弹灰的光泽之外，天空依然晴朗。抬头望天却发现天气充满矛盾，你会心绪不宁。你的本能会更加警惕，坐立不安。我知道一场猛烈的风暴即将从地平线上刮来，不仅是因为海鸥蜷缩在喂食器旁，羊群躲进小农场西南面的树林，玻璃管中的水银柱在急速下降。所有这些都是我判断的依据，但我之所以知道风暴要来，主要还是因为我嘴里那股沉闷的铅味，它刺激着唾液涌向我的味蕾。我扬起脸，更仔细地嗅闻和品尝空气的味道。这股粗钝的味道是麻烦或变化的先兆。

如今，我的本能已经跟我体内的自然线索资料库紧密相连，所以我会倾听并留意身体接收到的细微信号。有时，我感觉自己就像石蕊试纸，吸收着大气中的水分和压力。今天，一道由肾上腺素构成的细线被绷得紧紧，在我体内震颤。我听着畜棚屋顶薄薄的板材嗡嗡作响，不停地颤抖，剧烈地摩擦着用于固定它的结构，缠绕着、扭动着，试图挣脱束缚。它每隔几分钟就会呻吟和颤抖，然后在一阵打嗝儿似的抽搐中摆动荡漾。目睹这块老旧、破损的金属撕裂自己，真叫人毛骨悚然。锈迹斑斑的废旧金属正在瓦解，细小的碎片在我眼前飞散，化作微小而凌乱的尖锐碎片。多年来，它一直面临着自毁的危险。畜棚并不是很大，高度大概只有二十英尺，但每吹来一阵狂风，屋顶就会哗啦啦地响，猛烈地撞击摇摇欲坠的墙头。强烈的冲击波每隔几分钟就会掀起屋顶，犹如掀起一对巨大的翅膀。这种天气已经持续了好几个小时。我灰了心，不再想再去固定屋顶了。

我那忠实的水管抽动着，卷曲成蛇一般瘆人的形状，多年来，它一直是我值得信赖的朋友，倾尽了所有。它固定了桁架，末端被展开绑在巨大的石头、生锈的旧拖拉机车轴和重达一千公斤的实心钢牛栏上，压住整块屋顶。在没钱给畜棚新换屋顶的情况下，我从小农场上搜罗到各式各样的杂物，做成了这个杂乱无章的安全装置。我对那截水管很有感情，尽管这感情也许有些古怪。它曾无数次救我于水火之中。在过去这十四年里，我们并肩与极端恶劣的天气作战。

我心急如焚地看着这一切，想弄清到底该怎么办，这时，一个重要的念头闯入我脑海：该做的我都已经做了。这个想法是如此绝对，竟莫名让我平静下来，为我注入了力量。总有一个不可逆的时刻，你会突然克服自己的疲惫、犹豫或挫败感，拥抱自己的恐惧。最终，屋顶在墙壁顶端坍塌，轰然坠地，狂风撕裂了它内部中空的结构。我把手伸进口袋，取出把锋利的刀，在沉重的铁皮哗啦作响时把它割了下来。我简直不敢相信这是真的。我只觉得如释重负。这些年来，屋顶的重量一直压在我身上。放开它让人觉得自由。我又少了一件必须费力去抓住的东西。

屋顶颤抖着从墙头上落下，发出抽搐般的喘息。我愣住了，不知道之后还会不会发生什么。屋顶锋利的锯齿状边缘在空中呼啸，有如破损的圆盘刀片，有可能造成严重破坏或可怕的伤害。"不要散开。"在分离的屋顶板开始颤动时，我用意念告诉它们。要是屋顶自行解体，情况将变得难以控制。每块金属板都可能瞬间割伤或切断肢体。谢天谢地，牲畜都很安全，躲在树林里，远离了危险。

几小时后，我用钢丝刷清扫碎裂的金属和残枝。院子里静得可怕，沐浴着浸透雨水的灿烂阳光。被风撕裂的残云已经散去，留下满目疮痍和残垣断壁。一棵树倒下了，树干裂成两半，挡住了一扇门。畜棚，这具苍凉、透湿的石头遗骸，显得愈发古老，愈发美丽。这感觉就像时光在倒流，把畜棚光秃秃的主体结构劈砍成最初的模样。屋内的水桶溅起水花，发出滴滴答答的水声，湿透的稻草横七竖八地散落在院子里。幸运的是，干草有厚厚的防水油布遮盖。现在该怎么办？我想，为眼前残破的景象感到沮丧、惊愕。就在这时，头顶上传来一阵喧闹声，把我吓了一跳。一小群天鹅正在飞翔，翅膀有节奏地拂过天空，像在弹拨里尔琴的琴弦。空气在它们的翅尖上振荡，嗡鸣。这是个梦幻般的时刻。传统上，天鹅的画面象征着成功、好运和爱情，所以我在想，目睹一群天鹅从空中飞过是否也是同样的吉兆。望着它们离去的背影，我想，带上我吧。看到这些笨重的身躯竟如此优雅而轻盈，我感到不可思议。

我并不去担心。在我眼中，风变象征着变革的气息。它夺走了畜棚的过去，也迫使我在短短三小时之内重新构想小农场的生活。有时，宇宙会让我们按照它破坏和改变的法则去行事。去腾出空间、抛却陈旧的日常，或是干脆放手，用另一种未来去填补那片空白。天鹅的景象提醒我，只要你能超越混沌，风神秘的流动中就存在着你力量与新生的源泉。

我猛踩刹车，肩膀紧靠着卡车的车门。我把钥匙留在点火器上，没熄灭引擎，在路边四处搜寻，迅速但不动声色地原路退回。是我看错了吗？我一边纳闷，一边用眼睛搜索陡峭的河岸。突然间，它出现了，湿漉漉的黑色羽毛在低矮的石堤旁乱糟糟地高高隆起。我蹲下时，它一歪蓬乱的脑袋，抬头看着我。我一开始还以为它是一只小公鸡，有一双最漂亮的奶蓝色眼睛。它的翅膀撕裂了，腿脚也受了伤。我轻轻展开它的翅膀，它一动不动。它几乎没有羽毛，全是绒毛，正缩着脖子、耸着肩。我试着扶它起来，但它倒向一侧。我这才察觉它的身体是多么寒冷而消瘦。我把我的毛衣叠成一个摇篮，轻轻地把它捧进去，放进卡车。我没有犹豫。这只鸟病了，需要帮助。我驱车六英里返回小农场，它一路上都抬头注视着我，目光始终没离开我的脸庞。那一天，我坠入了爱河。

一回到家，我就往锅里倒水，煮了个新鲜鸡蛋。鸡蛋冷却之后，我剥开蛋壳，小块小块地喂进小鸟大张的嘴里。不知为什么，它吞咽时那个感激的咕噜声融化了我的心。它的嘴又长又尖，轮廓分明，但质地柔软而细腻，显得略带迟疑。直到这时，我才注意到它头顶、颈部和背部渐次露出的灰色羽毛。一丝疑虑悄然浮上心头。我仔细端详着它，意识到这并不是一只公鸡，而是一只冠小嘴乌鸦。

在岛上，冠小嘴乌鸦因残害新生羔羊而臭名昭著，一经发现就要当场射杀。我在想，等它好了我该怎么办？它没了母亲，无法自食其力，只能靠我照顾。一旦变得温驯，它就会对人类丧失警惕，很可能受伤或被杀。"别担心，"我安慰它，"我先给你养好身体，再解决之后的问题。"我一直希望那些灰白的羽毛会莫名地消失。我抚摸着它的喙与额之间黑色的绒毛。我满怀希望地告诉自己："这种羽毛公鸡也有。"但当一个农夫来我家给一只生病的小羊借青霉素注射器时，他只扫了一眼小鸟便疑惑地问："这里怎么会有一只冠小嘴乌鸦？"

"这是只公鸡。"我轻描淡写地说，迅速用一条旧毛巾保护地裹起它，盖住它新长出的灰色围裙。小鸟冲我眨眨眼，倒进我怀里。我从冰箱里拿出药。在动物生病而岛上的兽医药箱药物短缺时,能向邻居求助是件好事。我们处在一个过渡时期,相比早前的敌对态度,如今人们更看重互助行为。

农夫走近了一些。"那可不是公鸡,"他说,"只有被拧断脖子的乌鸦才是好乌鸦。"

"它病了,"我叹了口气,"我会想办法把它放归野外的,我保证。"

到了那天下午,我的皮肤开始冒出红疹。我的手指奇痒难耐,我不停地抓挠,把自己都抓出了血。这感觉就像有什么在我体内啃噬我的肉似的。我抬起头,看见我的乌鸦正从它敞开的小围栏里凝望着我,围栏就放在厨房门边,里面铺满稻草和青草做的垫料。它病得太重了,站不起来,所以我堆起几根树枝让它卧在上面。

我托起它仔细查看。拨开它的绒毛和新生的羽毛,我发现它的皮肤光秃秃的,上面全是麻点,长满小得几乎看不见的螨虫。在它肩膀根部柔软的凹陷处那圈褶皱里,一只黑苍蝇嗡嗡叫着,硕大而又让人昏昏欲睡,正在啃食它皮肉上一个尚未愈合的伤口。我不寒而栗,但我知道自己必须解决这个问题。我把乌鸦带到没了屋顶的畜棚,用软布给它擦拭干净。我又找到三只苍蝇,而且它身上没有一处不受寄生虫侵扰的。我药箱里有抗生素、止痛药和灭螨剂，我都给它用上了。"不好意思啦，"我对它说，"不过你至少得在这儿待到明天早上。"

我给它重新换了个围栏，喂饱并安顿好它，然后在院子里脱光衣服，用清水把自己从头到脚冲洗了一遍。之后，我跑到海边，跃入海浪。当天晚上，我烧掉了身上的衣服。值得庆幸的是我不再挠痒了。摆脱了可怕的寄生虫，我松了口气。在乌鸦康复并清除这些寄生虫之前，我一直用毛巾裹着它，并戴了手套。每天早上，我都会把它的围栏搬到树下的新草地上。它坐在那里看着我，似乎在认真聆听我说的每一句话。清除它身上的寄生虫需要五天。我没把它带回屋里，因为我不想让它脱离自然环境。"你不能养它。"我斩钉截铁地告诉自己，但我又渴望让它留下。它是个美丽的伙伴，聪明而又满怀深情。

我带着它在小农场上四处走动。它现在只能笨拙地跳来跳去，还要等好几周才能走路或飞行。所以它很乐意安静地坐在我怀里。我在外面挖土时，它就坐在地上静静看着我。它爱吃鸡蛋、黑甲虫和小块的甜瓜，但最喜欢的还要数黑葡萄。随着它一天天长大，身上的斑纹也变得愈发鲜明。

"我们无法选择自己的出身。"我对它说。

我给它起名为"费安纳格",也就是盖尔语中的"乌鸦",随后又简化成费亚。

一天,费亚在花园里试着飞了一小段。它的翅膀不听使唤。它本想落在一棵树上,却摔在了地上。我捧起它,给它喂食,然后把它放在野莓旁边那棵苏格兰松树较低的枝头上。我心里有个设想,决定在这天早上付诸实践。我从一份野生动物研究报告中读到,与人们普遍相信的不同,乌鸦攻击动物幼崽并不是为了杀死它们。它们冲击这些幼崽,只是为了让它们努力爬上地势更高的安全地带。我查阅的资料表明,乌鸦的社会结构异常复杂而精妙。它们实行一夫一妻制,而且据了解,它们还会照料、寄养和收养直系亲属以外的孤儿,或是患病、受伤的雏鸟。

我指望有另一只乌鸦听见费亚饥饿的呼喊,找到它,喂养它。我在铤而走险,但这是我唯一的机会。我的时间不多:再过差不多一个小时,它就会开始衰竭。那天天气晴朗,风和日丽。"我就在这儿看着你。"我告诉它,它则从树上望着我。起初,它蹒跚地来回踱步,用整理小树枝安慰自己。不出一个小时,它就开始嚷着要吃东西,叫声越来越绝望。我强迫自己待在原地,但听着它呼喊却明白它知道我不打算帮它,对我真是一种煎熬。突然见,一阵急促的振翅声从它上方传来，来自几根树枝开外。那是一只硕大的成年雌冠小嘴乌鸦。我看着它向前移动，俯身向费亚靠近。它悄然走到费亚身旁，伸出它的喙。我很害怕它会伤害幼鸟。费亚一边叫嚷，一边悲伤地拍打翅膀。接着，不知为什么，它突然一甩头，飞过了山丘。我简直不忍心看。费亚的声音越来越尖，越来越响，直到它最终停止叫嚷，蜷缩起身体。接着喊呀，我无声地敦促。放声大喊吧，否则谁能找得到你？

半小时后，它又开始叫唤，那只大鸟再次迅速向它靠拢。不过这一次，费亚却在试图凑近雌鸟时从树枝间滑落。我强迫自己按兵不动。我很害怕它会受伤，但下方的树枝接住了它。成鸟俯身迎向它，一步步靠近，直到与它面对面。费亚伸展翅膀，张开嘴，开始发出低沉的咕噜声，就在这时，成鸟向前探身，将喙插入它的咽喉。这是个非同寻常的时刻。我伸手取出相机，拍下这一幕，留待日后细细回味。

成鸟飞走后，费亚平静下来，放松了许多，饥饿感也得到了缓解。在接下来的几个小时里，我看着它不断被响应它呼唤的成鸟投喂。我意识到，从不断拉长的投喂间隔来看，它被投喂的食物营养价值远比我喂它的高。我很欣慰，因为我知道它现在不仅有望存活，还有机会融入同类。我也很激动，因为我的冒险是值得的，我见证了一次非同寻常的同情之举，而许多人并不相信竟然存在这种可能。

一周后，费亚来花园找我。它几乎飞不起来，但还是笨拙地从树上试探地飞进了菜畦。我跟它说话，它也专注地凝望着我。我知道它一定过得很好，而且它现在虽然已经不需要我了，却还是选择舒服地坐在我身边，对此，我充满感激。对野生动物而言，躲避威胁的主要方法是将自己置于群体或家庭的保护之下，对人类而言也是如此。离群索居对鸦雀和我们都是一种诅咒。而这次经历表明，我们是可以同情和接纳那些孤独脆弱、与我们非亲非故的个体的。这是个令人振奋的发现。

我站在窗前观鸟。树叶已经开始飘零，在明媚的阳光下、在风中，树影和碎叶在院子里飞舞。我的椋鸟克利奥蒂正在学习觅食，它紧紧抓住支撑攀缘蔷薇的铁丝网架，从喂鸟器中叼走坚果、种子和葡萄。我找到克利奥蒂时，它还是一只雏鸟，只有几周大，掉落在地上。我意识到它从没在巢中跟手足争抢过食物，不习惯这种喧闹的食物争夺战。看到它自在地探索天空和树木，我由衷地高兴。但现在，它正面临着第一次真正的考验：学习如何在岁末那寒冷的几个月里生存。

突然，一只雀鹰俯冲到喂食器上，吓得克利奥蒂张开双翅，尖叫着逃命。我本能地跳上前去拍打窗户。还没等我赶到，我移动的影子便惊扰了捕食者，它打了个旋儿，伸展灰褐色的翅膀，优雅地腾空而起，越过蔷薇丛和蔬菜，旋转着越飞越远。我一分钟也没有耽搁。我飞快地迈开双腿跑出厨房，踏进院子。我立刻注意到一只巨大的乌鸦立在工具棚上。那是费安纳格的养母。它突然连叫两声。我立刻意识到它是在发出警报，但我明白这并不是因为我的出现，因为在这种环境下，它对我的存在并不陌生，令它警觉的是另一个入侵者。它一耸肩，毫不费力地跃入空中，追着雀鹰飞远。

我惊奇地看着它无畏地追逐，上升到一定高度再急速下降，从背后发起攻击。慢慢地，它们掠过小农场，消失在远方。我看着它们紧追不舍，两个都不遗余力地争夺领地，彼此虎视眈眈。这场殊死搏斗让它们在高空迎风盘旋，直到化作天上一个不起眼的小点。当乌鸦成功确立了自己的霸主地位、返回小农场时，我松了口气，因为现在鸣禽们将免受雀鹰的伤害,一切又恢复了平静。

这提醒我们留意这片景观中那些奇异的力量,它们始终在发挥作用,而且往往无影无形。在鸟儿盘旋的飞行中,我发现捕猎与保护是同一种本能的两面。乌鸦也是捕食者。在保护自己领地的同时,它也兼顾了自己的利益:春天,它将以现在保护的鸣禽产下的卵为食。今天鹰攻击了鸣禽,乌鸦战胜了鹰。明天,另一场争斗又可能会有不同的结果。在人类身上,在荒野之中,这些力量不断此消彼长。岛屿将永远是一片变幻莫测的领域,处在严密的保护之下,而我和鸟儿都是其中固有的一环。

6
星辰

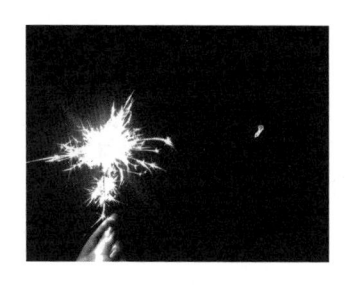

又一个季节倏然逝去。时值深秋,母羊的羊毛又开始被干枯的树叶、石楠花和蓟草弄乱、沾满,在我理开缠结的羊毛时,这些东西还会扎痒、刺痛我的手指。山核桃从厨房桌上滚过,一颗颗光滑闪亮的棕色圆球散发着馥郁的甜香。如今我以觅食为乐,日子悄然流逝,静得像窗外飘零的落叶。白昼逐渐缩短,夜幕在夕阳西沉后迅速降临,遮天蔽日。

我坐在一张粗糙的矮凳上,守着闪烁的炉火。外面漆黑的天空突然近得令人心惊。我腿上放着一只盒子。我掀开盒盖,盒内深色的木头在暗红色碎绒衬里的映衬下光彩熠熠。我啪地打开安全扣,取出紧贴凹槽的长弓。它骨质的尖端上穿着一条马鬃丝带,像冬日阳光一样泛着苍白的光泽。随着我用手指抚平它紧绷的边缘,它发出轻柔的噼啪声,让我想起初夏:牧草在小农场上恣意疯长,风穿过福拉的鬃毛和尾巴。

这是一件精美的乐器。用丰美光滑的木材完美地打造,两端圆润如成熟的果实。我用拇指轻轻拨动琴弦,引起一阵振动的嗡鸣。它的音色温暖、生动而独特,比小提琴柔和。我迟疑片刻,然后把它贴在身上,用弓划过琴身,听见木质的外壳里传出树液的鸣响。我倾斜琴弓,琴声也随之颤抖。我聆听它留下的余音,那声音是如此深邃,深如幽暗而通透的夜空。对我而言,这把中提琴是我拥有的最珍贵的物件。它用自己清澈优美的音符歌唱,化过去为现在,托起我,将我带向远方。

那通电话来得突然。打电话的是克丽斯特尔在新西兰的一个女儿。我上一秒还想着她,下一秒她就打来了电话,就像听到了我思绪似的。她的声音吓了我一跳,听上去实在太像她母亲。那嗓音像鸟鸣一样清脆,时高时低,正像我记忆中的一样,听到它突然变得如此鲜活而真切,我热泪盈眶。"我很想念你。"我对她说。"我也很想念你。"她告诉我。有一段时间,我们失去了联系。现在回想起来,我觉得那大概是因为我们的悲伤都太过沉重,我们实在不忍看它辉映在彼此身上。有时,你只有放下过去才能创造未来。听到她在电话中说克丽斯特尔给我留下一笔遗赠，我惊呆了。克丽斯特尔的女儿告诉我："她想把这笔钱留给你。你就像她的另一个女儿。我知道你们对彼此来说有多重要。你应该收下它。"

放下电话，我的手在颤抖。我想不到该如何处置这份无比慷慨的馈赠。我想确保它被用在刀刃上，多用一段时间，而不是一下子被挥霍掉。我走进树林，坐到一圈香脂树中间，我常常在那儿思考或幻想。这能帮我理清思路。

收到遗赠后，我首先向克丽斯特尔最钟爱的慈善机构捐出了一些，然后一直在为它寻找合适的用途，有好几年都没有动用。我心里明白，我想要的是用某种能把我们共同的过去与我的现在交织在一起的东西，但我实在想不出那是什么，也不知道该怎么做。我完整地重温了我们共同的回忆，散步、播种草木、烹饪、画画、下棋、把酒言欢、促膝长谈。有一天，我和伊斯拉坐在屋外欣赏鸟儿，听它们歌唱。鸟鸣让我想起我们是多么热爱音乐，想起音乐如何让我们更近地感受荒野。

音乐能剔除你思绪中一切不和谐的因素，能打破隔阂。它无须借助语言就能触动心灵。你会感到它渗透了你的整个身心。它让人得以逃离现实，发自内心地自由表达；还能帮你战胜那些无法谈论的经历。我小时候学过钢琴，但在这座岛上，在克丽斯特尔去世之后，我有好些年都没法再弹。不过随着时间的推移，我逐渐认识到音乐也能跟你做伴。

突然间，我知道该把克丽斯特尔的遗赠用在哪里了。

怀抱一件不知该如何演奏的乐器，人会心生畏惧。我选择中提琴，恰恰是因为我对它一无所知。我想要从零开始接触这件乐器，不带任何先入为主的观点、偏见或知识。抬起琴弓时，我感觉手指相当别扭，但马鬃毛又带有一种熟悉的触感。我第一次将弓拉过琴弦时，那声音犹如一个试探性的问题。我不知该如何作答，于是又拉了一次，然后又是第三次，第四次，直到房间里充满振荡的可能。听着这声音，我感到皮肤刺痛。最初几个月，我似乎只能用这件乐器提出一些开放式的问题。无法对话的感觉既滑稽又令人沮丧。我不断尝试与它交流。随着时间的推移，我的耐心得到了回报。一段美好的关系就此开始。

我暗暗决定要学会凭记忆演奏，而不是对着印刷的乐谱拉动琴弦。这会促使你更仔细地聆听。"没有乐谱，"我摇着头对中提琴说，"我想跟你一起创作。"

你刚接触演奏一种乐器时，奏出的声音会带有一种挥之不去的紧张感。这么说或许有些奇怪，但尽管我的琴技并不熟练，中提琴却唤醒了我内心某种深藏已久的东西。独自生活多年，你每次刚开始与新人接触，都会显得笨拙而不自在。这就像登上管弦乐队中央那座舞台。你举起琴弓或展开歌喉，但表演一开始，你就会意识到乐队演奏的是另一支你没掌握的曲子。像音乐一样，社交也是一项技能，需要不断练习才能精进。就像你必须掌握每个音符才能将它们组成一首流畅的乐曲，那些在任何简短的交流中都少不了的寒暄、信号和社会建构也需要排练。你必须熟悉变换的节奏、起伏、音调和音色。而如果你疏于练习，这会非常困难。我很乐意，也很渴望与人一拍即合，但有时，我会起错调子或跟不上节奏。尽管这令人疲惫，但我不断勉励自己。我只是不习惯说话而已。我从没想过有一天，说话对我而言会变得如此艰难。意识到曾经习以为常的事如今却得费力去完成，我有些错愕。

演奏中提琴，帮我站上了那座舞台，找到并顺利完成了乐曲中那些棘手的段落。"你能做到，"我告诉自己，"人必须不带恐惧或遗憾地生活。"但有时，这说起来容易做起来难。孤独很难被拆分成一个个乐章，但每一天，在练习某个段落的时候，我都能看到不信任、伤害和缺乏社会支持是如何铸就了它那富有感染力的和弦结构。

随着我的信心越来越饱满，演奏也更加流畅，我奏出悠扬的乐声，歌颂着精神的成长与创造力的提升，为自己注入活力与对同伴的渴望。音乐，就是让自己安全地袒露脆弱。就是直面挑战，一直弹奏，直到所有音符都向一处汇聚。现在，我明白人的充实或空虚、孤独或满足并不取决于社会关系的数量，而关乎这些关系能在你心中奏出怎样的乐章、音符是真挚还是虚假。

学习中提琴的快乐，在于它轻巧便携，不像钢琴那么笨重。每晚，当我在炉火前演奏，我脑中总会闪过一个念头。我在想，这把琴会不会是一把钥匙，能打开一扇通向更广阔的音乐世界的大门。我紧紧抓住这个念头。我梦想着能与人一同演奏。

冬季是个封闭的季节，但我开始设想以另一种方式度过漫长而晦暗的寒冬。这座岛正在改变，我也一样。十一月，悬崖被盐雾和从海上呼啸而来的风削得愈发锋利。草木开始枯萎，山丘转为褐色，色泽越来越深，衬得铃铛似的石楠花更加明艳。野兔鬼鬼祟祟地窜来窜去，在光秃秃的海岸上，紧紧附着在岩石上的海螺和帽贝正闪闪发亮。灰雁的羽毛散落在卵石海滩上，天空向北延伸。风呼啸着，穿过一副副老旧的犁，这些犁被直立着留在地里，如同一台看不见的织布机，仍在交织这片土地的经纬与它的往昔，每一天都织出不同的过去与现在。在这金属的震颤中，我听见沉重的挽具发出的叮当声，还有对低头耐心耕作的老犁马刺耳的催促声。想到逝去的岁月中种种纯粹的快乐与艰辛，我心生敬意。

我的眼睛很快适应了黑暗。冬日的大地静谧而安详。陡峭的岬角背后，刀片般锋利的阳光劈出一条道路，犹如一头神秘的野兽，散发着琥珀色的光芒。我看着地形黑色的轮廓逐渐加深、凝固。一座古老的废墟在天际线的映衬下如火炬般耀眼，在更蛮荒的时代，它曾庇护过男男女女和幼小的孩子。我很高兴那些充满恐惧和斗争的日子已经远去。这里的风景绝无矫饰，毫不造作。不会假意许诺。我从它的朴实无华中找到一种生活方式，我对这种生活的热爱已经无法用言语形容。

我很想知道，与他人的日常交往是不是会让我们身上的古怪与乖张趋于正常。我们要求别人容忍自己的与众不同。然而,尽管我们是社会动物,但我们依然像鸟儿一样警惕差异,警惕异类。过去,我有时会想象岛上为数不多的居民其实是一小群栖息在岩石上的海鸠:在那里看潮起潮落,随着每天的日出日落斗嘴,再和好。如今,我明白我们也像鸟儿一样,追随着内心的召唤。我们始终需要在某一刻独自飞翔,或是去探寻更加荒无人烟的域外之地。但我们每个人依然需要有人为我们筑起安全的港湾与家园。

音乐让我学会主动倾听别人的话语,捕捉他们独特的震颤。这感觉非常微妙,就像敲击音叉,体会它在内心激起的共鸣,又像从鸟儿的鸣叫中判断它是愉悦还是警觉。音乐剔除了那些表面的、人为的东西,呈现出赤裸裸的意图。我注意到一些岛民说话真的像在歌唱,嗓音会在高频或中频共振。他们会用温暖的语调拉近与你的距离,让你独特的振动与他们的声音和谐相融。我注意到自己不再目光低垂,声音也变得愉快,我的下巴不再紧绷,四肢也放松下来。另一些人的声音则显得单薄、走调、不够和谐,传达的意思完全不同于他们的话语或表情。还有些人言辞激烈,公然将你推开。音乐改变了我思考、感受和回应他人的方式。我不仅能捕捉声音,还能潜心聆听。我注意到,这大大拉近了我与同类之间的距离。在这音乐般的交谈中,我找到了自己狂野的呼喊。

我依然比从前腼腆、警惕。我很少出门,每天都独自在小农场度日。有时,这会让我思考我们的经历会怎样让我们深刻而不可逆转地改变。而有时,这只让我觉得伤感。我记得初来岛上的时候,我曾担心一切会变成这样,担心拉布和我会完全变成另一副模样。有时,当你一时想不起或忘记了一段旋律,你就必须回到开头,让手指重新开始弹奏。

信任是一个金色的音符,在心头萦绕不去。幸福是个强有力的主和弦,是我听过最美妙的之一。它蕴含着化解不安、痛苦与忧虑的可能。它为黑暗、躁动的小和弦画上振奋人心的句点。至于宽恕,我依然主要靠临场发挥。我想它大概是一个我尚未熟练掌握的音阶。我正试着放下过去。这很困难,但久而久之就会变得容易,这前景令我备受鼓舞。而有些事情则需要更多时间。我希望自己有一天能像从前一样自信而外向。有时,你必须挽起袖子说干就干,不断尝试,争取把自己不擅长的事也做得更好。

我点起灯笼的时候,月亮正从山间升起。它投下暗淡的光辉,照耀着小农场下方的淡水湖和远处银色的大海。篝火旁围着一群黑压压的脑袋。闪烁的金色火焰,把他们的剪影勾勒得更加清晰。金雀花在树枝和树干搭成的巨大火堆里噼啪作响。我站在山顶上,守在我挚爱的白蜡树旁,我不久前就在这里彻夜不眠,看着另一堆篝火清除我生命中的过往。

今晚,我周围充满了音乐和欢声笑语,其中有和谐的人声,还有小提琴、口哨和吉他的声音。我望着我的树,看它轻柔地摩挲树叶,确信它在听。在我们身后,一只只母羊正在啃食矮草。在我脚边,莫德双眼闪闪发光,映着琥珀色的火焰。我想,此时此刻,我所拥有的每个人、每样东西都在我身旁。我微笑着把中提琴卡在下颌,举起琴弓。我们的友谊尚未定形,我演奏的手法还很稚嫩,但为了找到这明亮的星座,我已经走了很远。希望我永远能把自己的星光点染在它微光闪烁的图案上。

7
日月

我用手指给那团小小的根系扇风。它们苍白而呈半透明状态,布满细细的纤毛。我对它们轻轻吹气。在用指尖轻轻压实细长的茎上温暖的泥土时,我低声叮嘱道:"要活得漂亮。"然后我用新鲜雨水喷洒那棵白桦树的叶子,把它置于阳光之下。在上半月种下这棵白桦,能让它不断滋长的树液更加丰盈。有朝一日,它将成为众多白桦树中的一棵,矗立在小农场的小屋旁那一圈斑斓的白桦与红桦当中。它鲜艳的树皮象征着对未来的希望;它每一季的变化,代表它信奉宇宙的自然运转与生命的伟大轮回。

如今,我按照日月运行的自然节律播种植物。阳光照在我裸露的皮肤上,热辣辣的,我用手把柔软的绳索穿进穿出,织进一张渔网。渔网经过风吹日晒,变得粗壮、虬结而粗糙。它散发着鱼篓、海盐与寒冷潮汐的气息，尽管这些日子以来，我已经用淡水把它冲洗得干干净净。甜豌豆已然枝繁叶茂，我把老柳条做的支架穿进豌豆缠绕的茎干时，第一批豌豆花正在盛开。在支架底部，我为小苗培土，用手指压实根部的土壤，这些根须能为它们输送养分，让它们茁壮成长，花团锦簇。

我正学着让生活更深刻地融于那些宏大而无形的节律。夯实土壤时，我思考着光与水如何影响着一切生命，贯穿它们从孕育、生长、结果到消亡的整个过程，又想到假如没有太阳和月亮，这一切都不会存在。在正确的月相下播种，对种子的生长有巨大的影响。这些工作让我感觉自己被牢牢地锚定在这里。两年半以来，我由于每天都下海游泳而深深地沉浸在这些节律之中，因为海潮会随月亮的盈缺涨落。

我拥有中提琴这份礼物已经一年有余。而克丽斯特尔在半路上离世已有七年。我抬起头，恰好看见一只燕子从天而降，然后又旋转着优雅地振翅而起，飞入畜棚。燕子的回归是个奇迹。如同一个承诺。看到那些空荡的鸟巢变得满满当当，我心中充满愉悦。

春天是希望的季节。今年春天，小农场前所未有地美丽。就在那一天，某种长期遮蔽我视线的东西突然从我眼前消失。我意识到在这里，我拥有的太多太多。清新的空气，美丽的家园，宁静的环境。友谊尽管才刚刚萌生，却充满支持，而且真挚可靠。重要的是，我明白自己有爱可以给予。我想不出自己还需要什么来实现我一直珍藏于心的梦想。岁月荏苒，但我的梦想始终没变。渴望包围了我的生活，改变了它的结构和形状。

早在我开始尝试自然生育的几年前，我就咨询过领养问题。由于曾受过重伤，我担心自己即使可以怀孕，也无法顺利足月生产。后来，我决定看看自己能不能自然受孕、怀孕，但我心中依然充满焦虑。为了成为母亲，我殚精竭虑，虚掷多年，只换回无尽的心痛。我们刚来岛上不久，我就提交了一份海外领养申请。我曾密切关注一位朋友跨国领养的成功经验，看着她的女儿从学步孩童逐渐长成一个美丽的少女。我直接见证了领养过程中的风险、困难、挑战、成功和未知。领养会阻断母婴联系，造成文化中断，这些都令我不适。然而，在当时，那些福利院资源极度匮乏，缺少基本的生活用品、药物和护理。如果没有当地家庭或海外申请者领养，那些孩子的未来会不堪设想。我做了全方位的调研。我的领养申请获批后，漫长的等待开始了，我心中那个成为母亲的梦想顿时化作不移的承诺。

我为我的孩子写了一本日记，记录了她来到我们身边的点点滴滴。重要的不是文字本身，而是它们能唤起怎样的感受。每个夜晚，我都会轻声呢喃："我希望你知道，在这段漫长的等待中，你绝不仅仅是一个念头。对我而言，你一直有血有肉。"我计划今后把这本日记交给她，跟她一起读一读，好让她知道自己的到来是精心安排的结果，知道这世上有人爱她。

我并不介意进度缓慢，唯有如此，我才能确信那些防止这套机制遭到滥用的法律得到了遵守。我预计至少要等十八个月，还得知我说不定会无限期地等下去，不过我的申请每年都得到了重新批准和延期。但五年过去了，我的焦虑与日俱增。我不想放弃，生怕自己离成功领养只有几个月之遥。在经历了如此漫长的等待之后，这个想法令我难以忍受。我告诉自己那一天总会到来，到那时，如果我足够幸运，我女儿说不定已经有了一个通过辅助生殖手段降生的手足。我一直希望养育不止一个孩子。但就在那个节骨眼上，我的感情开始亮起红灯，我又失去了所有的胚胎。拉布走后，我依然想以单亲身份收养孩子，但不幸的是，由于我的境况发生了改变，我的申请遭到了拒绝。这是个毁灭性的打击。我等了她九年，却不得不放弃。

那时，我的小女儿已经被牢牢缝进了我的心房。我一时不知该怎么剪断那些细密的缝线。我陷入挣扎，感觉痛不欲生。那将近四千根细线——我每等孩子一天就多一根——已经深深嵌入我的组织。缝线如果在织物上留存了太久，那么即使被拆开，它们也依然会在布料上留下印痕。我的心上就有那些针脚留下的白色疤痕，那条让她和我、我和她紧紧相连的纽带，有着不可磨灭的质地。

我从没想过孕育孩子会如此艰难。对别人而言，这似乎轻而易举。我跟幼小的孩子总是非常亲近。我对自己说："你还有很多方式可以参与别人的生活。"但我拥有孩子的渴望并没减弱。一位朋友对我说："你会是个好妈妈的。听从你内心的召唤吧。"我知道她是对的。那就是你这辈子唯一能做的。一定要活得无怨无悔，敢于信任，打开心房，坚信命中注定的东西总会到来。近来，我一直奉行着这个信条。

我开始联系本地的领养机构。

"你住得太偏远了，"其中一家告诉我，"超出了我们的一小时服务范围。"

我又打电话给另一家机构。他们告诉我："你不是首选的领养人。""没关系，"我回答，"我不介意候补。"

"但在大多数情况下，人们更倾向于让两位父母共同养育孩子。"

"我懂。但我可以付出很多的爱，还有个美丽的家。"

我们约好进一步沟通。我满怀期待。我想，我或许是孤身一人，但我有足够的爱与能量，身边的支持也越来越多。这都是事实。那些艰难、孤独的岁月已经过去。我和一位好朋友探讨了我的决定。她有三个我熟悉并挚爱的年幼孩子。其中一个把一张纸塞到我手里。"这是你。"她说。

她把我画成一只鸟，正在哺喂一只雏鸟。"这是你的孩子。"她说。

这幅画是一份特殊的礼物，我把它裱了起来。有时候，透过孩子的眼睛去看待生活，才能萃取出它真正的本质。

我决定做样美丽的东西来纪念这段时光。我打算做一床被子，希望有一天能用这块柔软的布料包裹我的儿子或女儿。我剪好了第一个方块。是一只雌鸟。我有一块漂亮的布料,印有旋涡状的树叶和浆果图案,我在上面缝了块贴花,用的是粗缝针法。

"你愿意给我的被子做个方块吗?"我问我哥哥和妹妹,还有他们的孩子和我的一众好友。我已经给他们每个人裁好了方形的布料。我告诉他们:"你们可以任意把它填满。"我会把他们每个人的方块穿插在我做的其他方块中。每次展开这条被子,我总会注视上面的图案和花纹。在它中央,我留了一块空白。我希望它有一天会被填满,这样我就能将边缘永久缝合。

每一年,我都会在小农场里新种一棵树。我想,总有一天,这里会有一片树林供我们携手漫步。总有一天,我会做一架秋千,把它挂在树上,让风吹拂。种完树,我走上山坡。如今,我把它称作"火山"。在这里,我许下心中所有的愿望,让天空倾听,让日月见证。

风低吟着从我美丽的白蜡树的叶片间穿过。这棵树我再熟悉不过。我每天都来坐在它一旁,想着尚未进入我生命的一切。我把它优美的轮廓和高涨的树液文在手腕,写进自己的身体。皮肤上带着这个符号和纽带,让我感觉有力而治愈。它将永远伴随着我,成为我的一部分。我看着风吹皱湖面,湖水舔舐着银色的湖岸。燕子在粼粼的水面和白沙清新的涟漪间起起落落。海面波光闪烁,一直延伸到地平线甚至更远。我迎风张开双臂,把心愿投入气流。我把心献给太阳和月亮。美好的事物往往在我们最不经意的时候悄然降临。

8
荒野

鹿群在奔跑，深色的兽蹄踏翻泥土，踩断枯枝败叶，踏破松动的碎石，趁退潮时在岩石上吃草。月光下，就在我瞥见它们跃动的生命那一刻，它们的影子瞬间倾泻到山坡上。它们狂奔着，撕裂蕨草，厚实的躯体猛地冲破黑暗，然后颤抖着站定在冰冷的水中，激起层层涟漪。我猛吸一口气，感受着这些鬃毛竖立的生命，它们的角经过黑色泡沫的洗礼，这会儿湿漉漉的，熠熠闪光。它们傲然挺立时，大张的鼻孔会喷出一股细细的气雾，喉咙处的筋肉随着奔涌的血液跳动。它们紧绷的侧腹焕发着黑亮的光泽，身上的汗水闪闪发光。我渴望伸手触摸它们。这是个令人陶醉的瞬间，让我暂时忘记了大海寒冷的环抱。

在水中，我的轮廓变得模糊，那些硬朗的线条与棱角都在星辰冰冷的光焰下分解消融。夜间游泳的感觉宛如一次重生，你身上某个细腻的部分被黑暗与月光包裹，被海洋冰冷闪亮的羊水净化。这会让人感到惊奇，让人得以进入一个更狂野、更无畏、更美丽的世界，在那里，我们能摆脱一切束缚与拖累。在月光下游泳令人着迷。置身冰冷的水中，你的身体会被牢牢锁住，而你的精神却得到了解放，能尽情地遨游，超越你为自己设下的限制与禁忌。皮肤被海水冲刷、被盐分亲吻的感觉非常美妙。当你置身水中，野兽们也像鸟儿一样，不再对你避之不及，而会以种种方式接近你，仿佛我身上掠夺性的威胁已经被彻底解除。我们面面相觑，在这珍贵的几分钟之内，我尽管依然鲜活，依然在波涛中呼吸，却仿佛隐去了身形。我凝望着鹿群被海岸衬得更加轮廓分明的影子，海岸明亮，恍如布满大理石纹路。这些鹿扬起高傲的头颅，嗅着海风，露出长长的白骨门牙，肌肉发达的脖子也随之收缩。

我在这么近的距离上观察过鹿。海水黑亮，如天鹅绒般柔软。海水轻轻拍打着我的皮肤，发出阵阵叹息，它们不会觉察到我身上人类的气味，但微风从它们身后吹来时，我还是能闻到它们身上的一丝腥臭的麝香味。这气味发甜，而且浓烈刺鼻，就像潮湿的树叶发酵成了肥沃的细粒土。我能听见它们的气息呼哧作响,炙烤着空气。这是一种高亢、粗粝而充满野性的声音,搜索着每一丝危险。我想知道鹿能否用嗅觉分辨人类呼出的气息和我们皮肤的味道。

一只落单的雌鹿停下脚步,竖起耳朵,噘起嘴唇,呆呆地注视前方,盯着我看了一会儿,看着我苍白的皮肤在水中漂浮。她看到了什么?我一动不动,任海浪将我托起,只露出黑黑的头顶和眼睛,浮在潮水边缘。我们的目光短暂地交会,那一刻,她张大鼻孔,张开嘴,像在用鼻子发出警报。我平静地放松肩膀,让目光变得柔和。只让它知道我是在观察而非戒备是不够的,我还得消除我的企图,让她感受不到我的存在,或是不把我视作威胁。我缓缓呼气,排空肺部,我的浮力降低了,我悄然没入水中。慢慢地,她低下头,啃食岸边泛着银光的草叶。我随潮水静静地上下浮动,看见她在哺喂一头幼鹿。

多年来,这种羞怯而美丽的生灵一直令我神魂颠倒,也让我捉摸不透。它们吸引我靠近,又飞快地逃开,回到它们隐秘的腹地,融于那里的土壤、树叶、断枝和新生的石楠。我敬畏它们顽强的生命力。今年,一场血腥的捕杀行动使它们数量锐减;那是一次由私人组织的扑杀,目的是保护少数几座大小农场和那里新种的树木。一个原本由三十头鹿组成的群落如今只剩区区四头雌鹿。能目击这些幸存者是我的运气。那次事件之后，它们都变得异常警惕。

曾经，岛上树木繁茂，将鹿群遮蔽在茂密的灌木丛中。我手持利刃，劈砍出自己的道路，穿过那些失落或被遗忘的小径，它们能把人带回另一个只存在于神话、传说和民间故事中的世界。古老的文字赞美本地鹿种的鹿茸和犄角，说它们坚固而圆润，螺旋生长，像麋鹿的鹿茸和犄角一样壮观。在古代，鹿是这座岛屿神圣的守护神，因其萨满式的力量而备受尊崇。它们的鹿角高高指向天空，为大地加冕，象征着精神的权威。但随着树木遭到砍伐与焚烧，鹿群失去了栖息地。可以说，这座岛也随之丧失了久远的智慧与古老的心灵。

如今，鹿群游回小岛，却发现自己遭到了驱逐。它们羞怯而恐惧地奔跑。我在心里欢迎它们。"来吧，"我喃喃低语，"古老的传统依然在这里。"

多年来，我一直追踪着它们悄无声息的足迹，搜集线索，试图窥探它们隐秘而大胆的存在。我曾在日出时与它们相遇，看它们悄然穿越小岛的腹地，在薄暮中时隐时现，在强烈的饥饿感驱使下公然觅食。那匆匆的一瞥只持续了短短几分钟，因为它们往往会受惊奔逃，不过要是能有意识地悄悄从远处眺望，你就能观察更长时间。

有时，我会从带刺的栅栏上拔下一缕蓬松的鹿毛，用手指抚摸那一丛丛粗糙的毛发。鹿毛像钢丝刷一样又粗又密，异常坚硬，混杂了象牙白和泥煤黑两种颜色。

在陆地上追踪鹿群需要不断练习，耐心坚持。鹿蹄由三部分组成——分别是致密角、蹄底角和楔形角——但鹿留下的脚印只是两轮相对的新月，分成两个优美的半圆。它们的足迹比绵羊的蹄印要大，里面布满鼓鼓囊囊的黑粪球，比其他反刍动物的粪球更大更硬。我花了好一阵子才意识到一个骤然变得再明显不过的事实。白天，我闭目塞听，没留意它们秘密的行动，但到了夜晚，岛上就会响起轻微的沙沙声、灌木丛的哗哗声和急促的喘息声。夜间步行穿越岛屿时，我会悄无声息地迈步，竖起耳朵，睁大眼睛，捕捉它们幽暗的身影。现在我的眼睛已经适应了黑暗，夜幕下的视野成了一首由阴影构成的动听乐曲，与周遭弥漫的声响产生共振。

远离现代世界的喧嚣，你将不仅能找到一个内在的世界，还能更深刻地认识我们已然丧失的本能。适应这些本能需要时间与宁静。调动我们全部的感官去感受生活，能让我们以另一种方式想象这个世界并居住其中。这种直觉存在于我们每个人体内。我们只要与之相连，就能激发出内心更狂野的本能，释放出更深层、更无羁的自我。

一段时间之后，这会成为我们的第二天性。改变我们的肢体语言需要练习，但这是可以习得的，只要你能仔细观察，了解动物的习性，不断去尝试和犯错，让自己能与不同物种亲近。每天跟动物打交道是一种美好的生活方式，能让你的双眼浸透另一种感知，并充实你的意识。

但愿我有一天能走近鹿群，研究它们的行为，并找到一个能让人与鹿都在这座岛上共存与繁荣的办法。根据古老的传说，你在现实和梦境中见到的鹿都是神圣的信使。据说它的到来，会唤醒人们心底的同情。鹿的精神意味着平和地克服阻碍，直面大地以及大地上的每一种元素、每一个季节。每逢岁末，我都会为鹿庆祝。亲近天然元素与自然世界已经让我惯于遵循那些古老的信仰，还有仪式和祭典。这拓宽了我的视野，让我保持开放的态度，始终愿意以全新的方式从直觉上、身体上、精神上连接我们周遭与内心的旷野。

我正乘船从奥本返回。在远处更深的潮水中，大海生机盎然。在我头顶，天空逐渐变暗，柔和的暮光铺洒在波涛之上。我刚刚结束了第一次领养会面，正在回家路上。尽管我还有很长的路要走，但这是个开端，而每段旅程都从迈出勇敢的第一步开始。我知道，在某个遥远的地方，另一个声音正期待与我的声音相遇。我呼吸着闪光的盐雾，思考着变化是多么令人神清气爽，多么振奋人心，让人充满活力。

海鸥又出动了，从东南风中飞来。它们御风飞行而不是被风吹动，我由此看出它们是在寻找富饶的觅食地或安全的港湾。这让我想起第一次登上这座小岛的情景，想起自己为寻找人生的船锚而穿越了一片未知的海域。我明白自那段美丽而绝望的岁月以来，我已经走出了很远。我意识到自己应该感谢那段光辉而艰苦的岁月。万事万物都必须破而后立。

海鸥欢快的叫声、扑打羽毛的噗噗声和种种清脆的声响交缠在一艘渔船洒满阳光的捕鱼网上，这让我意识到我们每个人都是多么不受限制而平等地拥有野外的生灵。而我们却常常在大地上漠然地行走，从不抬眼仰望大自然敞开的窗。在野外生活，你能学会轻手轻脚地迈步，还能学会倾听，不仅用你的眼睛和耳朵，也用比心灵更深邃的本能。只要能找到我们体内的动物本能，我们就能摆脱一切把我们跟生活与美丽的大地割裂或分隔开来的东西。说到底，归属感其实非常简单。但我们依然把自己关在笼中，让直觉屈从于理性，对抗日常与存在的焦虑，这些烦恼几乎主宰了我们生活的方方面面。要想追寻我们中许多人都无法企及的自由、找回自己野性的精神与声音，第一步就是要留些时间去挖掘我们最初那个内在的自我、找到自己内心与周遭环境产生共振的部分。

听着海鸥的啼鸣，我在心中描绘海风可能带它们去往的另一些岛屿，远在千里之外，在海天相接的地方，在无尽的远方。如今听到海鸥的叫声，我已不再像从前那样认定它们是在失落地悲鸣。有一阵子，我也曾渴望离开这座岛屿，但种种境况交织成网，将我束缚，直到这念头彻底消失。在引擎的轰鸣声中，我转身面向悬崖峭壁和低处的海滩，面向那些我早已熟知并深爱的、依然保持着原始风貌的小海湾。岛上绿浪滚滚的草地、坚实的岩壁，还有它的山丘和谷地都深深烙印在我心中，海风和狂暴的海潮都融入了我的血肉。

近来，无论我站在哪里，大地的律动与大海的叹息都撼动着我，拍打着、翻滚着，扑面而来又离我远去。"我不知道接下来会发生什么，但我已经做好了准备。"我喃喃自语。海鸥高声嘶鸣，飘浮在波光粼粼的水面，紧贴着小岛的轮廓，把自己置于它的庇护之下，我则凝望着如洗的碧空，听它们欢快而喧闹的啼鸣不时划过天空。我举起双臂，在风中放声高喊。我的声音融于海鸥的啼声，向波涛发出自己狂野的呐喊。

我不知道将来会发生什么，也不知道谁会与我并肩而行。有时，我会想，我是否注定要永远独居在此，在这座孤独之海中央的岛屿，还是说有一天，一只小手会伸出来牢牢握住我的手。我闭上眼，想象我们在海岸边挑拣贝壳，或是在水桶里装满下午要吃的鸟蛤，或是高举双臂呼唤海鸥。有时，我会听见自己低沉的嗓音在跟另一个尖细的声音对话，我们正一起探索这座美丽的岛屿全部的秘密，那个声音正大声提出好奇的问题。

"每座岛屿都有它自己的海，"我轻柔地对风低语，"总有一天，你美丽的潮汐会来到我身边。"

致谢

在撰写本书的过程中,我得到了众多友人的支持与鼓励:感谢安托瓦内特·维索基带来最初的灵感;感谢挚友特里·谢里夫曾在我创作早期与我交换意见;感谢埃莉诺·米尔斯对我的大力支持,还有她长期以来对我工作的维护。他们的爱与支持恰好在我最需要的时候出现,没有他们,我或许根本无法写成此书。

我要特别感谢我的经纪人、苏菲·希克斯经纪公司的莎拉·威廉姆斯,她勤奋而细致,总能出色地确保我不断地回到最初的故事,去接近那些令人不敢直面、遑论讲述的真相。感谢我的出版商苏珊娜·韦德森、编辑海伦娜·贡达、文案编辑卡罗琳·诺斯、公关专员塔比莎·佩利以及跨世界出版社的整个出版团队,感谢他们不可思议的支持、指导与专业素养。这本书属于我们大家——能与这样一个大家庭并肩工作,并为这本书找到一个如此美好的家园,我何其有幸。

感谢亲爱的拉布——感谢你与我共度那段艰苦而美好的岛屿岁月，也感谢你在与我同读此书时待我如此慷慨，修复了我们的关系，给了我无私的友谊。

我还要向社区表达我的感激，感谢你们带来那些美好的时光，也感谢你们带给我的困苦与挣扎。你们独特的影响帮我塑造了自我、找到了自己的声音，让这座岛成为我的家园，也让我看到归属感在每个人心中都有不同的体现。

我要向简·加内特和"心系高地"静修营的女学员们表达我的爱与感激，在她们面前，我举办了自己的第一次朗读会。我还要感谢阿查拉·泰特全家，还有乔治娜·马丁，感谢你们的友谊，感谢你们的雷达一直密切关注着西面的动向；感谢莎拉·贝尔菲尔德，感谢你鼓舞了我。

我还要感谢我其他的亲密伙伴，是他们给予我爱、灵感与支持。我要特别感谢达米安和塔西娅以及我的家人，感谢埃琳娜，感谢你的善良与智慧；我尤其要感谢大卫、金妮，还有莉齐全家——感谢你们站在我身边。

最重要的是，我从身边的大自然中汲取了许多：狂暴的大海、原始的元素、坚固的山脉、野性十足的生灵与不断变换的季节。那一个个美妙的瞬间——兀自站立，从中汲取力量和勇气，看朝阳升起，看潮水总是如此热情地奔涌而来——让我重新找到了自己在世间的位置。

最最重要的是，我要把这本书献给克丽斯特尔，她就是我的灵感。我还要把它献给莫德——我的爱犬，我的朋友兼忠实的伙伴，感谢她一直陪在我身边。

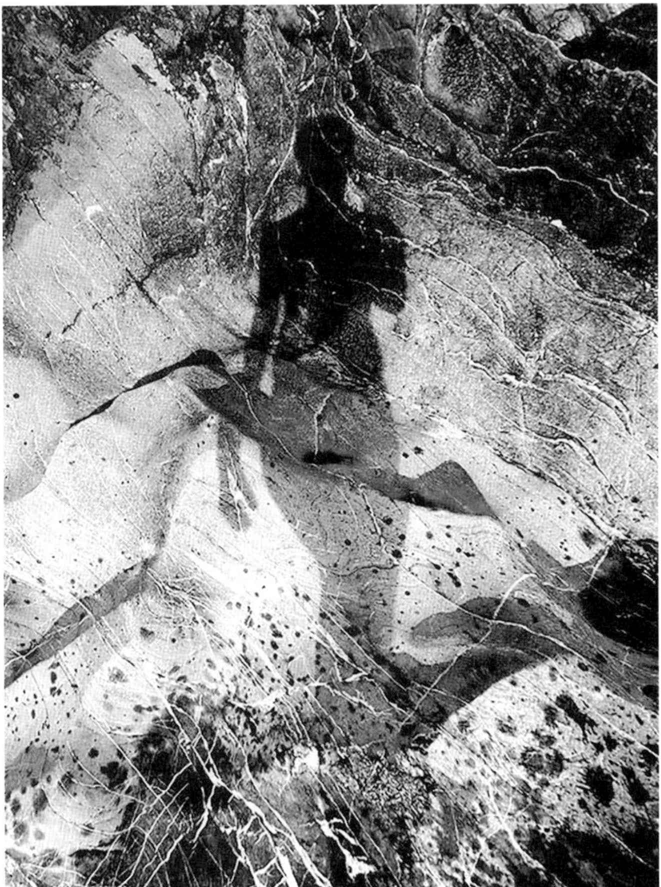

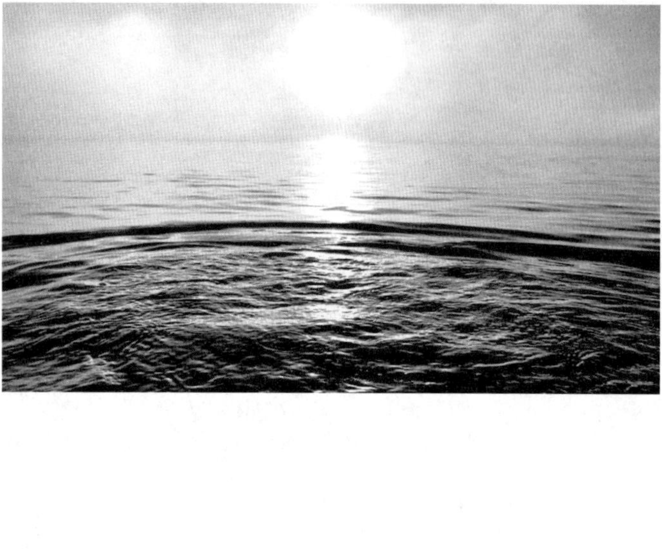

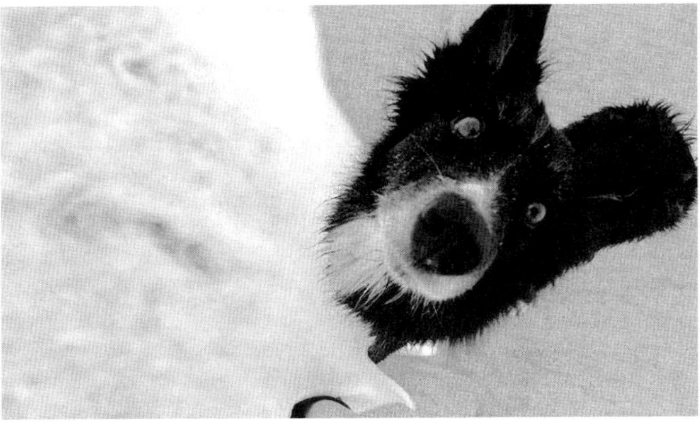

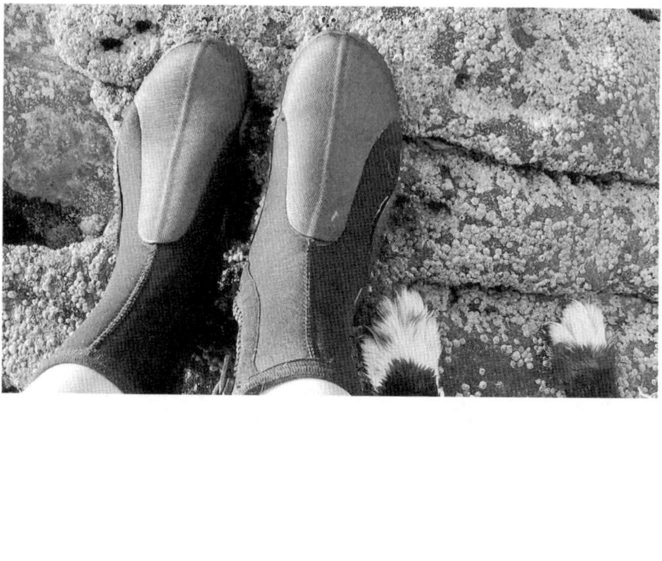

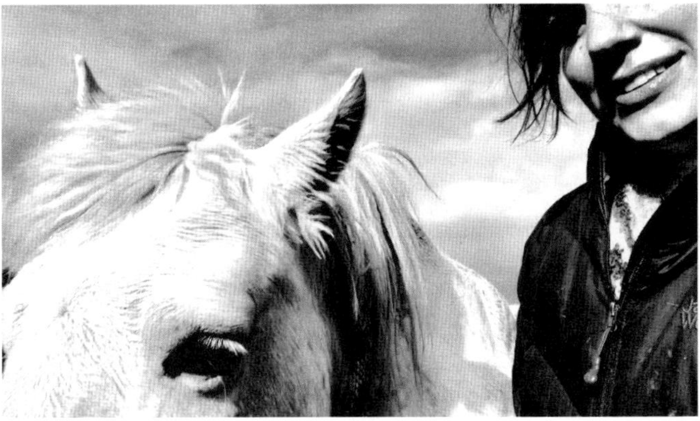

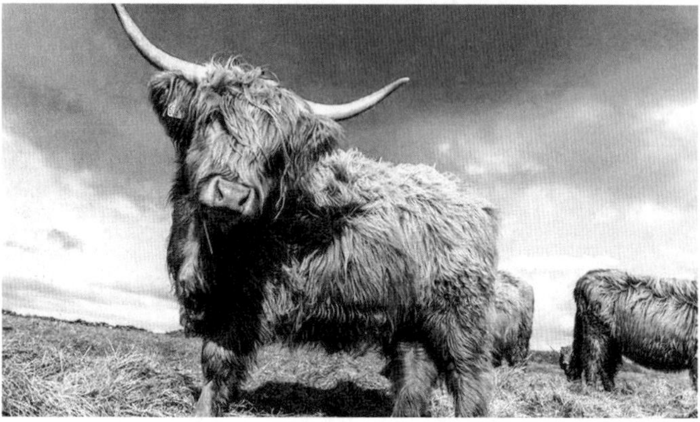

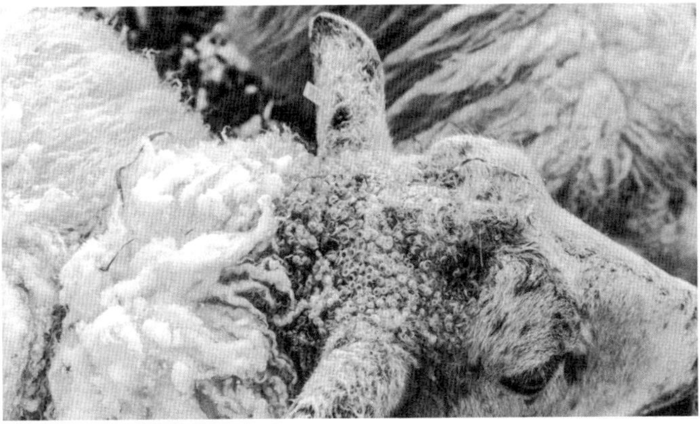

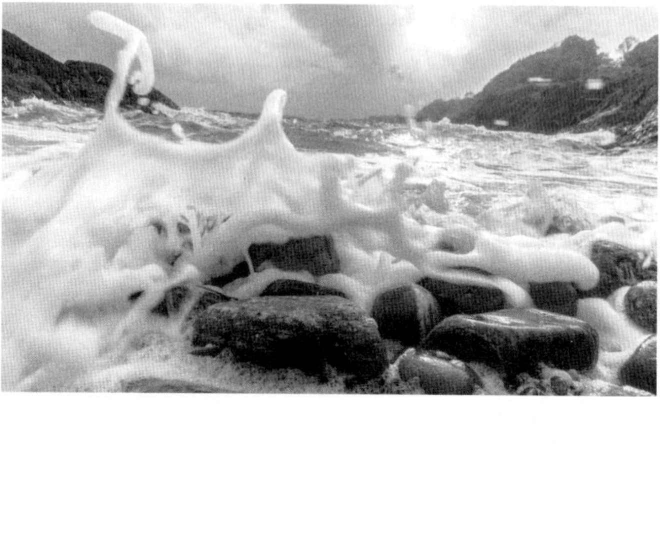

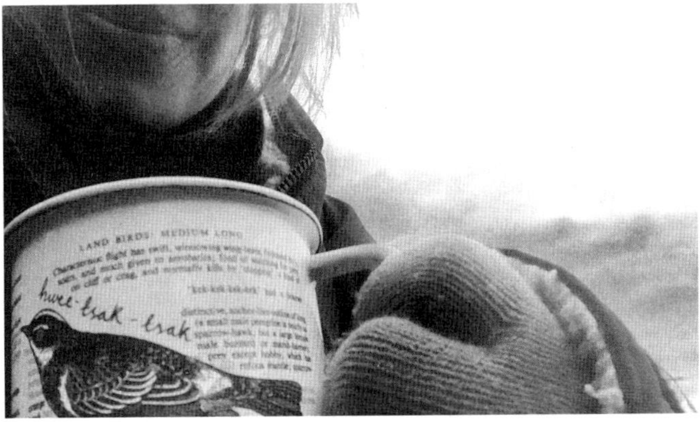
LAND BIRDS: MEDIUM LONG
hwee-tsak-tsak

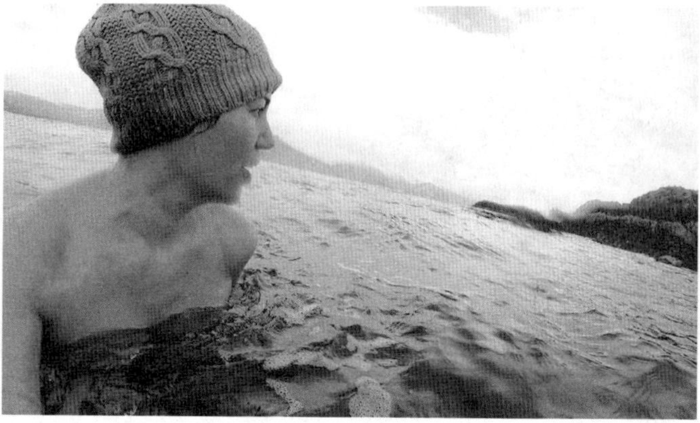

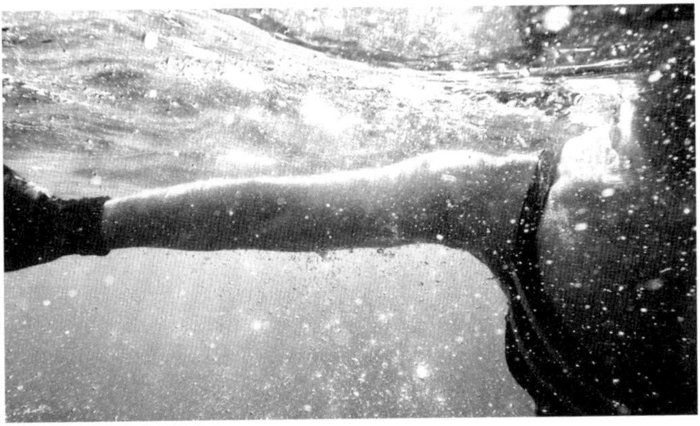

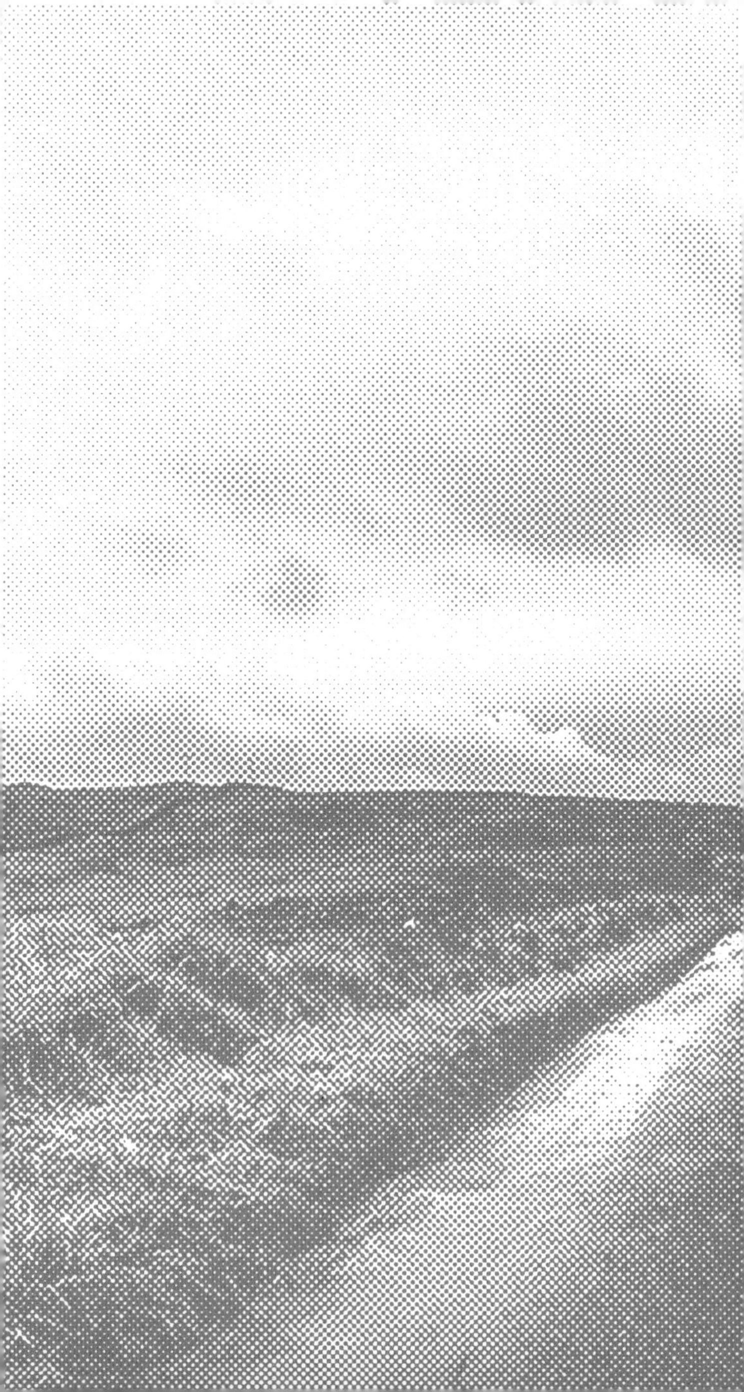